许我柔情联网

追月逐花 著

天津出版传媒集团
百花文艺出版社

图书在版编目（CIP）数据

许我柔情联网 / 追月逐花著 . -- 天津 : 百花文艺出版社，2017.4

ISBN 978-7-5306-7204-4

Ⅰ . ①许… Ⅱ . ①追… Ⅲ . ①言情小说–中国–当代 Ⅳ . ① I247.5

中国版本图书馆 CIP 数据核字 (2016) 第 323994 号

责任编辑：刘佩莲

出版人：李勃洋
出版发行：百花文艺出版社
地址：天津市和平区西康路 35 号　**邮编：**300051
电话传真：+86-22-23332651（发行部）
+86-22-23332656（总编部）
+86-22-23332478（邮购部）
主页：http://www.baihuawenyi.com
印刷：北京雁林吉兆印刷有限公司
开本：880 × 1230 毫米　1/32
字数：213 千字
印张：8.5
版次：2017 年 4 月第 1 版
印次：2017 年 4 月第 1 次印刷
定价：29.80 元

目　录

第一章　如意狼君

“哎哟，我都老太婆一个了，还穿什么花裙子啊。”

“你可千万不要这么说，比起我来，你还是小妹妹啊。”

“哎哟，小妹妹……这话真是太肉麻了。”

“不肉麻。年轻就是妹妹嘛。你看我都敢穿花衬衫，你还那么年轻，当然要穿花裙子啊。”

“呵呵，既然你竭力推荐，我就试试看……但我身材已经走样了，怕穿起来不好看呢。呵呵，十有八九会像裹粽子一样。”

“哈哈，怎么会呢。不过现在的衣服式样其实戕害人性，只有对自己要求过于苛刻的人才能穿得上……欸？对了，现在有种衣服面料，叫牛奶丝，高弹的，上面也可以印很美丽的花样。牛奶丝做成的衣服适合的身材范围也大。要么你穿来试试？”

“哦，好的，我一定试。”

“穿上长裙后，再戴上桃木的发簪，一定美得像画儿一样。”

“哎哟，你看你这张嘴……真是油嘴滑舌啊！”

“我怎么可以是油嘴滑舌呢？这不跟泼皮无赖一样么？”

“哈哈，对，你不是无赖，你是老绅士！”

“不要说老，只说绅士就好！我虽然年纪大，但心灵依旧青春！”

在键盘上打下这句话的是一双白白嫩嫩的女人手，和“绅士”扯不上关系，和“年纪大”更扯不上关系。不错。在电脑前假扮老绅士跟人聊天的，其实是一个二十六岁的女孩儿，名叫蓝妮，又宅又腐，最喜欢玩的事情就是顶着其他身份跟别人网聊。最近竟然搞了个老帅哥的 QQ 头像，跟网上那些自称是“大叔控”的女子聊天，没想到最后竟引来一位接近六十岁的“老淑女”。虽然不知道这个身份是真是假，但蓝妮从来没遇上这样的，赶紧钓住她细聊。结果发现她可能真是个“早年丧夫，生活优越，又有点小资情调”的老淑女，因此更觉得有趣，越发钓住她聊个不停。蓝妮因为长期假扮帅哥跟人聊天，泡妞手段一流，那老淑女似乎被她迷住了，一见她上线就和她亲密聊天。她几乎每次都是狂笑着和老淑女聊天，今天更是一边按键盘一边笑得几乎直不起腰来。

她干这事是颇促狭了。但她不觉得全是如此。有谁会在网上把自己的真实情况和盘托出啊？又有谁会在网上付出真正的感情？说不定在网络那边的“老淑女”就是个抠脚大汉，正抱着“这老不羞怎么这么傻”的想法和她聊天呢。就算那边真是个“老淑女”，也肯定没对她这个“老绅士”付出真正的感情，顶多只是故作糊涂地玩些心理游戏。如果她提出在网下见面什么的，说不定这位老淑女就会立即消失，再也不出现了呢。

蓝妮在网上玩了个尽兴，然后上床捂着被子就睡——她得赶紧睡着，过一会儿她妈妈就聚会回来了。就算没睡着，也得装成睡得人事不省。为什么？因为她妈妈参加的是“老姐妹”聚会啊。在这种聚会里，只要谁有未婚的女儿，就会被当成集体唠叨的对象，替她“着急”者有之，出谋划策者有之，“杞人忧天”者更有之。好像女孩只要上完大学不立即嫁人就犯法了一样。她妈妈平时还挺不错，但一被这样刺激就会来找她唠叨。唠叨的内容无非就是叫她不要天天泡在网上，晚上至少隔三差五地出去玩玩，跟别人聚聚会，这样也许有机会认识可以当男友的人。蓝妮承认自己这种生活方式不太健康，也觉得自己需要改变，但就是没法改变。也许是喜欢，也许是沉溺。怎么说都行。外面的世界有些复杂，外面的世界很不如意。网上的世界也不简单，但只要她不让网络世界和现实社会搭上线，就不会有任何危险——总没有人能越过电脑来揍她。在网上，她是“大虾”，可以是高富帅，可以是白富美，可以是老绅士，可以是大智者，也可以是天真无邪的小孩子。但在现实生活中，她就只能是个各方面都不出众的小职员，还可能是个大龄女青年。白天这种日子她已经过够了，晚上还要继续过？NO!

不过，不管她多讨厌白天的生活，白天还是会来到的。她在闹钟的号叫声中醒来，机械地梳洗——其实就是洗一洗手脸，梳顺头发，胡乱抹点面霜。再套上她那套丢在哪里都没人注意的外套就可以出门了。然后万里长征般地挤地铁、过街道，按照惯例在上班前五分钟打卡进办公室。

一进办公室，她就被一股香粉味冲了鼻子。四周一望，发现办公室的女同事全都打扮得花红柳绿，这才恍惚想起：哦，怎么忘了，办公室里来了个高富帅啊。

这个办公室里一共有四个女职工，年龄不等，但都是云英未嫁，也都是世俗眼中的大龄——现在能混得当白领的，哪个不大龄啊。很多人刚上班就过“剩女线”了。除了蓝妮外，办公室里其他三个女性都对嫁人恋爱挺热衷，但是之前也都不怎么打扮。没办法，环境造就人。办公室里除了这四朵金花外，只有一个男职工，不仅是土肥圆，还很呆木。于是所有的女性都自动给予了他“非雄性”待遇，在他面前永远都无打扮、无讲究、无节制，甚至可以在他面前蓬头垢面地谈论女性用品。以至于高富帅科长苏清远骤然而至的时候，她们全都进入呆傻状态，还差点没转换过来角色。

这位苏清远呢，在蓝妮眼里也不太帅——没办法，她看惯了网游里的那些没有瑕疵的帅哥，看苏清远只觉得他长相一般般。看起来，他家里应该也不算太富，但肯定也有不止一套房，不止一辆车。年纪也正好，二十八岁。就这样，蓝妮对苏清远作出了“只是一般”的评价，之后却又觉得有些不大对头——其他的三朵金花可都兴奋着呢，都像见了唐僧的女儿国国民。她觉得自己的判断也许会有偏差，忍不住又重新考量了一下，结果发现自己之前的判断果然有很大偏差：苏清远是不能和网游里的角色人物比，但显然已经达到了时尚杂志封面模特儿的水准，而且是她在现实生活中遇见过的最帅的男人没有之一。现在房子天价，车子也不便宜，家里能有多套房多辆车的绝对是土豪级别，再配上他这“正好”的年纪，要打分的话——也许打不了十分，但九分绝对只算“保守”。因此其他三朵金花全都像被打了鸡血一样兴奋起来，不管合不合适全都打扮起来了——自然是希望能获得他的青睐。

蓝妮倒没有像她们那样“积极行动”。因为她从来不会追男人，不管对方条件多好都一样——并不是她非常自信，而是她知道自己从小到大都不是讨人喜欢的人，追别人只能自取其辱。所以她只能等别人先看上她。这样也好，虽然媒体都在鼓吹女人应该倒追男人，但如果倒追失败，那女人的损失要远比男人大，也会留下一生难以愈合的精神创伤。

当然了，虽然蓝妮不愿意倒追苏清远，但对苏清远还是有点感觉的，工作时也颇为卖力，希望能得到他的夸奖。今天，蓝妮就竭尽全力完成了一篇报告交上去——她觉得自己做得不错，就想当然地等苏清远夸奖她。

“蓝妮！”苏清远果然朝她走了过来，她美滋滋地抬起头，却发现苏清远的脸上阴云密布。

欸？蓝妮的感觉活像被人兜头浇了一瓢凉水：不是吧？她那个报告砸了？不可能啊！

“你跟我来。”苏清远盯着她，目光说不出的怪异，有惊诧，也有鄙夷，更有不可理解，就像刚发现蓝妮是什么怪胎。

蓝妮越发心慌了，站起来低着头跟在他后面走，竟发现他带她去的地方是保卫科。

保卫科科长正站在办公室的电脑前——那里连接着公司的保安系统，可以说是监控中枢。他和当班的小刘一起，直愣愣地看着蓝妮，目光和苏清远几乎一样。

蓝妮更加心慌了，脖子几乎要缩进领子里——天，她什么时候干了这么犯众怒的事情了？她怎么一点印象都没有啊？

“小蓝，你每天玩那么一出，什么意思啊？”保卫科长的脸绷得简直像皮蛋。

“我……怎么了？”蓝妮一头雾水，想笑，又不敢笑。

“现在还装傻就不好了吧！”苏清远冷声道，一副忍无可忍的样子。

蓝妮骇笑，虽然觉得自己说话会让大家更怒，但是不得不说：“对不起……我实在不知道我……干了什么事……”

保卫科长的脸一下涨得血红，一副快要暴跳的样子，但还是忍了下来，叫小刘“调证据”。小刘立即调出昨天下午六点到七点之间的录像。只见蓝妮在六点十五分的时候出现了，若有所思、一脸正经地朝摄像头走来，忽然在摄像头前停住了。接着，她竟然瞪大眼睛，裂开嘴坏笑，然后竖起两根食指放在头两侧扮兔子。

蓝妮的脸一下涨红了。

保卫科长恨恨地看了她一眼，然后叫小刘调出前天的录像，只见蓝妮又在那个点儿来了，对着摄影头，用手把眼角和嘴角朝两边扯，然后狠狠地吐出舌头。接着是大前天，蓝妮同样在那个时间点出现了，这次是把眉毛八字形往上翘，然后翘起嘴唇露出牙齿，然后是三天前……一连七天，蓝妮都在下午六点十五分左右出现，然后对着摄像头拼命地扮鬼脸。

看完录相之后，蓝妮冷汗直冒。苏清远之前虽然已经看过一遍，再看时依然汗颜。保卫科长叫小刘关掉录像，然后和小刘一起义愤填膺地看着蓝妮，“小蓝，你这是什么意思？捉弄我们？瞧不起保安么？瞧不起我们农村人？”因为工种的关系，保卫科几乎所有人都是农村来的。

“啊，不是……”蓝妮见他误会大了，赶紧解释，可惜越解释越解释不清，“我……不是故意捉弄你们……我只是每天下班时觉得无聊，看到摄影头在那里，觉得挺好玩的，不知道有没有人在看……”

“哦，这么说你是检查我们工作来着？”保卫科长更怒。

“我想您误会了。”苏清远原本也对蓝妮又鄙夷又生气，此时却恍然了，“我想她只是小孩子脾气，只是想逗你们玩而已。”

“那她说‘不知道有没有人在看’是什么意思？怀疑我们擅离职守么？”保卫科长的脸依旧绷得像皮蛋一样。

“我想也不是。”苏清远玩味地笑着说，“小孩子开玩笑的时候不都是喜欢看效果么……我相信她的意思是说，想看到自己的玩笑有没有效果。”

保卫科长的脸色这才缓和下来，对着蓝妮数落了几句。蓝妮脱险之后彻底放松，也根本没觉得自己有什么错，因此听他数落的时候只在神游，一句话都没听进去。

保卫科长教育完蓝妮后，苏清远就带着蓝妮走出了保卫科。蓝妮美滋滋地跟在他后面——苏清远今天竟然替她解释，解释又那么到位，真让她有种受宠若惊的感觉。她还因此幻想自己在苏清远的心中是不是有特别的地位，忍不住飘飘然起来。

可惜，苏清远一句话就把她从半空中打到了泥地里，“你真的是在玩摄影头？”他的声音冷冷的，还能感到怒气。

“是……啊……”蓝妮暗叫不好，心里更像被冷水泼了一般，冰凉一片。

“哼。”苏清远冷笑起来，一副“不知道该对她说什么的样子”，半晌后才说，“你回去重上幼儿园去吧！”

蓝妮呆住了，感觉脸像被贴上火炭一样灼烧起来，腿也像被钉子钉住一样再也挪不动步。苏清远没有理她，径直回了自己的办公室。蓝妮呆站在原地，一时间只想找个地缝钻下去。

虽然蓝妮自命任何事都不能让自己沮丧太久，但今天的事情还是让她一直沮丧到了回家，打开 QQ 的时候还是蔫蔫的。咦？今天那位老淑女上线真早啊，已经给她留言了。说真的，蓝妮并不十分想理她，但看到她的 QQ 头像不停闪动，又不忍心晾着她，便又把聊天窗口打开了。

今天老淑女竟然跟她聊烹饪上的事情。蓝妮长那么大，除了在大学时烧水泡过方便面，根本没有做过和任何烹饪沾边的事情。但她现在的身份是老绅士，不能做出一窍不通的样子，只有不懂装懂地应和。

那老淑女兴高采烈地聊了一阵，忽然发现都是自己在说，连忙发了一个信息，"哎哟，不好意思，都是我自己在说……你要是对这些不感兴趣，我们就换个话题。"

"我当然感兴趣了。"蓝妮慌忙说，"我也喜欢做菜啊。"

"啊，真的？"老淑女很高兴的样子，"那你真是全能好男人啊！"

看到这句话后蓝妮十分汗颜，也很心虚，"一般，一般吧。"

"那你今天晚上做什么吃的？"

欸？蓝妮猝不及防，差点僵在那里，还好她看书比较多，硬是从自己看过的小说（也不知道是哪本小说了）里调出一个菜谱，"我今天晚上胃口不好，只弄了点汤，泡饭吃……我做的汤叫鸡尖汤。"

"鸡尖汤？"老淑女果然没听过这道菜。

"是啊。"蓝妮努力回忆书中的描述，"这是徽菜。把鸡的胸脯肉切碎了，放上酸笋，胡椒和其他调料，一锅炖出来，酸酸辣辣的，又开胃又清淡又补养。"

"啊哟！"老淑女很是惊叹，"你真了不起，竟然还会这种菜！"

“一般一般吧。”见自己骗人技艺如此高超，蓝妮不由得十分自满。

“哪天我们见见，切磋切磋厨艺？”

蓝妮微微一惊，但很快就认为老淑女只是随口说说，不以为然地在键盘上敲下两个字，“好啊。”

“嗯，好……”说完这句，老淑女忽然沉默了。

蓝妮以为她是有事去了，正打算干些别的，老淑女却发来了这么一行字，“说起来，你一开始就把你的照片给我看了……我却一直没让你知道我长什么样儿。”

蓝妮估摸着她是要发照片了，乍一下没想出该如何应对。正在犹豫的时候，那位老淑女已经把照片发过来了。呦，还真是个老淑女。穿着一件枣红色的旗袍，脖上戴着一串珍珠项链，头后挽着一个发髻，长相气质都有点像归亚蕾。虽然蓝妮依然提醒自己说，这可能也是对方从网上下载的，对方依然可能是个抠脚大汉，但心里觉得这十有八九就是老淑女真实的照片。而在照片的左下角，有一个艺术字体的名字——金玉辉。

从最初的不肯发照片，到现在的主动发照片，就证明老淑女真的对她动了感情，而且这个金玉辉显然是她的真名，连实名都报了，那绝对是准备要求见面了。她感觉自己这下有点玩脱了。她感到有些愧疚和后悔。加之这金玉辉的容貌气质都很高贵，也很可亲，因而使蓝妮更加觉得耍弄她很是罪过。

老淑女也许是迫不及待地想知道“老绅士”对她容颜的评价，却不敢直接问，便发来了一个问号。

“哦。”蓝妮如梦方醒，赶紧说，“真漂亮啊，简直像大明星。”

“哎哟，你看你说的……”金玉辉喜不自胜。

蓝妮却觉得心口有块大石压着，连忙对金玉辉说自己忽然有点事，便把 QQ 状态变成了隐身。说实在的，之前她也曾有过钓妹子把妹子都钓到动了情的时候，但那些人的感情转得比风还快，她只要不再和对方聊天，就没出过什么问题。这一次不一样了，对方已经这么大年纪了，本不易动情。而这下动了情，恐怕不是她蓝妮从网上消失就能让对方转念的了。蓝妮越想越是后悔，恨不得打自己几下：你没事干这么无聊的事情干吗？你看，惹出祸来了吧！

不管金玉辉会不会轻易转念，蓝妮都不能再和她聊天了。蓝妮抱着愧疚和不安的心情上床睡觉，忽然想起了白天和苏清远的事情。一想到苏清远的事情她立即把金玉辉的事情抛到了脑后。想着自己白天在苏清远的面前丢了大人，还麻烦他为自己说情，蓝妮不禁无比地羞恼和痛悔，几乎不能入眠。唉……看来她在他心中的形象是难以修复了。难以修复就难以修复吧。她准备明天郑重地给苏清远道个歉，然后努力一下，看能不能挽回个一点半点。

第二天上午十点后略微有点空闲，蓝妮就准备在这个时候找苏清远道歉。为了让自己看起来诚恳和郑重，她特地到洗手间弄点水把头发抹平了，还把衣服细节都整了整，然后小心翼翼地走到苏清远办公室门口敲门。

"进来！"苏清远的声音听不出他今天是高兴还是不高兴。

蓝妮小心翼翼地推开门，样子活像小学生来道歉。苏清远本来是坐在桌前翻看文件的，等她进来的时候也许是想放松一下，站起来走到了窗边。蓝妮本能地跟了过去，站在距他两三步远的位置，斟酌词句准备道歉。因为比较紧张，她虽然面对着苏清远的脊背，目光却不由自主地乱溜，冷不丁溜到了苏清远放在桌子上的相框上。

这个相框的正面是以一种45度的斜角朝着老板椅放的，站在老板椅对面的人是看不到相框正面的。而此时，蓝妮站的位置正好把照片看了个清清楚楚。哦，这是苏清远和一个老年女性头碰头的亲昵照片。这个老年女性和苏清远的面目有几分相像，还和他这么亲昵，应该是他的妈吧……欸？这位女性很面熟啊？好像在哪里见过……

啊！蓝妮简直像被陨石击中了——苏清远的妈，不就是天天在网上跟她聊天的金玉辉么？！

苏清远就是在等她道歉——刚才那个动作其实有摆谱的意思，却等了半天都没听她开口，觉得很奇怪，回头一看，竟看见她眉毛翘成了倒八字，眼睛瞪得有铜铃大，嘴巴张得几乎可以把桌子吞进去，表情怪异到了极点。

“你干什么？”苏清远被吓了一跳。

蓝妮如梦方醒，脸上现出非常惊恐的神色，忽然二话不说转头就跑。

苏清远感到莫名其妙，被气得浑身发软，隔了半天才愤懑异常地自言自语，“这丫头……干什么啊？继续恶作剧么？真气死我了……”

蓝妮鼠窜回办公室，呆坐在办公桌前老半天。太糟了，真是太糟了……因为太糟，她简直都不知道该如何形容。她竟然……欺骗了上司妈妈的感情？！虽然今天在苏清远面前丢的丑也算是惊世骇俗，但和这件事比起来，绝对是小巫见大巫。

这件事要是败露，等待她的可不是一般的身败名裂。肯定会被邻居同事朋友嘲骂，有可能失业——苏清远要是知道她的所为，恐怕竭尽全力都要炒了她。说不定她还会上社会新闻——不说别的，有谁见过妙龄女孩装成老男人勾引老女人啊？

要真是那样，她的人生就彻底完蛋，只有逃往深山老林一途了！

想完这些后蓝妮惊恐不能自已，几乎要狂乱，却忽然如梦初醒般冷静下来，接着暗骂自己笨蛋。现在这件事根本没人知道，又是没凭没据，她瞎激动个屁啊。她知道了这件事，立即消失就是了。想那金玉辉拿她也没有什么办法，不过是糊涂郁闷一段时间就完了。倒是今天在苏清远面前的表现很够呛。他肯定是丈二和尚摸不着头脑，她也不知道该如何解释……天哪，这可怎么挽回啊？！蓝妮今天的沮丧程度要远远胜过昨天，回到家的时候几乎脚都抬不起来了。吃完饭，收拾完，她还是第一次不想打开电脑。但是不打开也不是事儿。她仔细想了想，一声不吭就此消失实在突兀了些，金玉辉肯定会有激烈的反应。因此她还是诌一个可以消失的理由比较靠谱。于是，她就准备按照之前看的“小言”里的说法，说自己要出国，可能无法再见面了。主意打定后她便到 QQ 里找金玉辉，却发现她今天竟然不在线。哎哟，这可真新鲜。蓝妮正想放心，却忽然想起一件极为可怕的事情：金玉辉这一反常态不上线，是不是已经发现问题了？在这一瞬间蓝妮几乎要紧张到不能自已，赶紧隐去足迹看金玉辉的 QQ 空间。

金玉辉的 QQ 空间并没有什么太大的变化。没有图片，也没有什么博文。她又仔细看，结果看到金玉辉在自己的一则博文（这个博文是转载的心灵鸡汤）下发了一则评论：离愁别绪，无以排遣。不如归去，省得现眼。要在平时，蓝妮一定会嘲笑她最后一句崩了，但此时却只觉悚然心惊：听这话怎么像要自杀啊？就算不是要自杀，也是一副受到重大打击，心灰意冷的样子……天，难道她已经发现了真相，羞愤欲死了？

这个猜测其实站不住脚。但金玉辉这个样子，由不得蓝妮不怀疑。她越想越怀疑，越怀疑越怕。但怀疑和害怕都不是办法。她干脆横下心，闷头睡去，看看明天是什么情况再说。

第二天很快就来到了。一切都很平静，但不知道是不是暴风雨前的宁静。蓝妮提心吊胆地熬到了下午，都快下班了，依然没有动静。蓝妮这才放下心来，心想金玉辉也许是遇到了其他事，自己解闷去了。虽然自始至终都是她自己在胡思乱想，想到这里的时候，她还是有种化险为夷的感觉，便到走廊里的自动贩卖机买了一瓶冰镇可乐为自己压惊。

她回到位子上坐好，拧开瓶盖，美美地吸了一大口。就在这时，她忽然看到门边出现了一个既熟悉又不熟悉的人，穿着牛奶丝的裙子，戴着绿檀木簪……天哪，不就是金玉辉么？蓝妮一口可乐全喷了出来，一滴不剩全喷到了木讷土肥圆的衣服上。土肥圆就算再木讷，此时也是惊怒异常，“蓝妮，你疯了你？！”

蓝妮却根本无暇搭理他，只是呆呆地盯着门口。金玉辉在门口站定，朝她看过来了！在这一瞬间蓝妮几乎要溜到桌子底下去。金玉辉却只是朝她看了一眼，然后就朝苏清远的办公室去了。

蓝妮呆住了，一时间脑中涌现无数种想法。土肥圆小子还在絮絮叨叨地质问和埋怨她，蓝妮却充耳不闻，等金玉辉走出一段距离后，猫一般溜出了办公室，悄悄地跟在金玉辉的后面。金玉辉一进苏清远办公室就把门关上了，就像是要讲什么重要的事情一样。蓝妮心虚，便趴到门上偷听。

天啊，金玉辉和苏清远可真有教养，声音都这么轻，她根本听不清里面在说什么。蓝妮非常着急，一时竟想伏低，把耳朵贴到下面那条门缝偷听。她正要这样做，忽然听到背后有动静，转头一看，差点儿一下趴倒在地板上——同办公室的李新兰正站在她的身后，呆呆地盯着她看呢！

蓝妮的第一个反应就是扑过去捂住李新兰的嘴，却无奈距离太远，兴许没等她扑过去李新兰已经叫出来了。

就在她不知道该怎么办的时候，李新兰竟对着她做了一个“嘘”的动作。蓝妮被她这个动作弄晕乎了——感觉就像她知道蓝妮在做什么，并且是她的同党一样。正在这时，蓝妮听到屋里有脚步声，赶紧站起来，三步并作两步地溜到李新兰的身边，假装和她谈论事情。只见金玉辉从屋里走出来，一面对送出来的苏清远说“你要好好考虑”，一面款款地走远了。

苏清远目送着老妈离去，一副心事重重的样子，叹了口气后关上了办公室的门，竟然一点没注意到她们。李新兰和蓝妮这才松了口气，李新兰把蓝妮拉到一个拐角，悄悄地问她：“你听见什么了？”

“呃？”李新兰这样子更像同谋，蓝妮越发不知道怎么回事，只有苦笑着答道，“他们声音太小，什么都没听见……”

“是么？”李新兰盯着她看了看，一副不相信的样子，忽然又把她往拐角里拉了拉，“告诉你吧，这事我也知道！”

“啊？”蓝妮吃了一惊，却觉出李新兰所指的事情并不是自己所想的事情，便狐疑地看着她。

“哎呀……”李新兰见她依然“不愿意相信自己”，只好透露更多内幕——唯有显示她知道得多，才能让蓝妮有和她交换信息的欲望，“这件事不止我知道……你大概是最近才听说皇太后是来逼婚的吧……我们早就知道了！”

“呃……”蓝妮隔了片刻才醒悟她们是把金玉辉称作皇太后，那苏清远就是皇上了？那她们当自己是妃子们？这说法还真花痴和狗血——不过她的注意力全被李新兰下面那句话牵动了——金玉辉是来逼婚的！可是……她准备叫苏清远跟谁结婚？

虽然她没敢对苏清远打主意，但听到他正在被逼婚的时候心脏还是一阵抽搐。

“你听我说……”李新兰朝四周张望了一下，“听说金玉辉相中的，是她的一个朋友的女儿……我们都关心这事儿，要么我们一起喝杯茶……聊聊？”

我们？听到这个词后，蓝妮意识到关心苏清远婚事的人不止李新兰一人。说不定还有个小团体。这些人肯定都是暗恋苏清远的人。她们关心苏清远的婚事，肯定不仅仅只想八卦一下，一定还想找方法把这桩婚事捣掉。说起来她们相互也是情敌，此时却愿意合作，真是耐人寻味。不过这也不算奇怪，在网上不是经常看到么，哪个女粉众多的大明星要是有了女友，所有的女粉都会团结一致，一起攻击那位女性。不过这应该是明星待遇呀，苏清远竟然也有，真是颇令人诧异。

“一起去聊聊？”李新兰见蓝妮一副兴趣不大的样子，赶紧追了一句。

蓝妮现在最在意的不是苏清远的婚事，另外苏清远的“特殊待遇”也让她有了“这小子凭什么这么金贵”的抵触情绪，因此更加不愿被李新兰认为是同道中人，“哦，我真的没听到什么，没必要谈，哈哈，哈哈……”干笑了几声便逃跑般地走了。李新兰看着她的背影，又是皱眉又是咬牙，然后恨恨地一甩手，也走了。

她们以为自己的谈话很隐秘，殊不知“路边说话，草中有人”，她们刚离开，打扫卫生的胡大妈就像从地底下冒出来一样出现了，朝二人离去的方向看了看，然后意味深长地笑了笑——被胡大妈窥见内情算她们倒霉。胡大妈历来是把别人家的事情当成自己家的事情，以八卦为终身事业的人。

不知是不是心理作用，蓝妮觉得今天一天李新兰看她的目光都很不爽，她有个什么言行，李新兰都要偷偷嘘她。这无疑会让人很不痛快，蓝妮也几次忍不住想发作，却每次都提醒自己还有更重要的事情要办：虽然现在看来金玉辉没有窥破她的身份，但她依然得尽快让金玉辉断念头，否则夜长梦多，不知道会出什么事情。想到这里后蓝妮不由紧张起来，竟觉得晚上的聊天像一场大考——甚至比考试还令人紧张。

蓝妮到家一开QQ就发现金玉辉已经给她留言了，留言的时间竟然是她上班时间——蓝妮跟金玉辉胡闹时用的是她的“钓人专用Q”，上班时不开的，看来金玉辉一回去就在等她出现了。看到留言，蓝妮的心情相当复杂：这表示金玉辉根本没有窥破她的身份，甚至连怀疑都没有怀疑。但金玉辉追自己追得如此之紧，证明她不会轻易被自己糊弄走。自己今天晚上必须“巧舌更加如簧”才行。

金玉辉虽然很着急跟“老绅士”聊天，上线后聊的却是做菜穿衣这样的小事。蓝妮假装感兴趣地应和着，心里却是火急火燎——这样下去恐怕一晚上都无法进入正题。她得赶快切入正题才是。要切入正题必须要引领话题。为了引领话题，蓝妮只有提及她之前看到的，“看到你写在QQ空间里的小诗了，怎么了，心里不痛快么？”

“啊哟！”金玉辉受宠若惊，“你可真细心！”

蓝妮却只有苦笑：这下她恐怕会更恋慕自己了吧。便没有接这句话，“有什么不开心的事么？说来听听，也许我能帮忙呢？就算我不能帮忙，你把不爽的事情说出来，也比闷在心里好很多。”

“嗯，好的，”看来金玉辉心里很是愁烦，很想找个人倾诉，打字打得飞快，“其实也不是什么大事。就是我儿子的事情。”

“你儿子？他不是样样都出息么？”金玉辉是曾跟“老绅士”提起过她的儿子，说他英俊倜傥学业出众事业有成。当时蓝妮只把这些当成了过眼云烟，根本没往苏清远身上想。现在一应证，倒有种异样的感觉。

“是很出息啊，但是不听话。”

“不会吧？”

“怎么不会……他今年都二十八岁了，依然不愿意结婚。”

“可能是没有找到合适的吧。”按理说蓝妮不应该在这个话题上跟对方缠磨，却不知不觉地接了下去。

“谁说没有合适的啊……我亲自挑了一个顶好的姑娘介绍给他，他却连一面儿都不愿意见……哎哟，真是气死我了。”

“哈哈，这不奇怪……年轻人都反感父母给自己介绍对象的，他们喜欢自己找。”

“但是他们年纪轻，没有阅历，找的怎么会靠谱呢？我有个姐妹，儿子找了个什么……玩摇滚的女孩子。当时爱得那是海誓山盟啊，结果结婚没多久就分了。那孩子真的很不错，现在却成了二手男人。如果他当初能听父母一句话，也不会落到这步田地。”

“哈哈，自己找的也不一定都会分啊……主要是看年轻人他们自己相处的状况，父母认为很合适的，婚后不和谐分开的也有很多。再说，就算你看中的女孩和他的确合适，但也要让他自己认同。否则即便很合适，他也会先入为主地认为不合适。”

“哎哟，”金玉辉有点被她说动了，“这倒也是……可是我也没逼他立即结婚啊，如果真不合适的话，那就算了呗。但是你得和她处一处才知道合不合适吧？他竟然连处都不愿意处……”

“哈哈，可能是你一开始就说‘结婚’让他有了压力吧。”蓝妮想起自己之前给自己构建的身份是“离了婚的老单身”，便“现身说法”，“其实，当初我在进入婚姻的时候也有点犹豫，觉得自己有点没准备好。而等我进入婚姻之后，才发现我何止是没准备好，是完全没准备好。而我的前妻也没准备好。我和她在一起的时候，每天都有磕磕碰碰。那个时候我和她只是勉强过日子罢了，只求把孩子拉扯大。那个时候我和她过得都很压抑，事业也没有什么起色。后来孩子大了，我们便协议离了婚。在一般人看来，我们都应该凄凄惨惨的才对，结果我们却过得出奇的快乐。我的事业有了起色，我前妻也找到了自己的幸福。回首这段婚姻，我的前妻没有错，我也没有错，但是又都错了。错就错在我们都没准备好。虽然都说婚姻对女人的影响巨大，但男人因为婚姻不和谐、终生被毁的人也多得是。所以我觉得你应该给你儿子一点时间，等他准备好了，他会自己走入婚姻的。”

这一席话让金玉辉十分信服，答应不再逼迫儿子。蓝妮对此沾沾自喜，却忽然如梦方醒，又是恼火又是羞惭又是迷茫：你不是要想办法和金玉辉了断的么，管她儿子的破事做什么？赶紧收敛心神转回正题，“对了，有一件事要跟你说。”

“什么事？”金玉辉回话的时候有点迟疑，可见已经感觉到了什么。见她如此蓝妮倒紧张起来，咽了口唾沫后才继续打键盘，“我可能要到国外去一段时间。”

“到国外？”金玉辉打字打得很犹豫，证明她已经觉出“老绅士”有诀别的意思，却不愿意捅破，或者说，是不愿意接受现实。“国外好啊。到了国外，要是遇到什么开心事，一定要跟我说说。或是看到什么好看的景儿，一定要发张图片来给我。”

看到这个蓝妮倒不知道如何应对。糟了。六十岁的婆婆果然不比十八岁的丫头，就算动了情也是老辣的。是啊。在信息全球化的今天，还真没有什么东西能阻止网聊的。

“哈哈，当然可以。”既然如此，她也只能退而求其次，“只是我出国后可能会忙一点，无法经常和你聊天了呢。”她打的主意是以后就以忙为借口，渐渐不再出现，最后彻底消失。反正她已经给了自己借口了——金玉辉心里有了数，等她消失了，想必也不会太过难受。

“那就好。”金玉辉回话的速度慢，证明她答应得勉强，或者还有挽留的话要说，但是说不出口。蓝妮及时以接电话为由中止了谈话，然后下网睡觉——这次她睡得比较踏实，因为在她看来，事情差不多已经解决了。

第二天，李新兰依旧对蓝妮恨恨的，但蓝妮丝毫不在意。她本以为是因为昨天解决了金玉辉的问题，但当她发现自己看到苏清远时心里居然甜丝丝的时候，才恍然自己这么开心是因为昨天也解决了苏清远的“被逼婚”问题。看来她对苏清远还是很在意啊。她在心里苦笑。以她的条件，这似乎是挖坑准备埋自己呢。该停止么？嗯……还是先看看情况吧。

不知道是金玉辉还没有对苏清远表示“政策改变”，还是她表示得太委婉苏清远听不懂，苏清远今天依旧心事重重。李新兰等人忙着向他献殷勤，又递饮料又递茶的，苏清远却依旧心不在焉。看到这种情况后蓝妮暗暗对自己说“你按兵不动，冷眼旁观”是正确的，内心深处却有一个声音在嘲笑她：装什么装啊，你确认你不是没胆子行动啊？

下午的时候，总经理忽然毫无征兆地把蓝妮科室递交的一个重大企划打了回来，还限期叫他们重做。这可不是桩小事，需要苏清远主持，苏清远却不见人影。办公室所有人都慌了，打他的手机，发现他的手机在办公室里。这证明他根本没走远，在公司里找，却怎么都找不到他。随着时间的流逝，李新兰他们越来越慌，几乎要报警了。蓝妮也感到心头乱跳，却没像他们那样失去冷静。

她在走廊里走来走去，回忆苏清远离开前的样子——午休前苏清远到他们科室巡视了一趟，当时看起来很困的样子……很困？她忽然发现自己走到了男厕所边，猛然想起了一个她朋友做过的窘事：朝九晚五的工作制度虽然是“先进制度”，但是不合中国人脾胃。午休加上吃饭只有一个小时，实在困死人。在办公室里打盹又不雅观，于是她那位朋友就藏进厕所，在马桶盖上坐着，把头放在膝盖上睡一会儿。苏清远临走的时候很困，是不是也用了这个法子，藏进厕所里打盹，结果睡迷糊了？他有独立办公室，本可以在办公室里睡，不过，这些天她冷眼旁观，看到李新兰和办公室里其他几位女士一有空就会找他搭话，午休时间也不放过他。就算他把门反锁上睡觉，也一定会被敲门声震醒。

蓝妮立即想进去确认一下，却迟迟不敢动步：这可是男厕啊。就算里面除了苏清远，没有别人，她贸然进去也是挺尴尬的。就在这时，保卫科的小刘来上厕所，一看她站在男厕所的门口，顿时惊得退了一步。

“哎呀，你来得正好！”蓝妮却像看到了救星，三步并作两步迎上去，“你进去之后，把每个位置都打开看看，苏科长也许在里面！”

小刘却狐疑地看着她——他还记得她之前的拙劣表演，“苏科长在里面？还每个位置都要打开？你不是想要捉弄我吧？”

“哎呀……”蓝妮差点气昏过去，“天哪，都什么时候了还怀疑我……这里是男厕，我能在里面做什么手脚啊？快点……有正事，我们都等着苏科长呢，要是再耽搁，就要出大事了。”

小刘却更加怀疑，盯着她看了几眼，“反正我不进去。”

“哎呀！你怎么这样啊？！我之前也不算干什么坏事啊？不就是玩了下摄像头么？”蓝妮气不打一处出，几乎要气急败坏。小刘因此更怀疑了，干脆到下一层楼去上厕所了。

蓝妮气得两眼发直，只好自己想办法。她先对着厕所里喊了几声，问有没有人，其目的是如果苏清远就在里面睡觉，听到了声音也许能出来。可惜没有回音。不过这也证明里面没有其他人。蓝妮心一横，干脆自己走了进来，果然听到最里面那一格里有轻微的鼾声。低头从门下面缝隙朝里看，果然看到苏清远的皮鞋。

看到他在这里蓝妮松了一口气，却也因此怯了：总不能贸然提起嗓子喊他出来吧？没办法，她只有轻轻地敲厕所门，低低地喊他的名字。苏清远终于醒了，迷迷糊糊地开门，看到她后陡然睡意全无，竟又猛地缩回格子里，迅速把门关严。

蓝妮愕然。只听苏清远在里面羞恼万分、声音发颤地说：“天哪，我这是怎么了，竟然进了女厕所……”

“啊，不是！”蓝妮赶紧解释，“你没走错，你就在男厕所里！”

“啊？！”苏清远惊叫起来，“我在男厕所……那你怎么在这里？”

“哎呀……”蓝妮哭笑不得，“我是来找你的……你知不知道你睡过头了？”

格子里顿时静了下来，过了半晌才听到苏清远气急败坏地说："好啊……这下我算是把人丢到西伯利亚去了！”

“不，不是……”蓝妮也的确觉得他把人丢到了西伯利亚，可又不敢笑，只有竭力撇住嘴角，装作不在意的样子，“我知道你是困了……没关系的，我有个朋友也经常这样。”

“是么？”苏清远的情绪似乎和缓了些，但依然感到羞惭，乍一下还没法出来。

“哎哟，祖宗，快出来吧！”蓝妮急了，“等会儿有人来了，还不知道这里出什么事了呢……我是趁没人才敢进来，要是等会有人来了，看我在这里，我立即逃亡西伯利亚都来不及了！”

苏清远听了这话后更感羞惭，赶紧出来，出来后却觉得有点不对，“你可以自己出去啊，未必非要等我出来……”

“哎哟……”蓝妮真是哭笑不得，“你就别纠结这细节了，我们都有急事找你呢！”

两人忙忙地从厕所里走出来，没想到正遇上保卫科长和小刘。原来，小刘走后，越想越觉得不对，觉得蓝妮肯定是要搞什么惊天恶作剧，赶紧回去跟保卫科长报告。

而保卫科长正巧在看监控，看到蓝妮走进男厕所，忙惊骇莫名地赶了过来，路上和小刘遇了个正着，于是两人一起来这边查看。

看到苏清远和蓝妮在一起后小刘先愣了，呆呆地盯着他们，“怎么？你真是来找苏科长的……”

“是啊，这下你看到了吧，我不是恶作剧！”蓝妮不想跟他们多废话，只想夺路而逃，却被保卫科长拦住——保卫科长的惊骇程度远远超过小刘，盯着蓝妮和苏清远不停地上下打量，“问题不在你是不是恶作剧……问题是，他在男厕所里，你竟然可以直接进厕所去找他……你们什么关系？你怎么知道他在那里？他约你来的？”

“天哪，不是！”蓝妮和苏清远顿时都面红耳赤：天哪，保卫科长竟然怀疑他们在厕所里干了什么有伤风化的事情！蓝妮赶紧解释，却脸红脖子粗地怎么都解释不清——一来女孩子说这事很难说清楚，二来她还要顾及苏清远的面子。还好苏清远在关键时候担起了责任，把自己刚才的所为彻底坦白。小刘和保卫科长听得哭笑不得，有点不大敢相信，但仔细一想事情前后还是对得上的，便只得相信了。为了保全苏清远的面子，他们还讪笑着对苏清远说“工作太累，藏起来休息一下没什么关系”。饶是如此，苏清远的脸上依然可以煎鸡蛋。幸好之后还有要事，苏清远来不及纠结这些事情，才暂时从这“可怕的羞耻”中解脱。

本就难搞的企划，再加上苏清远出现得有些迟，所以全科室的人都要加班搞企划。李新兰等人又找到了献殷勤的机会，送饮料送点心送晚餐。蓝妮对此很是不屑，在李新兰回来的时候正好和她目光相遇。

李新兰竟狠狠地瞪了她一眼。蓝妮更加不屑，冷笑了一声就低下头去。估计李新兰是见别人都找不到苏清远，偏偏是她蓝妮找到了，暗自吃醋呢吧……欸？蓝妮忽然想到了一件事情，惊得笔都掉了：她今天把苏清远从男厕所里找出来的事情，保卫科的那帮人不会乱说吧？天，她得让他们保证不要乱说才行，否则事情要是传开了，没事也会被传成有事，然后她就会被抹黑成高质煤球……她当时怎么没想起来啊？！

蓝妮赶紧找了借口，出门直奔值班室。今天晚上仍是小刘当班。虽然暂时找不到保卫科长，但是说服了小刘，再叫他带话也是一样的。蓝妮冲到值班室门口，发现门是关上的。她想都没想就去敲门，结果过了快一分钟小刘才来开门。一开门发现是蓝妮，又被惊了一跳，“你又来干什么？”

“我有事跟你说。”蓝妮不由分说就往屋里闯，小刘赶紧拦住她，“你还是在这里说吧。”

“不行！”

“有事就在这里说吧。”小刘赶紧拦住她。

“在这里说不方便。”蓝妮依然往屋里冲，见小刘还拦着，便冲他哈哈一笑，“你放心，我是不会非礼你的。”

“什么，非礼？”小刘没想到蓝妮会说出这种话来，不由得一怔。蓝妮就趁这个空儿进了屋，却正好看到一个女人的头从杂物柜后探了出来，见她进来赶紧又缩回去。虽然只有一瞬间，蓝妮还是看清了她的样貌：这不是楼下那炸油条的油条西施么？在老家离了婚，带了个孩子来闯世界的？和小刘在一起了？

小刘的脸顿时紫涨了，恨恨地跺着脚说：“这下你明白了吧？”

“啊……我明白了。”蓝妮觉得这没什么可害臊的，但受小刘和油条西施的影响，也变得期期艾艾起来，“不好意思……打扰了……我其实也没什么事……只是想跟你说，白天……厕所那事儿，千万别跟别人说，虽然没什么，但怕传走样儿。”

“放心。”小刘紫涨着脸恨恨地说，“那种事叫我说我都不会说的……我又不是八卦大妈。”

“好。”蓝妮依然没有放心，“也请你跟你们科长说说，不要说出去……”

“放心。”见她还不走，小刘都有点焦躁了，“我科长比我还明白呢。”

蓝妮点了点头，对他表示了感谢，又朝油条西施藏身的地方看了看。

“你怎么还不走？”小刘气得全身的汗毛都要立起来了。

“哦，没什么。”蓝妮又朝他看了看，“其实……我觉得你们在一起挺好的，没必要隐藏……虽然她离过婚，还带着孩子，你又是个未婚的……其实这在大城市里没什么。”

“哎哟，我的祖宗……我们的事你不管行不行？”小刘的脸涨得简直要滴血，气急败坏地说。

蓝妮吐了吐舌头，转身走了，没走几步小刘却又赶了上来。

“祖宗，拜托你，千万不要对别人说！”小刘一副十分心虚的样子。

“放心！”蓝妮笑着给了他一个“OK”的手势——网聊多了，现实生活也会受影响。

第二章　绯闻风暴与恋爱迷局

蓝妮路过苏清远办公室的时候，见门开着便往里看了一眼，看苏清远一脸憔悴，忽然想去问候一下——动完念后已是站在苏清远办公室里面了。苏清远看到她后竟颇为不自在。蓝妮立即省悟他还在为白天的事情害臊，连忙说："科长，你放心，我已经跟小刘他们说过了，保证不告诉别人！"

她这话不说犹可，一说苏清远脸就红了，悻悻地说："怎么……真的很丢人么？"

"不丢人！一点都不丢人！我不是说过么，上班族常干这事儿！"蓝妮赶紧说。

"唉……"苏清远却一点都没有得到安慰，"光是这一件事倒还罢了……结果睡过头，还差点被人误会，最后害得大家要加班……"

"这有什么啊。"蓝妮哈哈一笑，"你是科长，怕什么啊？"

"哼。"苏清远盯了她一眼，"你别以为科长就可以为所欲为……我告诉你，科长没这么好当的……责任比别人重，更不可以出错……你们当中有两个比我大，其余的也比我小不了几岁，我又是空降的，本来就很难在你们之中树立威信，结果又出这个破事……"说到这里他顿了顿，颇为不好意思地问蓝妮，"这件事……嗯，确定没有泄露吧？"

"放心，绝对没有！"蓝妮坚定无比地说。

苏清远放了点心，但依然羞惭难耐，"其实……我平时不这样，只是最近家里有点事，烦得我晚上睡不好而已。"

"哦……"不用说蓝妮就知道是逼婚的事情，所以不怎么惊讶。

忽然想听听苏清远对这事是什么看法，便追着问了下去，“是什么事啊？说来听听？也许我可以为你出主意啊？”

苏清远惊诧而又戒备地朝她看了一眼。说真的，他真不觉得蓝妮是可以交心的人。但是今天在她面前丢过人，却对她有了一种奇特的信任和依赖，再加上这件事的确很困扰，干脆一吐为快，但是也没全吐，“其实……是我妈妈要求我做一件我不愿意做的事情。我真的很不愿意做，但是又推辞不掉。”

“那就跟你妈妈好好沟通啊，说你真的不愿意做。”

苏清远朝她看了一眼，目光中多了几分赞许和感激的意思。倒不是因为蓝妮的建议，而是因为蓝妮没有求根问底。殊不知，蓝妮不问是因为早就知道是什么事情。

“我跟她沟通过了！”苏清远愤愤地说——他被戳到了“愤怒点”，“她总认为我是个孩子，根本不觉得我的意见比她的正确……我又不愿意和她抬杠，因为我爸死得早，就她一个人把我拉扯大……”说到这里他忽然惊觉自己因为一时愤慨而说溜了嘴，不小心透露得太多了，赶紧打住。但既然他话都出口了，也收不回来了，索性看向蓝妮，看她会如何提意见。

“嗬……”蓝妮抿了一下嘴唇，然后很肯定地说，“我理解你的心情……你不愿把话说重，怕伤到妈妈。但是，你应该这样想。你就算现在不跟她说清楚，以后还是要跟她说清楚的。毕竟你不能做她交代给你的那件事。而且就算你为了孝顺，勉强做了那件事，你心里不情愿，那件事也必将失败。当然了，我不是叫你和你妈妈去吵架，而是叫你冷静但是坚定地跟你妈妈说明你的观点。一次不行就多说几次。因为这是必须的。”老实说，蓝妮对自己和金玉辉的谈话结果有八分的自信，却也有二分的不确定，正好让苏清远去确认一下。

苏清远点了点头，脸色也舒缓了很多。蓝妮这才放心，乐呵呵地回办公室去了。没想到一回办公室就看到了李新兰毒蛇似的目光。蓝妮对此依然是轻蔑地一笑，回到桌位上去了。因为事态紧急，这一次班加得可真够长。人在长时间加班的时候总会神游。蓝妮忍不住神游起来，不知不觉想到了油条西施，忽然觉得有些异样。哪里异样呢？大概是因为她的耳环吧。她的耳环可真是漂亮，多层耳圈上挂着各种糖果色的玻璃球……啊，不对，重点不在这里。重点是这副耳环，她好像在某个特别的地方看过……啊，是了！她好像在微博某个话题的精选图片里看过。

凭着记忆，蓝妮找到了那张精选图片，也由此找到了发送图片的微博。因为好奇，还点进去看了看。果然是油条西施的微博。真是不看不知道，一看吓一跳。油条西施的网络生活可真够奔放的，不仅有各式各样的、经过各种 PS 手法处理过的面部自拍照和私物照片，还有火辣衣着的对镜全身自拍，QQ 空间里甚至还有一张穿着性感内衣的自拍照。蓝妮越看越觉得骇然和好笑——光是看这些照片，根本想象不出她是个从农村来的孩子妈。不过她在网络上这么奔放，以前怎么没人说起啊？蓝妮对此有些疑惑，仔细一看却就明了了：她这个账号的关注者和粉丝都是陌生人，资料是编的，网名也和自己的真实身份没什么关系。哦，原来这个号是对三次元的亲友保密的啊。蓝妮一边想着“真是人不可貌相”一边讪笑着往下看，忽然看到一个晒戒指的图片。好奢华的戒指啊，红宝石边围着一圈钻石。蓝妮怀疑是不是假的，却见图片说明里说这枚戒指是真品，还说是“老公”（应该就是指男友）送的。看到这个蓝妮立即警觉起来：这种戒指，可不是小刘能买得起的。难道油条西施除了小刘，还在和其他人交往？存了这种怀疑后她仔细看油条西施的微博，果然发现了更多问题：这里不仅有不少奢侈品的图片，还有国内风景名胜甚至国外旅游胜地的照片。要到这些地方必须得拿钱铺路，小刘同样负担不起。看来油条西施还偷偷地傍了大款。蓝妮除了惊骇和鄙夷外，也为小刘感到不值。小刘虽然穷点，但好歹也是个清清白白的帅小伙。不过小刘气急败坏地叫她“别管我们的事”的样子似乎还在眼前，再说她这种人历来是“在二次元活跃，在三次元装鳖”，根本不敢管小刘的闲事。她也想过要不要注册个马甲劝劝或是警告一下油条西施，但在二次元惹出的老淑女的乱子她还记忆犹新，这件事便也犹豫着不敢做。罢罢罢，管别人闲事干吗，还是先把手里的工作搞完吧。

经过一番奋战后，该死的工作终于搞完了。当天晚上蓝妮一回家就睡觉，到了第二天晚上才想起来开自己的“老绅士”QQ——她用这个Q不仅仅钓人，还在干其他不适宜让三次元亲友知道的事情——金玉辉竟然没给她留言。这样算起来，金玉辉已经两天没给她留言了。大概是已经准备放手了吧。蓝妮小小地高兴了一下，心里也有些不快。仔细琢磨一下，才发现是因为这样她就没法问金玉辉有没有再对苏清远逼婚了。她发现这一点后又是惊骇又是不安，忍不住狠骂自己：你怎么回事啊？管闲事还没完了呢！

不过她也不需要在这件事上纠结。第二天苏清远的脸色就给了她答案：他满面春风，愁苦的神色一扫而空。估计是他“沟通”成功——殊不知是蓝妮早就做好了他妈的工作。蓝妮对此沾沾自喜，忽然又觉得惘然和恼火，再度暗骂自己：你激动个什么劲儿啊？这事他能知道么？能领你情么？

因为前几天的大发现，蓝妮午休的时候下意识地没去单位食堂，转而去外面的饮食一条街吃饭。油条西施除了炸油条还卖盒饭，正在那里愉快地忙碌着。怎么看都是个勤劳的良家妇女，和她在网上的形象一点都联系不起来。蓝妮看了一会儿，非常迷惑。没办法，看来世道真是如未知的大海般莫测和艰险啊。

蓝妮回到办公室，正好看到李新兰她们围在一起嘀嘀咕咕。一见她回来李新兰她们立即散了。对此蓝妮只是轻蔑地一笑——她才没兴趣参加她们的嘀咕呢，坐到办公桌前闭目养神。李新兰她们却像事情没谈完一样，陆陆续续地全部避了出去。蓝妮终于有点好奇：鬼鬼祟祟的，到底在谈什么事情啊？

办公室里只有土肥圆先生没走，此时转过头对她说："她们在谈论苏科长的八卦呢。"

"哦？"虽然已经提醒自己"苏清远的事情与已无关"，蓝妮还是睁开了半只眼睛。

"也真服了她们了。"土肥圆先生鄙夷地一笑，"她们竟然联系到了苏科长在公司里的好友，进一步掌控他的动向……据说苏科长今天问了朋友，说要向一个女孩子表示感谢——不是恋人，送什么东西比较好。她们一听到这个就像被打了鸡血，正在研究这女孩到底是谁呢。"

哼。蓝妮在心里哼了一声。这么郑重地表示感谢，又不是恋人……显然是他想追人家么。原来是心里有了其他人，才不愿接受老妈的逼婚啊。哼哼哼！

蓝妮之前对金玉辉说苏清远"是还没准备好进入婚姻才拒绝逼婚"，只是想当然的说辞。按理说她自己也该知道未必是如此，但发现他是"心里另有其人"的时候，她竟颇为不快，甚至有种被骗了的感觉。因为不爽，她竟有点想知道苏清远喜欢的女人是谁了。

蓝妮睁开了两只眼睛，开始回想苏清远的种种言行，想找到些许蛛丝马迹。无意中从眼角看见土肥圆，忽然有些讶异：土肥圆竟然悄悄地跟她说大家背着她做的事情？他们的关系真有这么好吗？

蓝妮毕竟不是侦探。三次元世界也不像二次元世界一样可以搜索。她想了半天也没想出苏清远会喜欢谁。正在她暗自不爽的时候，忽然瞥见苏清远朝自己走来，猛地被吓了一跳，真的差点跳起来——这感觉简直像被捉贼拿赃一样！

"你出来一下。"苏清远说的是上司对下属常说的话，语气却极柔和，也是满脸笑容。蓝妮虽不明白怎么回事，却也有种莫名的激动，赶紧跟苏清远出来。苏清远把她带到了自己的办公室，打开抽屉，给了她一个包装得很整齐的礼盒。

蓝妮感到一股热流冲向心田，接着心里便像被熨斗熨了一样，无处不妥帖，无处不舒畅：啊哟！原来苏清远要送礼物的人，是她啊！

“非常感谢你的建议。”苏清远笑着说，“我照你说的，坚定地跟我妈再沟通了一次，真把她给说通了……快点拆开啊，希望你能喜欢。”

蓝妮赶紧拆开包装，发现里面是一个俄罗斯套娃，制作得很是精巧。蓝妮虽然是网虫，但也是女人，非常喜欢这种精巧的小玩意儿，顿时喜上眉梢。不过她也不是那种闭着眼睛收礼的人。她之前在网上看过类似的东西，知道它很贵，不禁有些惶恐，对着苏清远哈哈一笑，“哎哟，您可太客气了，我又没做什么大好事。要感谢我的话，请我吃顿饭不就行了么？干吗要破费买这么贵的东西？”

苏清远一怔，然后笑得挺尴尬。

欸？蓝妮怔住了，僵笑着说：“怎么……不方便请我吃饭啊？”

“是啊。”苏清远苦笑着揉了揉鼻子，“我们……毕竟是上下级的关系，又是单身男女，单独在一起吃饭的话，恐怕会引起误会。”

“哎哟……您可太多心了。”蓝妮哈哈大笑，“现代人应该没那么多心了吧。再说就算是上下级关系，但男未婚女未嫁，有什么可说的？”

“哈哈，也是……”苏清远只有尴尬地应和，“那我改天再请你吃饭。”

“不用，有这个套娃就够了。”蓝妮爽朗地一笑，转身退出了他的办公室。一出门就换了一张脸，满脸愤懑，简直像要逮谁咬谁：怎么的？怕和我出绯闻？和我出绯闻很丢人么？

蓝妮对这件事如此愤懑，以至于下午工作的时候老是出错。没有办法，她只有上网找了位网友倾诉——有时候烦恼就像感冒，“传”给别人就没有事了。

这位网友从没有向蓝妮透露过真实身份，却乐意解答蓝妮的所有问题。她听了蓝妮的描述，想了一会儿，给她发来了这么一段话：“他这么在意有没有绯闻，大概不是你的问题。可能他在公司里有女友，或是正在追的人。他怕会引起她的误会，才会如此小心。”

蓝妮恍然大悟，心却也因此直线下坠，狠狠地砸在坚硬的地面上，扬起一片怒气。正在这时李新兰走了过来，她赶紧关掉QQ——其实就算让李新兰看到了聊天记录，也不一定知道她们在做什么。但蓝妮就是心虚。而李新兰走过她身边的时候竟然停顿了一下。蓝妮感到很是不解：现在电脑已经是工作的界面了啊，她还看什么？忽然意识到她在看的是桌子上的俄罗斯套娃，本能伸手地想把它藏起来，却又把手缩了回去：那样就会显得奇怪了。但现在已经显得奇怪了。李新兰狐疑地盯了一眼套娃，又盯着她看了看，停留了二十秒才走。蓝妮暗叫倒霉，不过心想，仅凭套娃李新兰应该看不出什么，便把这事放到了一边。

今天一天蓝妮不知道是怎么回事，“怎么都不爽”，回到家打开自己的“地下工作Q”，又被吓了一跳：金玉辉又给她留言了！居然还没放开手啊？

不过她只是惊慌了片刻：毕竟“刚分开”没多久，金玉辉心思不断，再给她留个言也是正常的，打开聊天窗口后却像被人兜头浇了一瓢凉水，从头凉到脚。金玉辉留言竟然是：你真的去国外了么？还是有什么原因不方便和我继续聊天，所以找了个借口呢？

蓝妮呆看着留言，只有苦笑：姜还是老的辣啊！但现在即便她起疑，她也不能搭理她，否则就等于承认说谎了。她把聊天窗口默默地关了，心里却开始翻腾：虽然觉得不大可能……但她怎么有种会东窗事发的感觉？

妈妈终于架不住各方面的“劝告”，开始劝说蓝妮去相亲了。要是平时，蓝妮肯定会嗤之以鼻再加上一口回绝，但现在害怕日后东窗事发，有种“现在好好表现”以后“容易过关”的想法，便勉强答应去看看。不过跟妈妈“丑话说前头”，那就是如果她看不上，妈妈绝对不能逼她跟对方交往。妈妈满口答应，又说见面地点可选，问她要去什么地方。蓝妮现在满心心事，随口报了个“蓝鹤茶馆”——她好像只是从什么地方听过这个地方，根本没去过。接着妈妈便说相亲对象的情况，说这个人叫李正，是她朋友的亲戚的同学的儿子。今年二十九岁，研究生学历，白领。蓝妮同样没怎么听进去。

第二天蓝妮和她妈妈打扮一新，到了蓝鹤茶馆。在约好的位置上，坐着介绍人和相亲的对象。一看到相亲的对象蓝妮就怔住了。这不是土肥圆先生么？怎么又取了个名字叫李正啊？

哦，明白了。土肥圆先生其实叫李罡，妈妈和她那帮朋友文化浅，念了个白字。不过比起这个白字的误会，这种巧合才让人骇然：竟然有人要把她介绍给他？这世界也太小了吧？

虽然蓝妮觉得与李罡作同事还不错，但是作情侣的话她是一万个看不上。但是他毕竟是同事，不能太不给他面子，只有干笑着坐了下来。

土肥圆先生也是一脸惊骇和尴尬，讪讪地傻笑。

“我为你们介绍，这位是李罡，”介绍人这次倒没说错，然后尴尬地对蓝妮妈妈笑笑，“老姐姐，不好意思，咱文化低，上次把他名字说错了。”接着又要继续介绍，“他在……”

“不用介绍了，”蓝妮干笑中加了几分嘲讽，“我和他是同事，天天见的。”

妈妈和介绍人顿时呆了，接着笑得十分尴尬和失望：既然天天见，那大概是没有谱了——天天见都不来电，不可能一介绍就来电了。但也不能立即散场，至少得坐着喝壶茶。于是四个人就无比尴尬地点茶点来吃，准备把茶点吃光了再散。在这种情况下，蓝妮看谁都尴尬，只有朝四周乱看。忽然从眼角看到了一个穿着宝蓝色牛奶丝裙子的身影，顿时像被绳子勒住一样把头转过去：天哪，那人怎么是金玉辉啊？

如雷轰电掣一般，蓝妮明白了在这里遇上金玉辉的因由，不由哭笑不得：原来“蓝鹤茶馆”是金玉辉在聊天过程中跟她提起过的，金玉辉说自己几乎每天都要去那里坐坐。蓝妮对此没有怎么注意，“蓝鹤茶馆”这个地方却留在了她的脑海里。结果妈妈问她要去哪里相亲，她随口就说了个蓝鹤茶馆，就这么“自投罗网”了。

就在蓝妮呆呆地看金玉辉的时候，金玉辉忽然转过头来，搞得蓝妮转头不及。现在要再转头，就显得奇怪了。蓝妮只好对她笑着点了点头。金玉辉有些讶异，但没有表现出来，也笑着对她点了点头。蓝妮便自然地转过头来，却从眼角观察金玉辉的动静。

金玉辉好像对她完全没有在意，蓝妮的心慢慢地放了下来。然而没过五秒金玉辉又把脸转了过来，盯着她看了几秒，接着竟朝她走过来了！蓝妮吓得差点滑到桌子底下：怎么？她看出什么了吗？不可能啊？她还能有透视眼，能看出她蓝妮女儿身里藏着个老绅士不成？转眼间金玉辉已经走到了她的面前，彬彬有礼地问：“请问你耳朵上的是金蟾耳钉么？”

呃？蓝妮本能地一摸耳朵，接着心里大声叫苦：真是自作孽不可活啊！

人就算再怎么想隐藏身份，跟人聊久了，总会不自觉地透露一些有关自己的蛛丝马迹。蓝妮虽然是二次元住民，也非常关注自己的三次元生活，因此也非常爱钱。她听说金蟾是招财的吉祥物，便买了支金蟾耳钉——其实只是玫瑰金，造型也不是中国传统的蟾蜍造型，戴在左耳上，自以为很有个性。跟金玉辉聊天的时候，为了彰显“老绅士的个性”，就不知不觉地动用了这个现成的素材。她当时只是随便说说，没想到金玉辉竟然……竟然记下来了！

“啊，是啊。可以招财的……”蓝妮知道自己现在笑得一定比石头刻的还僵硬。

“哦，真是少见呢。”金玉辉又盯了她的金蟾耳钉一眼，然后笑开了，“也许很冒昧……请问你认识邱冰么？”

邱冰就是蓝妮为自己网上“老绅士”取的名字，其实是从“秋冰”转化而来。现在听到金玉辉提起这个名字，简直脑子发炸。面上只得佯装无事，“邱冰？不认识哦。”

金玉辉却没有因此作罢，继续盯着她看。蓝妮被她看得心头发毛，正想问她在看什么，结果差点被金玉辉接下来的话吓跳起来，“我觉得你有点像我的一位朋友……真是凑巧呢。”

什么？什么？蓝妮的脑子里已经一片混乱：她可没按自己的长相找照片啊？！金玉辉怎么会说她长得像“邱冰”呢？欸？好像她是从网上看过，说人觉得有眼缘的人都和自己有几分相似……天哪，难不成是因为那张照片有几分像她，所以她才挑来作假身份的照片？

想到这里，蓝妮简直汗毛直竖，却依旧强装镇定，“啊哟，这可真是巧呢……请问你的朋友叫什么名字？真的和我很像么？”

这一下以攻为守，金玉辉反倒迷惑起来。蓝妮妈妈和其他两人不明就里，早已诧异地看了金玉辉半天，金玉辉赶紧讪笑着敷衍了两句便走开了。蓝妮松了一口气，却发现金玉辉似乎一直一边喝茶一边偷看她，她赶紧几口把茶点吃完，然后催促妈妈走路。

出了门后蓝妮稍微松了口气，却依然怕金玉辉跟过来。想留心查看，却因为她和妈妈坐公车回家，因为座位靠近车头，根本没法看到车后的境况。眼不见为无，她就想当然地觉得金玉辉应该没跟过来，又不由自主开始神游。而“苏清远有女友或在追某人”这个想法在她神游时忽然浮现，让她顿时觉得心里塞了个毛团，非常非常的不舒服。而此时偏偏有一对情侣在她面前腻歪，让她觉得十分碍眼……

欸？蓝妮忽然发现了一件事，接着便也不觉得这对情侣碍眼了——因为他们给她提供了线索：这对情侣戴着情侣项链啊。仔细想想，苏清远戴的项链也许也是成套的。她应该上网好好搜一搜，看看苏清远的项链到底是不是情侣款，再看看公司里哪个女人戴着同款的项链，不就都明了了么？

按照蓝妮之前给自己的定位，苏清远的这个闲事她是万万不需要管的，可此时她却完全忘了这个定位。她一回家就打开电脑搜索苏清远的项链——她没有苏清远项链的图片，又没有首饰专家可以询问，怎么找？别急，这一点都难不倒她。现今的网上，只要能找准关键词，不管是什么东西，都能很快搜出来。

蓝妮记得苏清远的项链是个方形的喜字图案，应该是玫瑰金。以他的家底儿，买的应该是品牌。所以她就在搜索框里输入：方形、喜字、玫瑰金、品牌几个关键词，果然搜出苏清远的项链是卡地亚的玫瑰金方形喜字情侣项链。

哼。蓝妮感到眉头有根神经狠狠地一抽：好啊，果然是情侣项链……既然都到戴情侣项链的份上了，那关系应该很近了吧？一想到这里她就有了一种难以言喻的冲动，恨不得立即把这个女人找出来——虽然也在提醒自己明天才能到公司查看，但心里就像长了草一样。她正在纠结，忽然一拍脑门，大骂自己笨蛋：怎么不能立即找？公司不是有 QQ 群么？从 QQ 群就能看到 QQ 号，然后进 QQ 空间。现在的女人爱自拍爱到发狂，总能有几张戴项链的照片。找到照片不就能找到人了么？

蓝妮立即打开工作Q。她公司有一个超级群，一千人的容量（群成员六百多人），所有的员工都要加群，而且要实名，并在群名片里注明自己是哪个部门。至于各个部门又另有小群。蓝妮就从这个总群里找那个女人。这可是项艰巨的工作。蓝妮虽然是这个公司的人，但由于她的宅女属性，公司里的人根本认不全。虽然能从名字分出男女，但她根本不知道哪些人年纪大哪些人年纪小，哪些人已婚哪些人未婚，哪些人漂亮哪些人丑——按照蓝妮的想法，苏清远正在追的女人一定是年轻漂亮单身的，但由于她接触面的匮乏，她根本没法依这个定位缩小搜寻的范围，只有把所有女人的QQ空间都打开来，一个一个地找。这样看来蓝妮注定得当“国宝”了。

然而她运气却出奇的好，很快便在公关部白朵朵的空间里找到了她戴着与苏清远同款项链的照片。蓝妮足足盯着照片看了三十秒，一边看一边冷笑。要知道，她平时最不待见的就是公关部的人——这虽然不能说是工种歧视，但搞“具体工作”的女性不喜欢搞公关的女性，这几乎是每个单位都能看到的现象。另一个原因，恐怕就是女人们都不喜欢拉风的漂亮女人，而白朵朵几乎是公关部最拉风的。在她看来，苏清远竟然喜欢这种个性张扬的庸脂俗粉，品味真是低到一定境界。她对他非常的生气和失望，对他的看法都要改变了。

第二天上班的时候，蓝妮依然被这种情绪所影响，表情活像苦大仇深的哈士奇。因为情绪不佳导致状态不佳，她到洗手间去，准备用凉水洗脸醒醒脑子，没想到洗好了一转头，发现办公室里其他女人都来了，李新兰还随手把洗手间的门带上了。

“干吗？”蓝妮冷笑着问。要是平时，她见到这个阵仗可能会有点发怵，但现在她满腹无名之火无处发，简直想要闹事，见她们这样，反而有种“来得正好”的感觉。

办公室的其他女人没有答话，只是绷着脸围住了她，然后由李新兰开口，“你就老实招了吧。”

“招什么？”蓝妮冷冷地睨着她。

“还装蒜……”李新兰的脸猛地涨得通红，“你和苏科长到底是什么关系？他怎么会送你俄罗斯套娃？”

原来，李新兰看到蓝妮的俄罗斯套娃后就留了心，又联系到之前苏清远跟人讨论送礼物的事情，觉得心里不安，便去查看苏清远淘宝网个人主页——现在网购的个人页面上会显示最近购买过的商品。大概苏清远心粗，没有设置隐藏，结果动向全被人看去了。苏清远连淘宝账号都被挖出并监视，也算是很可怜的了——果然发现了那个俄罗斯套娃，醋意顿时如大江般奔涌。再跟其他几个女人一谈论，几条醋江顿时汇成了醋海，于是一起悲愤地来找蓝妮算账。

蓝妮听出她们竟然有把她当成苏清远女朋友的意思，觉得颇具嘲讽意味，忍不住哈哈大笑起来。李新兰她们被她笑得目瞪口呆，正要问她干什么，却见她收敛了笑容，表情也变得一本正经，“我和他没什么关系。只是他和他妈妈闹别扭，我给他出主意，化解了家庭矛盾。他为了感谢我，才送我这么一个工艺品而已……你们也太紧张了，谁听说过送女友工艺品的？不都送情侣戒指、情侣手镯、情侣项链的么？”

李新兰她们仔细想了想，觉得很有理，但依然将信将疑。

蓝妮忍不住嘲讽地一笑——不仅是在嘲讽她们，也是在嘲讽自己，“其实啊，也不怪我说你们。你们观察力和判断力都太差了。对和苏清远戴情侣项链的人视而不见，反而来抓我这么一个局外人，真是让人既好气又好笑啊！”

“什么？！”李新兰她们全都呆住了。

蓝妮带着李新兰她们回了办公室，李罡正好也不在。蓝妮打开了电脑，给她们看白朵朵带着喜字项链的照片，然后冷笑着说：“她戴的是女款。至于谁戴的是男款，你们都该想起来了吧？”

李新兰她们全都气得咬牙切齿。蓝妮知道马上就会爆发一场对白朵朵的大批判，从她的为人处事到穿衣穿鞋都会被批判到。果然李新兰首先恨恨地说："原来是这个女人啊，她配么？我听说她这个人一点都不检点，跟几个客户关系都不清不楚，这种滥女人，她也配？"

其他女人也都纷纷指责起白朵朵来，果然是从为人处事到穿衣，一点都没落下。不过谁都没有李新兰说得恶毒。

蓝妮冷眼旁观，觉得这些女人已经心照不宣地建立了同盟——蓝妮的感觉还是很敏锐的，那就是她们一起注意苏清远和白朵朵的动向，有信息及时分享，肯定也会做点事破坏苏清远和白朵朵的关系。而她自己，恐怕也被她们纳入了同盟圈。对此，蓝妮在心里嗤之以鼻，却也有点想参与——破坏苏清远和白朵朵关系的事，她是不会做的，但是消息还是想知道的。

李罡回来了，女人们自动散开，做自己该做的工作去了。蓝妮也开始做工作，却总是忍不住想再看看白朵朵的空间——虽然知道李新兰说的可能是恶毒的臆测，也可能就是诽谤，但她心里还是像被小虫噬咬一样不舒服。如果白朵朵真像李新兰说得那样不干不净，苏清远就太可怜了。既然这么想看白朵朵的空间，那就看吧。蓝妮再次打开了白朵朵的空间，并且注意消去了足迹。白朵朵倒不像油条西施那么傻，把所有的东西都放到QQ空间里。蓝妮又进入了白朵朵的腾讯微博，结果在她和Q友的对话里发现了这么一句话，"这个周五要和大胖哥吃饭"。

大胖哥？苏清远可不胖。难道这丫头真在脚踏两条船？！发现这个后蓝妮异常愤怒，一时冲动把这件事告诉了李新兰，没出两分钟，科里的女同事们就群情激奋了。李新兰做了个讨论组，大家进去聊，结果做出决议：周五大家一起去看看这个大胖哥是谁。后面的话没有说，但大家都明白。如果白朵朵有不当举动，她们肯定会拍照留证，再“不经意”地让苏清远看到。

李罡虽然不明就里，但也感到办公室里气氛异常，好奇地推了推眼镜，猜测这些女人到底因为什么对着电脑咬牙切齿。

盯人说起来很容易，做起来可很难。白朵朵光说周五跟人见面，可没说几点去。蓝妮她们和她可不是一个部门，办公室也隔了很远，根本就没办法盯人。

不过李新兰有办法。她觉得既然是周五见面，那肯定是晚上下班后——真得庆幸不是周六。只要能联络到一个能盯她的人，就知道她下班后什么时候离开。按白朵朵的脾性，如果她晚上要见人，下班后肯定会在办公室好好补妆。这就有个时间差。她们一收到她离开办公室的消息就赶往大门口，说不定等她们到大门口的时候白朵朵还没到呢。这样就能顺顺当当地守株待兔，再看之后兔子怎么走。

李新兰果然有本事，很快就联络到了这么一个人。然后大家便紧张而又亢奋地等待周五的到来。因为“共谋一事”，蓝妮破天荒地在下班后和李新兰一起吃了饭——这对宅到家的她来说可是很罕见的事情。回家后妈妈对蓝妮这种转变很高兴，顺便向她展示一下自己的新形象。蓝妮看她穿了件牛奶丝的裙子，心里就有点不对劲，“妈。你怎么想起来穿这样的裙子啊？”

“哦，是这样的。”妈妈认为自己的形象很美，颇有点骄傲。“楼下卖瓜子的刘阿姨前几天看到一个女的穿这种衣服，觉得这种衣服很好看，便让她女儿帮她从网上买了一件类似的。她觉得我也会喜欢，便给我也带了一件。你看看，好不好看？”

蓝妮听得双眼发直——她可没空在意这衣服好不好看，“一个女的穿这种衣服？什么样的女的啊？”

“听老刘说是个六十岁的女的——这是她自己说的。老刘还说，要不是她自己说，还真看不出来她有这么大了。她虽然六十岁了，身材依旧跟小姑娘似的，穿着裙子有型有款的，还盘着头，戴着绿檀木簪儿……哈哈，老刘看着眼馋，就把她同式样的衣服买来穿。我当时就跟她说，人家穿起来好看，是因为人家身材好。她老刘穿起来恐怕就不是那回事了。她不信，还是买来了。我看她穿起来还行，她自己却对着镜子唉声叹气，说怎么不是那回事儿……哈哈，把我给乐死了……不过这衣服真的挺不错……”

妈妈津津有味地讲了下去。没注意到蓝妮已经呆如木鸡。妈妈讲的六十岁女人显然是金玉辉嘛！天哪！还是跟过来了？！她想干吗？！

在一瞬间，蓝妮怀疑所有事情都败露了，但仔细想想不可能。金玉辉可能只是怀疑蓝妮是“邱冰”的亲戚——戴同款的饰品还“长得像”，所以跟过来，想逮“邱冰”。因为没找到蛛丝马迹，所以就回去了。

到现在为止，蓝妮才意识到自己真的捅了马蜂窝。天哪，金玉辉怎么对“邱冰”这么痴情？难道得不到还不罢休了吗？以后她会不会还来骚扰啊？蓝妮呆坐着担忧，忽然想起一件更要命的事，赶紧打开 QQ 聊天记录，看看自己是不是还显露了什么和自己真实情况相关的蛛丝马迹。结果不看不要紧，一看吓一跳：她至少泄漏了自己喜欢听的俄罗斯音乐，自己常去的卖场，自己家附近的广场。为什么是“至少”？因为之前她的电脑重装过一次，一些 QQ 记录没了。天知道她之前是不是还泄露过什么。

发现这些后，蓝妮又是后悔又是惊慌，但应对的方法只是“日后多加小心”，以及再也不理对方。已经说了的话又不能挖回来。再说，仅凭这些，金玉辉还是无法透析真相的。如果再和她聊天，强作解释，说不定会弄巧成拙。虽然不是很放心，她也只有把这件事暂时放下。周五，就是明天，她还要和女同事们一起作特务呢。

作特务的时候很快便来到了。李新兰在下班前三分钟接到了“白朵朵已经离开办公室”的电话，然后蓝妮办公室的四朵金花便“低调而又迅速”地前往大门口。果然，在她们找好隐蔽地点三分钟后，白朵朵便蹬着她那双贴满水钻的恨天高，裙角飞扬地走了出来——哇塞，她今天穿得可真是时髦，似乎还用了胸托，把乳沟挤得深深的。看到她这般装束大家都觉得很扎眼，也因此更加同仇敌忾。

白朵朵出门就打车代步，四朵金花也打车跟进。司机看着她们“007”般的神情颇感诧异。白朵朵坐车直达百合广场，然后从喷泉边走过来一个胖子——妈呀，这家伙可真是“大胖哥”，体态庞大，满身赘肉，看起来还十分的老。四朵金花顿时义愤填膺——有了苏清远，还因为这种家伙劈腿？因此也对白朵朵更加切齿痛恨。王萍（四朵金花之一）拿出手机准备拍照，却被李新兰拦住了。一来广场人来人往不好拍，二来现在他们还没有什么出格的举动，拍了也没用。

白朵朵和胖子亲密交谈了一会儿，就双双进了一家餐馆，坐在一个角落的位置上。在李新兰看来，只有“有奸情”的人才会往那里躲。四朵金花趁他们不注意，低着头鱼贯而入，坐到另一个角落，胡乱点了东西后就头碰头地趴在桌子上。服务员不知道她们要干什么，朝她们多看了几眼，结果被她们以喷火的目光赶走：真是奇怪了，今天管闲事的人怎么这么多啊？！

她们都在等白朵朵和胖子秀奸情，他们却偏偏不秀。过了一会儿反而连话都不谈了，都朝窗外张望，像是在等什么人。接着，令人瞠目结舌的情景出现了——苏清远竟然满面春风地走了进来，在白朵朵和胖子那桌坐下，好像和他们都熟识一样！

看到这个情况，蓝妮他们差点滑到桌子底下去，然后赶紧头碰头地开紧急小会：这是怎么回事啊？三人约会？不一定……那是朋友间聚会？是苏清远想认识胖子，或是胖子想认识苏清远？是白朵朵介绍他们认识的？

但不管是何种猜测，都让金花们心里沉甸甸的。因为目前来看，苏清远和白朵朵至少是熟识——还没有方法能确定他们是否是恋爱关系！

她们很想偷听苏清远他们在说什么，却因为隔得太远而听不见。想通过肢体语言揣测，却谁也没有那个本事。正在无计可施的时候，郭明华（四朵金花之一）忽然眯着眼睛低声惊叫，“欸，你们有没有发现……很奇怪啊！”

“什么？”大家都是一凛。

“你们发现没有，今天白朵朵没有戴那个喜字项链……既然是情侣项链，和苏科长见面一定要戴着才对啊！”

“嗯？”大家赶紧都朝白朵朵看去，果然看到她白花花的脖子上什么都没有。然而就在这时，因为四个人一起看的动作实在太扎眼，白朵朵认出了她们，不由得十分惊诧，赶紧对苏清远说：“哎哟，苏科长，这不是你办公室的那四位姐姐么？”

李新兰见机倒快，笑着站起来朝白朵朵那一桌走去，“哎哟，真巧……我们来这里聚餐，你们也是？”

蓝妮她们也赶紧嘻嘻哈哈地往苏清远他们桌边聚集——她们都在心里暗暗佩服李新兰的反应，竟然能见机行事反客为主。

“哦，我们啊，”苏清远答话了，“我们是研究神秘事件的同好。”说着尴尬地笑笑，“说起来有些特别，我们都喜欢 UFO.”

“噢，确实很特别……”蓝妮她们赶紧笑着接话，心里却都是颇为诧异：真看不出来，苏清远竟然还喜欢这种老土和没谱的东西。对白朵朵则更加感到诧异：这女人的 QQ 空间除了衣服鞋子首饰外，基本上没有别的元素，这种人会喜欢 UFO？

苏清远感到了她们的诧异，有些尴尬，赶紧继续话题，试图化解尴尬。“这位大哥，”朝大胖子一指，“叫辛严，就是我市民间研究

UFO 的权威。”

辛严微笑着朝她们做了个 V 字，一副很自恋的样子。“UFO 是个很迷人的谜团哦。你们愿意一起研究么？我保证你们一进去就会出不来的。”

对此蓝妮她们只有讪笑。她们也知道已经无法通过谈话挖出更多的内容，而且谈话似乎已经往奇怪的方向发展，只有扯了个借口离去。然后找个冷饮店，每人各灌一大瓶可乐，然后气鼓鼓地各自回家。今天的行动算得上十分失败。不仅没逮到“奸夫淫妇”，还没能确认苏清远和白朵朵的关系。虽然郭明华发现了戴项链上的疑点，但她们不能因此判明苏清远和白朵朵的关系。只要不能判明，她们就不放心。

然而非常出乎人意料的是，第二天，白朵朵竟然通过 QQ 找到她们，请她们一起去吃饭。她们不知道白朵朵要搞什么名堂，惊疑不定地去了，结果发现白朵朵的脖子上挂着那个喜字女款项链，不由得更加惊疑不定。

白朵朵看到了她们的神情，赶紧笑笑，摸了摸项链，“我就是为了解除误会才请你们吃饭的……为了解除因它而起的误会。”

蓝妮她们全都目不转睛地看着她。

“其实……”白朵朵有点尴尬，也有点幽怨，因此没有开门见山，“我昨天看到你们都在，就知道大约是怎么回事了……”说着朝她们一笑，“其实我已经发现，郭明华姐姐，王萍姐姐，还有李新兰姐姐最近都曾访问我的空间，看的还都是我戴这条项链的照片……你们三位姐姐平时和我没有什么往来，都来看我的空间，还都来看这张照片，我就已经知道是怎么回事了。”

李新兰她们的脸顿时涨红了，蓝妮则忍不住翻起白眼然后冷笑：这也算是女人悲哀的习性之一吧。越是被某个事物刺激和引起嫉妒，就越会不由自主地反复看它。她们肯定是因为看得太频繁，而某次忘记了删除访客足迹，也有可能是一开始就没想起来删。

看了她们尴尬的神情后，白朵朵像被触动了什么心事，更加尴尬和幽怨，并局促不安地摸着自己的水晶甲面，“我知道你们一定是把我当成了苏科长的女朋友……其实我不是他的女朋友。这串项链，”说着摸了摸项链，“这是我自己买来戴的……算是模仿，也能让我有种……离他很近的错觉。”

蓝妮她们恍然大悟：怪不得她和苏清远见面时不敢戴着项链呢。原来是怕苏清远看到见怪。接着她们面面相觑：那她们昨天忙乱的那一场算什么啊？

白朵朵按着指甲上的花饰，更加尴尬，也有些自怨自艾起来，“其实……我一看到你们那样子，就知道你们肯定跟我一样……也是恋慕苏科长的人……也许你们对我有些成见，但是请你们相信，我和你们是一样的。”她这些话都是为她下面的话铺垫，却见李新兰她们都是“心里没数”的样子，只好直说，“所以我们可以经常聊聊，如果我知道了谁是苏科长正在追的人，我会告诉你们……如果你们知道了，当然也可以告诉我，哈哈，哈哈……”

李新兰她们听得哭笑不得，接着面面相觑。

穷折腾了这一番后蓝妮很是沮丧。发现家里的事后更觉得心烦——妈妈虽然上次安排相亲受挫，但是越挫越勇，竟然又在蠢蠢欲动，准备给她介绍别人。估计五一节的时候又会有一场。蓝妮现在对相亲活动更加抵触，只想在五一节找个借口躲出去。正好五一节的时候公司安排集体旅游，蓝妮对此极是雀跃。不想却招来了李罡的鄙视。

“怎么了？”蓝妮不解。

“你还真以为这次是好事啊？”李罡推了推眼镜，依旧是一脸鄙夷。

李新兰她们都关心旅游的事情。一听这样说立即靠了过来。

李罡快速地在搜索框里敲进了几个关键词，极为迅捷地搜出了一串新闻。“你们看，我们要去的这个度假山庄，就在前几个月发生了一起杀人案，死了四个人，到现在都没有破案。因为这个缘故，估计现在已经门可罗雀了。老板是因为关系，才把我们这些人塞过去旅游，帮他们弥补亏空冲人气！”

“哎呀！”听完这个后蓝妮她们顿时都龇牙咧嘴：这倒霉催的，不等于去猛鬼胜地观光了么？

“这个应该没什么吧？”苏清远的声音忽然响起，把大家都吓了一跳。

李罡和蓝妮脸都红了。李罡脸红，是因为他讲小话的时候被苏清远发现了。蓝妮脸红，是因为他刚才离她这么近，她竟然没有发现！

“真的没有关系么？”李新兰迟疑着说，“那里可是死过人啊。”

“其实，”苏清远“扑哧”一声笑了出来，“国内乃至世界的大部分宾馆和旅游胜地都发生过各式各样的意外事故。没办法啊，宾馆是人来人往的地方，接待的人特别多。而人们出门在外，就有可能遇到各式各样的风险，更别说有些人想不开，专门跑到宾馆自杀的。要是安排我们去其他度假山庄，兴许那里也死过人，但是我们不知道，不照样去住？再说……”说到这里他坏坏一笑，“新城区的好多建设用地之前都是坟地。西北的大学城之前都是乱葬岗，我们这栋大楼的地基也可能是老坟地。我们天天在这里活动，不也是没什么事么？”

苏清远这一席话把大家都说得哑口无言。苏清远大获全胜后又安慰大家，“不过大家也不用担心，都已经过了几个月了，肯定都干净了。而且既然已经被新闻曝光，度假村那边一定会很小心的，凶案发生地一定会被封起来不对外开放。只要封起来了，跟我们也就没什么关系了。”

听他这么说大家也只有作罢。

第三章　风云突变吓死人

四月二十九日下午，他们坐上公司的班车去了那个度假村。出乎他们的意料，那里看上去并不像阴风恻恻的鬼域，而是阳光灿烂，花红草绿，窗明几净，一副生机勃勃的样子。要不是事先看过新闻，就算别人对他们说这里发生过杀人案，他们恐怕都不会信。

环境最能影响人。李新兰她们很快就变得欢天喜地，到房间放行李去了。李罡却依旧一脸沉重和严峻，拎着行李，一步一张望地慢慢地走，就像这里可能埋有地雷，或是周围会忽然飞来冷箭一样。

“你干吗啊？”蓝妮忍俊不禁。

“什么干吗啊？”李罡竟然还觉得蓝妮问得奇怪。

“你这搞得跟偷地雷似的……”蓝妮忍不住笑出声来。

李罡被她搞得不好意思，赶紧不再那么搞笑，却依然强调自己行为的“正确性”，“在这种地方，还是小心点好……那个杀人案可是没破啊。天知道那个杀人犯会不会就潜伏在这里呢？会不会回来呢？”

“哈？”蓝妮哭笑不得。要是其他人，肯定会笑话李罡真是个胆小鬼。而蓝妮却因为同是宅人，知道宅人的属性：说是小心，其实是在网络上宅久了，在真实世界里反而有些局促不安，才会一有一点点儿事情就过度紧张。所以笑笑就过了。

这个度假山庄的装潢还真不错。虽然是如假包换的现代建筑，但是伪装得很好，搞得就像是古代建筑一样。窗户是圆的，窗棂是木质的，漆着红漆，镂空成燕子穿云逗花图。蓝妮很是开心——但也有一点点不开心，那就是要和李新兰住一个屋。而苏清远，估计就是和李罡住一个屋了吧……哈哈，李罡估计得尴尬死。想到这里，蓝妮的促狭劲儿犯了，忍不住想偷窥他们彼此是什么情状，便悄悄地往他们房间的方向溜，结果竟意外看到苏清远在走廊里和一个女人说话。

这个女人看起来有二十四五的样子，梳着个马尾辫，穿得很时髦。蓝妮依稀记得她曾在前台帮忙招呼客人，穿得又如此不俗，难道是山庄老板的女儿？蓝妮见她和苏清远聊得很投机，忽然想起一件事，不禁心头火起：好啊，苏清远这家伙不会是为了帮她，才一意说服他们来这里的吧？

因为已经是傍晚，组织旅游的人并没有安排什么游览活动。只在晚上召开篝火晚会。旅游山庄的老板请了附近的专业团体在晚会上表演——看来他为了挽回人气真是下了血本。表演者表演得很认真，但对于在“网上见过世面”的蓝妮等人看来很属平常，所以便没有什么兴趣，便三三两两地从篝火晚会上出来，到一边的凉亭里说话。不知不觉中，蓝妮竟发现科室里的人都聚齐了。当然了，还有那个疑似山庄老板的女儿。

一见到她蓝妮就觉得十分碍眼，便借着凉亭里的灯光，偷偷地瞄她的领间，看她有没有戴喜字的玫瑰金项链。还好，没有戴。蓝妮不由自主地有了幻想：也许苏清远之前和她不认识。然而事实却很快打消了她的幻想：苏清远替“山庄女儿”介绍，说她叫童美清，是山庄主人的女儿，还说她个性虽然很好，但是可不要轻易找她帮忙，因为她个性迷糊，办事不牢。童美清则笑着嗔怪他，叫他不要胡乱诽谤她——好么，如此亲昵的互动，这俩人果然是“老熟人”。

夜晚的凉亭最是胡扯八道的好场所。他们把废话说完后，王萍竟然提议说鬼故事，大家居然一起叫好，竟像都忘了这里曾经发生过杀人案，可能是“猛鬼胜地”一样——没办法，人就是这么矛盾，有时候越是在有问题的地方越是喜欢追求刺激，越是可能引发恐怖的事情越喜欢做。

蓝妮对这其实是不赞成的，但是因为很少“逆潮流而动”，所以没有提出反对意见。于是由王萍先开头说了一个鬼故事——这故事是相当的恐怖，但是是网上流行过的。蓝妮早就看过，所以在其他人吓得咋舌的时候非常淡定。其他人也说了几个，但是都没有什么破坏力。很快就轮到了苏清远。蓝妮本来在神游，此时却不由自主地集中精神。李新兰她们也是饶有兴味的样子。

苏清远也是一副憋足了劲儿要把故事讲好的样子，一脸严肃，目光深沉，若有所思，就像透过夜幕看到了遥远的地方。

“以前，有一个地方叫猛鬼路。为什么叫猛鬼路呢？那是因为这条路上经常发生车祸。谁要是在夜里走这条路，就会被鬼跟。因此人们都不敢在晚上经过这条路。有一天，有个人迫不得已要在晚上经过这条路。他非常非常害怕，骑着摩托，在这条路上飞驰。即便车子开得很快，依然嫌车子开得慢了，更觉得身后似乎有很多鬼影跟着。然而也许那天注定要出事，这人经过垃圾堆的时候，忽然刮起一阵旋风，把纸片和垃圾袋吹得漫天飞舞。他被这阵风吹得浑身冰凉，也因此更加害怕，满脑子只想赶紧走完这条路。然而不知道是心理作用还是怎么的，他忽然感到背后似乎有什么东西跟着他。他一想到这个就全身凉透，不敢回头看，但又不得不看。于是他战战兢兢地回头一看，哎呀！后面有个黑乎乎的、长着长发的女人的头跟在他的车后。我的妈呀！他立即吓得屁滚尿流，摩托也骑不好了。没看到前面路上有块石头，一下撞上去了，连人带车地翻进路边的沟里。因为摔得很重，他当时就晕过去了。等到第二天上午，才有人发现他，赶紧把他叫醒。他一醒就对人家说自己遇到了鬼，说昨晚有个黑糊糊的女鬼头跟在他的车后面。说着看向他的摩托车，发现那个黑糊糊的女鬼头竟还在车后座上呢——你们猜怎么着？那个黑糊糊的东西其实是个塑料袋，昨晚刮风时被风吹起来，挂到他的后座上的！他骑车飞驰的时候塑料袋被灌进风，就像个黑糊糊的鬼头了！”大家本来被他的鬼故事吓得屏声静气，此时却忍不住捧腹狂笑。蓝妮一边笑一边偷瞥他：哎哟，还真要对他进行再认识……竟然还很调皮和幽默！

接下来就轮到李罡了。李罡如临大敌，一脸严肃。讲的故事应该是原创，但是因为语言没有组织好，说得并没有趣味，结果没讲完就被打断了。最后就剩下童美清了。童美清一直在静静地听着，此时尴尬地一笑，“其实我不会说鬼故事……”

“那就不……”苏清远刚要为她打圆场，没想到李罡抢先说，“那就说点别的……说点悬疑故事也可以……只要恐怖的。”然后没等童美清回答就补了一句，“这里之前不是发生了杀人案么？把那个说来听听？”

哈？蓝妮立即斜着眼朝他看去。好家伙，这人还在惦记着“案子”呢？借这个机会盘问啊？

苏清远皱起了眉头，但见李新兰等人竟然也是一副很感兴趣的样子，顿时哭笑不得，好家伙，原来都惦记着呢。童美清露出了为难的神情，但也隐隐有一吐为快的意思——其实遭遇了恐怖的事情之后，还是说出来比较舒服。斟酌了一会儿后说：“那我就告诉你们……但是你们千万不要告诉别人。”

李罡和李新兰他们纷纷点头，目不转睛地盯着她。

“其实，”也许是集中精神回忆当时的情况，童美清的表情晦暗起来。“这件事真的是非常非常诡异……警方说可能是劫财杀人，也可能是仇杀，但是我觉得都不像……好吧，你们算是自己人，我就告诉你们吧……被杀的这四个人，是两对情侣，分住在不同的房间，一对住在顶东边，一对住在顶西边。他们登记的资料天差地远，一点都看不出这两对情侣有什么联系，所以根本不可能是仇杀——如果是仇杀，那他们一定是同一个人或是同一伙人的仇人，彼此之间应该有联系。至于劫杀，我觉得也不像。因为他们所带的财物并没有丢失，只是手上戴着的戒指不见了。警方就根据这个推测是劫财杀人，但如果是劫财，为什么不劫干净呢？既不像是仇杀，也不像是劫杀，还只拿戒指，倒真像是电视剧里连环杀手的所为……最诡异的是，两对被害者的房门，都没有被撞开或是撬开的痕迹……证明凶手是用高超的骗术，骗开房门进去的……”

她这不说犹可，一说把大家全都吓得浑身发软——这可要比刚才讲的故事恐怖多了。其他人都光顾着发怵去了，蓝妮却想到了一个问题。“你们走廊里应该有监控录像的吧？把监控录像调出来一看，不就全都明了了么？”

“哎呀，这个……”童美清的脸猛地涨得通红，半晌后才尴尬地笑笑，“那一天比较巧……监控录像失灵了……不过现在已经全部修好了，你们尽可以放心！”

“呃？”她这么一说，大家反而都不放心了，七嘴八舌地问她监控录像是不是真修好了。童美清只有尴尬地再三保证监控绝对是好的——因为出了这事儿，山庄已经是元气大伤，如果再出纰漏，肯定要关门大吉了。所以监控之类的设备绝对是好的。大家这才稍微安心，因为听了凶案后冷汗直冒，也不敢在室外多逗留了，纷纷回房休息。蓝妮本以为苏清远和李罡会在同一个房间，却发现他们进了不同的房间——一问，才知道是“房间有富余”，童美清给他安排了个单间。这就显然是特殊照顾了。蓝妮心里很不舒服，但也只有作罢。好在，苏清远的房间依然和她们在同一条走廊边。

因为被凶案吓到了，蓝妮和李新兰把房门的锁和勾链——各种能锁的全都锁上了，才敢放心上床。白天已经很累，蓝妮本来以为自己能很快睡着，却因为被童美清的叙述激发了想象因子，一闭上眼睛就似乎看到一个穿着死神斗篷的大块头杀手站在面前。蓝妮因此被搅得无法入睡，好不容易睡着了，忽然听见李新兰大声惊叫，“啊！有坏人！”

听到这一声后蓝妮差点从床上飞起来，想都没想就跳下床来。李新兰已经打开门冲了出去。她也跟着李新兰往外冲。李新兰出门后直奔苏清远的房间，“砰砰砰”地敲苏清远的门，“苏科长，不得了啦！我们的房间里……有一个杀手！”蓝妮之前迷迷糊糊地跑出来，其实没弄清发生了什么事情。听李新兰这么一喊，顿时吓出了一身冷汗。

苏清远赶紧出来——他出来其实也没什么用，还是叫来了山庄的保安，到李新兰的房间里查看。李新兰全程缩在苏清远的后面，还似乎无意地把手放在苏清远的肩膀上。蓝妮看到后觉得十分碍眼，但因为“正在找坏人”，也不便说什么。保安把整个房间都细细搜索了一遍，并没有发现什么。苏清远又把童美清叫来，把走廊的监控录像调出来，结果没发现任何人进入蓝妮和李新兰的房间。

李新兰的脸涨红了，蓝妮也感到很丢人，鄙夷地看着她。

“对不起……”李新兰呆了半晌后讪讪地说，“可能是我做梦……没办法，那个案子实在太吓人了。”

苏清远很是恼怒和鄙夷地看着她，想说什么，最终却没有说。见他没说话，童美清和保安们也不好说什么。蓝妮却不打算这样放过李新兰。等李新兰走进房间关上门后，忍不住大声抱怨，“你刚才也太搞笑了吧？”

“苏科长是一个人住的。”李新兰没有理她，思忖着来了这么一句，听起来颇为没头没脑。“他开门的时候，屋子里的确没有别人……也是从别处找来的童美清……看来我是多虑了。”

“嗯？”蓝妮听这话觉得很有文章，细品之后顿时张大了嘴半天合不拢：好家伙，原来李新兰刚才是在演戏，真正的目的是去查房啊！怪不得刚才趁机吃苏清远豆腐呢！

“你……你这也……也太凶残了吧？！”蓝妮激愤之下话也说不清楚，“我可是差点被你吓死……且不说你这法子多坑爹，你玩这把戏，起码事先跟我说一声吧？！”

“嘿嘿。”李新兰笑着嗔她，“要是一早跟你说了，你戏演得不像怎么办？”

“好啊，你……”蓝妮气得发晕，正要再说什么，李新兰却把食指放到唇边，“嘘”了一声，“不要大喊大叫哦，这里的房子可不是很隔音，被人听到就不好了呦……如果让苏科长听到了，他说不定会以为你是我的同谋呢！”

蓝妮僵住了——李新兰这话说得有理啊！她赌气一头睡倒在床上，用被子蒙住头。因为这么一折腾，心里又有气，她熬到下半夜才睡着，以至于第二天爬山的时候也是晕晕的。然而事情偏偏这么不巧，爬山时遇上的还是个自作聪明的笨导游。他先是带着他们在山里乱转了一气，然后把他们带到了一个石崖边，怂恿他们爬——这个石崖真是难爬到极点，不仅非常陡，还没有像样的路，只有一个个浅浅的石头窝窝供人踩。石崖旁边就是深渊，只有一条铁链作防护——显然它根本就起不了多大的防护作用。有些人不想爬，导游便说他们“不走回头路”，其潜台词就是说如果你不爬就可能自己被丢在这儿了。导游还说这个石崖可能看起来很让人头痛，但是如果“你征服了它”，你就会很有成就感。

有些人被他忽悠住了，开始努力爬。蓝妮对此却是嗤之以鼻：这个山崖又没趣味又不安全，干吗要“努力征服它”啊？什么叫不走回头路啊。要是真有游客落下了，看你还不哭爹喊娘？骗谁呢？这时，她看到有条岔道岔到旁边山坡上，便自顾自地走到山坡上休息去了。

这山坡上环境还是很不错的，有着地毯般的绿草，还有阳伞般的树阴。她便找了个最舒服的地方坐下，吹着凉风，很是满足。不知不觉中，她有了种古代雅客的感觉，便拿出自己在网上买的绣花丝帕——没办法，宅人大都有几分偏爱古人的嗜好——轻轻擦脸，之后更突发奇想把它顶在手指上，模仿二人转艺人转手帕那样转了起来。然而正在转得开心的时候，忽然有一阵风吹来，把手帕吹走了。她赶紧起来追：这个手帕虽然不贵，上面绣的花样却是她极喜欢的，轻易不舍得丢掉。还好这阵风不大，她追了不远就把手帕捡了回来，然后她就往回走。眼前依然是山坡和绿草，可就是看不到岔向山崖的那条小道。

蓝妮呆住了，背后渗出了一层冷汗：她这是迷路了么？！蓝妮赶紧掏出手机，想打给导游。却不知怎么的，手机信号极差，根本拨不通，打了几下后手机竟然没电了——糟了，昨天忘给手机充电了。蓝妮顿时觉得天也黑了，地也窄了，慌忙在山林间乱撞起来：她认为自己离正路不远，抓紧找，应该可以找到出去的路。没想到穷撞了一阵之后不仅没有找到出路，还似乎在山里陷得更深了。她不知道，这座山以前被当地人称为乱麻山，就是因为这里的地形十分复杂，走进去之后就像走进一团乱麻一样。外地人贸然进去，十有八九都会迷路。蓝妮这下身上心里都凉了，仰天长叹，深深痛悔自己不该随意掉队。不过还好这里是旅游景点，不是原始森林，应该很快就有人来救。她依稀记起以前在网上看过：如果在野外迷路，千万不要乱跑，应该待在原处等人来救。但是没等在原地待几分钟，她就感到鸡皮疙瘩一个个地凸了起来，根本待不住。她又想起那件凶案了。电影里的连环杀手可有很多藏在山林里啊。他要是不声不响地摸了过来，她不就……想到这里她越发没法在原地等，不得已又开始找路，结果又是越摸越深。她彻底丧失了希望，心里又怕得厉害。想要大哭——反正这里没有别人，哭几嗓子也没关系。然而就在她咧开嘴准备哭叫减压的时候，忽然听到不远处有人声。她立即把眼泪全部吸回肚子，拼命朝那边跑去，一边跑一边喊：“我在这里啊！到这里来！”

那边的人也非常激动，叫喊着跑了过来。等蓝妮看到来人后，顿时觉得有点不对：怎么是苏清远和白朵朵？等到白朵朵开口说话后，蓝妮心里更是猛然凉透了。白朵朵竟然说：“你是来找我们的么？”

“找你们？”蓝妮呆呆地看着他们，哭笑不得，“你们也迷路了……”

“是啊……”苏清远狐疑地看着她，很快便从她那个“也”中品出了问题，“你也迷路了？”

蓝妮没有回答，只是哭笑不得地看着他们。苏清远和白朵朵的脸色顿时变得很是晦暗，沮丧万分地坐了下来。看他们如此，蓝妮也觉得身上不再有一分力气，也坐了下来。她偷看他们的脸色，发现他们的脸色略有不同：苏清远是沮丧之中带有几分怒意，白朵朵则带了几分惭愧和惶恐。

蓝妮觉得到了可以问他们的时候了，便问——其实不问她也知道发生了什么。无非是白朵朵想找机会和苏清远过二人世界，把苏清远约了出来，然后两人一起迷路了。但即便如此，她也想问个清楚，否则怎么揣测二人现在的关系？

“你们怎么也迷路了？也掉队了么？”

“不是。”苏清远的脸绷得紧紧的，“白朵朵跟我说，不远处有只小狐狸掉进了猎人的陷阱里……她自己救不出来，便喊我去帮忙。我……关爱小动物……”

本来，“关爱小动物”这件事可以很骄傲地说出来，但是苏清远说的时候却是满脸羞愤和恼怒。哈哈。蓝妮在心里偷笑了起来，照这个样子看，苏清远已经发现自己被骗了，而且很是恼火。这就证明苏清远一点都不喜欢白朵朵。

“结果……都怪我太笨，”白朵朵还在一脸心虚地圆谎，“不仅没找到狐狸和陷阱，还害得大家迷路了。”

蓝妮原本暗自乐呵，一听到“迷路”两个字后陡然回到现实。是啊，迷路的确是个大问题。更何况很可能有个连环杀手环伺在侧。她现在的确没空乐呵。不过，现在是三个人聚在一起，比她刚才一个人乱撞好点儿。之后，三人便商议如何走出山林。蓝妮没有问他们的手机是否有电，他们的手机肯定和她的一样没有信号，否则也不会迷路。商议了半天，最后还是决定用土办法——放路标。苏清远为了让路标醒目点儿，就找了一些色彩十分鲜丽的石头。他们约定，按风吹来的方向走，如果出现必须转弯的路就放下一块石头。他们慢慢地走着，却始终没有看到出路。这山林有这么大？正在他们非常迷惑的时候，白朵朵忽然惊叫了一声。他们这才发现，前面不远处就是他们放下的路标——他们竟然又转回来了？

这下他们彻底没辙了，并且感到绝望。苏清远自己也很绝望，但还忙着安慰她们，对她们说不要害怕，这里毕竟是旅游景点。他们不见了，一定会有人来找他们的。白朵朵带着哭腔问什么时候会来找——她已经完全崩溃了。苏清远猜度说应该是等到晚上午夜过后，其他人发现他们依然没有回来的时候。

他这一说大家顿时哑然，他自己也沉默了。看来他们必须要在山林里等到午夜过后啊。虽然是事实，但是十分让人沮丧。蓝妮叹了口气，想说既然如此我们还是在原地等着吧，忽然听到肚子里响亮地叫了一下。糟，已经饿了。虽然知道附近根本没什么可吃的，但她还是忍不住四处张望了一下，发现不远处的树根下有几个土黄色的蘑菇，便去摘了下来。

“这个蘑菇的颜色有点怪欸。”苏清远跟了过来，“既像有毒又不像有毒……”忽然愤愤起来，“真没想到在旅游胜地还要上演《荒野求生》……damn it!”

“欸？”一听这个，蓝妮顿时双眼一亮，“你也喜欢看《荒野求生》吗？”

“是啊。几乎每期都看……不过我可没贝尔那本事，那些乱七八糟的东西我也吃不下。”苏清远看着树干苦笑着说——他看到树干上爬过了一只甲虫，他可不要来个现场表演。

蓝妮被逗笑了，但也感到肚子更饿了。她捂着肚子，正想想点别的什么分散注意，却忽然闻到一股香味。她以为自己是肚子饿极了有错觉，但吸吸鼻子，确定那的确是饭菜的味道。她不由自主地循着香味走，三转两绕，竟发现离他们不远的地方就有座房子，先前被树木掩映着，他们没有发现。饭香就是从房子里面传出来的。

“看来鼻子要比眼睛管用。”虽然知道找到房子就等于脱离了危险，白朵朵还是有点悻悻的——她不大喜欢看到蓝妮立功，“只可惜没办法闻到山庄。”

苏清远没有理她，快步走到门口敲门。可惜没人应门。蓝妮跑到窗户边看了看，发现里面没人。她顿时感到很沮丧，抱着肚子弯下了腰。

“不用着急……”苏清远苦笑，“这饭既然已经烧得差不多了，主人应该很快就会回来吧……回来之后他一定会分我们一点东西吃……”他知道蓝妮现在满脑子想的都是吃饭。

蓝妮苦笑了一下，又扒着窗户往里看，希望闻香止饿。也许是因为饥饿的时候嗅觉极为灵敏，她闻到里面有股药味，忍不住惊叫：“这屋子的主人是卖中药的么？”

苏清远闻声而来，仔细闻了闻，忽然想起来一件事，“啊，是了。我记得有一个老头子，穿着山庄工作人员的衣服，给每一个房间送果茶。送过果茶后他还会拿出一个药瓶，卖……滋补身体的药。”其实这个老头卖的是壮阳药，苏清远在两个并不熟的女人面前说不出这个。“估计这里就是他的住处……我还以为他住在山庄里呢。”

一听屋主是和山庄有关的人，蓝妮和白朵朵又放心了好多：这么说，这个人一定会给他们饭吃，并且会立即送他们回山庄。蓝妮开始饶有兴味地想通过饭香猜测他烧的是那些饭菜，却因为药香混在里面而闻不出来。哎哟，这个药真是太香了，她从来没闻过这么香的中药。这种药，恐怕光凭香味就能让人觉得有奇效。

“你们怎么了？”身后忽然传来一个苍老的声音。听到这个声音后三人都欢呼雀跃：有饭吃了！

屋主果然就是苏清远所说的老头，背上背着一箩筐柴火，显然是砍柴归来。他拿出锅里的饭菜给他们吃，并叫他们在屋子里先歇一会儿。等他们歇足了再下山。饭菜是蘑菇、兔肉和米饭放在一起煮成的，虽然看起来有些乱，但是十分好吃。老头笑眯眯地看着他们吃，忽然发现自己忘记把砍柴刀带回来了，就叫他们好好坐着吃，他去去就来。

三人很快就把那一锅饭一扫而空。别看白朵朵长得瘦娇娇的，饭量却特别大，三个人当中就属她吃得最多。吃完后，她喊着“满足了满足了”就往老头的床上一躺。苏清远赶紧跟她说：“没得到人家许可，还是不要随便睡到人家床上吧！”

“没事。”白朵朵吐了吐舌头，“那老人家人这么好，肯定不会在意的……再说，待客都要待全部的对吧，既然招待我们吃喝，也一定愿意招待我们休息。”潜台词却说这床铺看起来不像多干净，又是老头子睡的。本姑娘愿意屈尊躺一下，已经算给足他面子了。

蓝妮其实也想去床上躺——她也早已累得全身酸痛了。但见白朵朵已经躺了上去，又见苏清远不认同这种做法，便没有去。白朵朵为了睡得更舒服点，在床上换了几下位置，随便调整了一下枕头，忽然惊叫了一声：“咦？这是什么东西，硬硬的？”说着就往枕头下面掏去。苏清远正想对她说不要乱翻别人的东西，她却已经掏出了一个纸包出来。打开一看，里面是七八个戒指。

“哎哟，这些个戒指还不错。”白朵朵一个个地仔细看，“有金的，有白金的……镶钻，镶珍珠，镶翡翠……”

苏清远和蓝妮觉得好奇，都过来看。

“欸？这个好像是对戒，有情侣对戒，有结婚戒指？”苏清远辨认了一下说。

蓝妮也盯着戒指看，心里忽然“咯噔”了一下，“等等……之前童美清说什么来着？那个杀害情侣的人，只拿走了他们的戒指？”

“不会吧。”白朵朵想都没想就加以驳斥，“哪会这么巧啊……再说这老爷爷慈眉善目的，怎么可能是杀人犯呢？他肯定是喜欢收集戒指，或是捡来的……”说到这里忽然说不下去了，脸也开始发青。这老头子干吗要收集婚戒和情侣对戒啊。再说这些戒指都是珍珠宝石和贵金属做的，他住在山里，经济水平肯定不会高，是绝对不可能有这种烧钱的怪异癖好的。要说是捡来的也不可能。丢戒指没可能一次丢一对，谁也不会把这么贵重的戒指到处乱丢。这样想来，这些戒指似乎只可能是他杀了人抢来的。

苏清远也想到了这一层，也有点慌，“我们还是离开这里吧……把那戒指也带上。”说着便去推门，谁知推了几下竟然推不开——门竟然被从外面锁上了！那老头子临走时竟然锁上了门！不让他们走，难道是因为他们到达了他的秘密基地，要杀他们灭口么？他去找柴刀，其实是要用刀杀他们的？

想到这个，蓝妮和白朵朵都是面如土色。白朵朵更是下意识地想呕，“刚才我们吃的饭……竟然是个杀人犯做出来的……天哪，他会不会给我们下药啊？！”

“应该不会！”蓝妮赶紧阻止她，“我们来之前，这锅饭就在煮了……他不可能预先知道我们要来，也不可能在里面下药……刚才请我们吃饭的时候也不会有下药的空档……你别自乱阵脚！”她这话根本没用，白朵朵依然是手足无措。而蓝妮叫白朵朵不要自乱阵脚，她自己其实也是惊慌失措的。还好苏清远没有乱——幸亏他不是那种光有好皮囊，一出事比女人还慌的狗血玩意儿——他开始用肩膀猛力撞门——只要能逃掉不就没事了么？而这木门看起来像是杂木做的，却十分结实，他猛力撞了好几下才撞开，因为用力过猛还扑倒在地。他慌忙爬起来，却看到那老头子竟然就在他面前。“哎哟，怎么了？”老头子还是慈眉善目，手里握着那把雪亮的柴刀，“我是怕你们走后会有野兽过来，或是你们贸然乱跑再迷路，才把门锁上的，你们怎么慌得撞门出来啊？”

苏清远只有苦笑，没有答话，却在心里盘算着怎么脱险。对方虽然是个老头子，但毕竟杀过人，更何况手里还有把柴刀。他苏清远可不是武林高手，空手入白刃的事情可没做过。唯一有利的是他们有三个人，老头子肯定无法同时伤害他们三个。如果他撒腿就跑，也许能引开这老头子。那样一来，蓝妮和白朵朵就可以趁机逃走。他再凭脚力甩掉这老头子，就一切都安全了。但就怕这老头子不追他，而是先扑向蓝妮和白朵朵。要是这俩家伙吓呆了不知道跑，就麻烦了。看来他只有先和老头子缠斗，同时叫蓝妮和白朵朵快跑。而自己则是能制服对方就制服，无法制服就快跑，等自己逃脱后，相信蓝妮和白朵朵也跑远了。打定主意后，他瞅了个机会就朝老头子扑了过去，想夺下他的刀。没想到老头子身手还挺敏捷，一下就避开了。苏清远收势不及，一下子扑倒在地。老头子立即挥刀朝他砍过来。蓝妮和白朵朵吓坏了，惊叫起来——其实她们都知道自己该趁这机会跑，但谁都没有挪步——她们都觉得自己不能就这样丢下苏清远。

还好，苏清远倒地的同时摸到了一块长石头，用它挡开了老头子的刀刃。从眼角瞥见这俩笨蛋女人果然没有走，顿时又气又急，赶紧大喊：“你们快跑！”

老头子又挥刀朝他砍来，他在地上一滚及时避开，忽然两块石头呼啸而来，差点砸中他。原来是蓝妮和白朵朵想用石头砸老头，却没有砸准。

“你们这两个大笨蛋！”苏清远忍不住破口大骂，“帮什么倒忙啊！快点跑啊你们！你们在这里反而碍事！”老头冷不丁又朝他砍过来，他赶紧朝后退，衣服被划破了一条口子，险险就要砍到身体了。

因为他一直被老头追砍，所以根本来不及站起来，很是被动。老头又朝他头上直劈，他一把抓住老头持刀的手，老头一刀没砍下来，就顺势掐住他的脖子。苏清远赶紧用另一只手掰老头的手，却因为老头把全身的重量都压在这只手上，他怎么也掰不开。苏清远很快就被掐得眼冒金星，忽然想起了防身术里的一个要点，狠狠地一屈膝顶中老头的腹部。老头痛极，松开手朝后倒去。就在这时一只铁锅忽然朝老头兜头砸来。这一砸力道十分大，生生地把锅底砸穿，铁锅像个围脖一样套在了老头的脖子上。老头被砸得双眼翻白，头上流下鲜血，倒在地上不动了。苏清远很是惊诧，发现砸老头的人正是蓝妮。此时，蓝妮正惊魂不定地看着他。看到苏清远表情讶异地看自己，蓝妮反而有点不乐意了，“怎么，我不能当英雄么？！”

苏清远苦笑了一下，正想说话，忽见白朵朵抱着老头的被子从屋里冲了出来，把已经晕倒的老头罩住，然后对他一顿拳打脚踢，一边打一边喊：“看你还凶不凶？！我也是不好惹的我告诉你！”

苏清远和蓝妮哭笑不得，看她的目光充满鄙夷：这该是叫马后炮啊，还是叫捡现成便宜装英雄啊？

因为这里没有绳子，他们便把老头的被单撕成布条，把老头绑了起来。白朵朵提议下山去找人帮忙，却被苏清远否决了。刚才他们就已经走不出去了，现在出去撞的话依然走不出去。而这老头子如果趁他们走后逃了，不仅那些戒指的主人沉冤难雪，他们之后也会随时处在危险中——老头如果逃出生天，岂有不报复他们的道理？那时候，他们在明，他在暗，真是防不胜防。所以唯一的办法，就是守着这个房子和老头，等救援队来找他们。

天很快就黑了。老头醒了，发现自己被绑之后只是冷冷一笑。他这种表现让大家很是心寒，所以也更不敢掉以轻心。在山里，天黑了还是很恐怖的，他们便燃起一堆篝火，抱着膝盖相对无言。过了不久，肚子便此起彼伏地叫了起来。

老头枭啼般笑了起来，“哈哈，看来你们很饿，我也很饿，喂，对死刑犯也得给点吃的吧？麻烦你们把屋子里那罐子粑粑拿出来，拿一个给我吃。”

苏清远和蓝妮还在迟疑，白朵朵却到里屋把罐子翻了出来。里面果然是满满一罐子粑粑，打开之后香气扑鼻。苏清远和蓝妮都有点把持不住，白朵朵更是忍不住拿了一块出来。

“哎呀！”老头急了，“你可不能都吃光了！”

白朵朵没有理他，拿着粑粑就往嘴里送。

“别吃！”蓝妮忽然抓住她的手。

“干吗？”白朵朵又惊又怒。

“这里面可能有下药！”

“下药？不会吧。”白朵朵有些迟疑，“这是他自己要吃的。”

“这是他的计策！他故意叫你拿粑粑，其实是想用香味引诱我们，叫我们一起吃。”蓝妮冷笑，“你要是不信，把粑粑递给他，看他自己吃不吃！”白朵朵半信半疑地把粑粑递给老头，却见老头嘴一撇不肯吃。

苏清远盯着蓝妮看了几眼，赞叹道：“看不出来你还真敏锐啊。”

“不是……”被苏清远夸，蓝妮很忸怩，“只是在书里看过类似的计策……”

“什么书？”苏清远很有兴趣。

“《倚天屠龙记》。”

“啊？”苏清远乍一下没反应过来。

“《倚天屠龙记》虽然是武侠小说，但也是小说经典啊！”蓝妮有些不满。

“啊，不是……”苏清远赶紧解释，“其实我也看过《倚天屠龙记》，我只是讶异自己怎么没记起来。”

白朵朵看着他们“相聊甚欢”，在一旁暗暗撇嘴。忽然看到苏清远的脖子上有红紫的印痕，立即惊叫起来，“哎哟，苏科长，你脖子怎么了？”

苏清远一惊，赶紧摸了摸自己脖子，“啊，对了，是被这老头子掐的！”

蓝妮也看到了——一来是由于衣领掩着，伤痕不太显眼；二来像这种掐压造成的伤痕，都是过一段时间才会显现出来。蓝妮想过去查看他的伤处，却被白朵朵抢先了。白朵朵揪着他的领子，大惊小怪地唏嘘，“哎哟，淤血了呢……不过看起来不是很严重，也应该没有伤到筋骨，万幸万幸……”忽然顿了一顿，然后耐人寻味地一笑，“苏科长您真是无论何时都戴着这条喜字项链啊。是喜欢的人送的么？”

蓝妮没想到白朵朵会在这个时候谈论充满醋意的话题，她觉得颇不合适，但因为自己也的确想知道谁和苏清远戴情侣项链，顿时也竖起了耳朵。

“不是别人送的。是我买来送给别人的。”苏清远没有犹豫便答了，却在关键的部分戛然而止。虽然没有坦言关键的部分，表情却是风光霁月，一点忸怩不带，不禁让白朵朵和蓝妮惊疑不已：难道他们的关系已经非常稳定，已经到随时可以公告天下的地步了？

白朵朵的嘴角已经开始抽搐，却依旧强颜欢笑，“那么，她收到的时候一定很高兴……”

“是啊。”苏清远笑得很开心，“这是我上班后用自己的工资买的第一个东西。我妈妈当时还很心痛，说我为什么不先买点东西给自己……”

“欸？”虽然他不是在回答问题，白朵朵和蓝妮却都听出问题来了。他这条项链是买给他妈妈的？他跟自己妈妈戴情侣项链？

虽然白朵朵和蓝妮竭力隐忍，苏清远还是看到了她们表情的异常，脸红了红，悻悻地说：“‘情侣项链’未必必须情侣戴……这东西是外国人发明的，他们发明的初衷是让人能和重要的人同享一种款式的东西而已，就和舞会时男士可以邀请自己的姐妹和女儿一起去一样……是中国人曲解了含义而已！”

白朵朵和蓝妮都只是苦笑，没有说话。即便他这样解释，她们依然觉得不太正常。就算只说苏清远是恋母情节，这种情况也是挺少见的。蓝妮更是在想，如果哪天你知道我曾扮“老绅士”钓你妈，你恐怕第一个就要掐死我。

苏清远知道她们依然在大惊小怪，不由自主地越说越窘，越窘越说：“是这样的，我爸爸很早就去世了，我妈妈一个人抚养我长大，又要照顾我，又要干事业，很是辛苦……她是个要强的人，有辛苦不会当着人说，但会躲起来悄悄伤心……我知道她是在哀叹为什么爸爸走得这么早。所以我想表示我也可以作为她的依靠，叫她不用担心……就是这么回事！”

白朵朵和蓝妮依然是苦笑，自己也觉得窘了起来。正在这时，忽然听见有人喊他们的名字。是救援队！来得正好！

救援队看他们三人搞得如此狼狈，身边还捆着个老头，都感到很惊诧和不解。苏清远连忙向他们解释发生了什么事。救援队一听这事不得了，赶紧带他们下山，接着报警。

一到警方那边就什么都明了了。原来这个老头叫穆青，文盲，早年随一个世外高人习过武，还学了很多偏门知识，但因为人品有问题，所以一直混得不好，也没有结婚。因为习武，穆青和山庄保安队长结识，并成了好朋友，因此捞到了一件山庄工作人员的制服。他混进山庄，本来是想卖点小东小西，弄点小钱儿花。他推销的方法也挺巧的，先自称是山庄的工作人员，给客人送山庄免费的果茶（其实是他自己做的）。这样客人就不会因为他是推销的而不理睬他。他的果茶做得的确不错，大家喝了都叫好。之后他便趁机推销自己做的养生药丸。因为有果茶铺垫，这个药丸又很香，所以大家一般都买。本来他只是想赚钱糊口，可有一天，他在推销时遇到了一对态度恶劣的富二代情侣，对他不仅不尊重，还语多侮辱，他多年积压的愤怒就突然爆发了出来。第二天，他尾随他们出山庄，然后把他们杀了。这就是他的第一对受害者。之后，他又在山庄外杀了一对得罪了他的夫妻。因为这些受害者都是自己出来玩的，尸体又被他藏进了山里，因此没人知道。由此，他开始了连环杀人。后来的那四个引发新闻关注的受害者也是分别得罪了他。他本来想等他们出山庄再下手，但又怕两对人分散走，不好跟。因为和保安队长熟识，他碰巧知道那一楼层的监控出了问题，便干脆借"送果茶"为名骗开门，先后杀了他们。因为他们根本没想到这糟老头子会杀人，他动手又快，所以根本没来及反抗，也没来及呼救，也就造就了这么一桩迷案。

真相终于大白了，童美清和童美清的爸爸对苏清远和苏清远的老板千恩万谢——看来他们已经认定白朵朵和蓝妮没起什么作用，感谢苏清远的老板也是顺便的。蓝妮和白朵朵看童美清他爸和苏清远握手拍肩，觉得十分碍眼：哎哟，这下苏清远算是很得童美清爸爸的认同了吧。如果苏清远要和童美清谈恋爱，她爸爸一定想都不想就答应——打住。可不能继续胡思乱想，否则她们的心就要受罪了。

因为折腾了这么一出，蓝妮、苏清远、白朵朵再没心情出去玩，假期剩下的两天全在山庄里休息。李新兰竟然也不去玩了——无非就是为了方便查探苏清远的动静，怕童美清找机会去和苏清远私会。蓝妮没兴趣和她一起搞这荒唐事，便躺在房间里用手机上网——这就是网虫本色，一闲下来就想上网。她第一件事就是上QQ，看看自己虚拟社交场所的情况如何了。也许是因为有了什么预感，她忽然想先看看自己“钓人”QQ号的情况。果然，刚一打开QQ，就看到金玉辉的头像在跳。她悄悄地叹了口气，打开聊天窗口一看，顿时吓得差点飞起来。

金玉辉说的竟然是，“我想我已经知道你是什么人了呢……你竟然欺骗我，太过分了！玩弄我的心很有趣么？！”

金玉辉知道真相了？怎么可能？怎么暴露的？在这一瞬间蓝妮几乎要抓狂，但还是提醒自己应该先冷静下来，问问情况。

她知道自己不可以显得慌乱，更不可以直接问她“你怎么知道这一切的”，仔细斟酌之后，还是决定说这么两句话——“你知道我是谁了？为什么说我在骗你？”输入字句的时候她手指都在发抖。金玉辉没有回复。不知道是不在线，还是知晓一切后已经不想再理她了。按照常理推算，十有八九是后者。她知道真相后会干什么？会报警么？不会真那么激动吧？！再说她只是欺骗了她的“感情”，又没有骗她的钱财，这种事警察应该不会受理。等苏清远回去找他哭诉，叫他为她报仇？绝对是这样！

想到这里后她几乎想蒙上脸逃进深山，再在里面藏个一百年——但这是显然不可能的。为今之计，只有先向苏清远坦白所有事情，求得他的原谅，也许还有挽回的余地。既然如此就得赶快。蓝妮立即朝苏清远的房间跑去——还好李新兰暂时不在，否则她一定会大惊小怪地跟过来。她敲了半天门苏清远才把门开开，脸色有点发青。一见到他的脸蓝妮就觉得自己的喉咙卡住了，竭尽全力才吐出一句，“实在对不起……我做了一件无耻加无聊的事情……我知道我做了件很大的错事……很对不起你……”蓝妮说这些本来是想作个认错的开场白，没想到刚听到这里苏清远就瞪大了眼睛，一副震惊万分又气得要死的样子，“什么？！这是你干的？！”

呃？蓝妮头皮一炸：怎么？他已经知道了，她还是来迟了？但即便如此，她也只有硬着头皮继续道歉，“不好意思……其实我只是一时糊涂……”

“一时糊涂也不能干这种事啊！”苏清远一副火山喷发般的暴怒，“你对我有什么仇怨啊你？！”

“不，不是因为你！”蓝妮赶紧摇手，“我一开始不知道……”

“你不知道？”苏清远更怒，“怎么可能？你不知道我什么？你竟然说你发帖子之前……什么都不知道？！”

“发帖子？”蓝妮怔住了，也瞬间冷静了下来，赶紧用力挥了挥手，“等一下，苏科长，你说的是什么事？”

“什么事？”苏清远本来还在暴怒，见她这样又狐疑起来，“怎么，我们说的不是一件事？你要说什么事？”

“你先跟我说你说的事吧。”蓝妮苦笑，依然惴惴不安。

苏清远便把手机送到蓝妮的面前。蓝妮看到那是个发在某著名论坛上的帖子，属于“黑人贴”，说苏清远风流薄幸，始乱终弃，伤害了很多女子的感情，甚至毁了她们的人生。

“天哪，这太过分了吧！这是谁干的？！”蓝妮十分震惊。

“是啊！就是太过分了……我正在猜测此人是谁……”苏清远吐毒血般地说，然后朝蓝妮看了一眼，“这么说不是你干的了？那你跑来认什么错？你干什么了啊？怎么这时候跑来道歉啊？”

蓝妮噎住了。说实在的，看现在这情况，是绝对不适宜道歉了。可是，总归是要道歉的啊……正在为难的时候，忽然听到手机QQ提示音响了——哦，原来她刚才过于激动，直接把手机放进裤袋里就跑过来了，也没有退出手机QQ。她本来不想理，却忽然想起这可能是金玉辉的回信，顿时紧张得全身汗毛都立了起来，只得跟苏清远说了声“不好意思”，避到一边看手机QQ。

信息真是金玉辉发来的，内容却是匪夷所思，“你还想装傻？我本来以为你是个、是个注重女人内涵的人，没想到也是个俗人，只爱年轻漂亮的！”

啥玩意？蓝妮一头雾水，但是心也因此放下了。原来没知道她的真实身份啊。那就一切都好办。蓝妮心想，也不忙回她，等把苏清远这边的事情搞清楚再说。

苏清远看着蓝妮把手机放回口袋，又追着她问了一句：“你到底是因为什么来道歉？”

呃？蓝妮又是噎住，接着笑得比黄连还苦。对啊。她还得把这件事“交代清楚”。怎么说呢？临时编？编也编不出啊。因为任何事情都得有前后印证的。再说她刚受了一场大惊吓，编故事的能力也暂时废了……好吧，只有把李新兰卖出来了。反正她做的也是错事，代她道歉也没什么不对。

“是这样的……你还记得我们刚来那天，李新兰说在卧室里遇到了坏人么？其实那是假的……她是怀疑你和童美清的关系，害怕你们晚上……在一起，想去查铺，又没有由头，所以才编了这么个理由出来。我一早就知道，但是没敢说……现在想想还是说了好……希望你原谅我，也请你原谅她……”

“我的天哪……”苏清远骇笑，一点都没怀疑——因为李新兰做的事的确能对上蓝妮之前说的“无耻加无聊的大错事”。苏清远无奈至极，“她还真是……咦？”他忽然警觉起来，“这帖子不会是她发的吧？”

“应该不可能……”蓝妮赶紧说，边说边找理由，“因为……她还没对你死心呢……没死心之前应该不会黑你……”忽然下意识地朝苏清远探究地看了又看——话说回来，这帖子里说的有没有几分真相呢？

“你这么看我是什么意思？”苏清远看出了她的想法，顿时又愤怒又尴尬，“这帖子完全是在胡扯！我对待男女关系可是很谨慎的……我根本不善于和女孩子相处，怎么可能……怎么可能胡乱勾引女孩子，还始乱终弃……还这么多？”

人一急就会乱说话，苏清远不小心说了自己的隐秘，一时羞得面红过耳。蓝妮也有些尴尬，但也不好和他谈论这件事情，只有先就这个帖子说事儿，“我觉得……这个可能是你哪个工作上的敌人，在工作上找不到你的茬子，所以想在其他方面破坏你的名声。”

苏清远顿时觉得有理，侧目细想——看他的样子，似乎想到了很多人——接着狠狠地跺脚，“这些人真是太缺德了……这个帖子放在这里，不知道会有多少人误会……我得想办法辟谣才成！”

“应该还好。”蓝妮看了看帖子的发布时间、回复数和点击数，“幸亏你发现得早，还没有什么人看到……也许公司的人都还没看到呢。这样吧。其实我认识这个版面的一个版主，要么我跟她说说，叫她把这个帖子删了？”大虾的福利哦。

蓝妮立即给那个版主发 QQ 信息。他们这些人都是成天“猴”在网上的，所以那版主立即就回复了，答应马上删帖。其实他们也烦这种指名道姓骂人的帖子，因为它们容易引发事端。但是为了保证“自己执行版规公正”，他们也不能一见到这样的帖子就删。既然有朋友为被骂的人作道德担保，他们自然借坡下驴，还顺便封了那个骂人者的号，省得他再跳出来啰嗦。这版主本来还想好人做到底，把骂人者的信息给蓝妮，让蓝妮看看认不认识这个人，但这个骂人者注册信息很少，也看不出什么，她也就作罢了。

第四章　惊心动魄恋爱开始

苏清远对蓝妮道了谢，并表示自己原谅蓝妮和李新兰，还保证自己不会把蓝妮“告密”的事情说出去。之后蓝妮就没有什么理由再逗留，而且她还要去摆平金玉辉呢。她从苏清远房间里出来的时候正好看到李新兰。李新兰看着她十分诧异也十分怀疑，而她却没有空闲搭理她，飞也似地回到房间，用身体掩护手机，并把手机设定成静音，开始盘问金玉辉。

“我喜欢年轻的？这怎么说的？”

“你不用装蒜了！”金玉辉竟然立即便回了——难不成一直等着呢？

“我没装蒜啊。我不认识什么年轻的女人啊。”

“我跟你说你别装蒜……你还真是不见棺材不落泪！我问你，你那个 QQ 空间的访客是谁？还要我截图给你么？”

访客？蓝妮一头雾水地去了 QQ 空间，进去后立即哭笑不得：还当是谁呢，这不是油条西施么？油条西施用的是她的豪放派 Q，挤眉弄眼外加低胸露乳沟。任何女人看了都觉得扎眼和浮想联翩。油条西施怎么会来蓝妮的空间？蓝妮仔细回忆了一下，皱着眉头笑了。原来她前几天闲来无事，忽然想看看油条西施的近况，便去了油条西施的 QQ 空间。她当时开着自己“干隐秘事”的 QQ，之后也忘记删除自己的足迹。大概是油条西施看这么一个“又帅又有风度，还看起来挺有钱”的老绅士来看自己的空间，很感兴趣，所以便来回访。被金玉辉看到了，引发她无限遐想，接着便是醋海翻波。

“你是说那个人啊？我也是刚刚发现……我也不认识她啊。”

“你撒谎！网络这么大，为什么她偏偏来你空间？说，你是不是没有出国……最近是不是跟她腻歪去了？”

“哎哟，我真的不认识她，也许她只是在网上随意逛的时候不小心拐进来罢了……你要是不信，你干脆加她 QQ 问她好了，看她怎么说！”

这句话很是有力。金玉辉那边沉默了一会儿，之后发来这么一句话，“你真的不认识她？”

“是啊。”

“那你觉得她漂亮么？”

好吧……蓝妮看到这话真是哭笑不得。这家伙思绪走得还真快，确定邱冰之前不认识这女人后，又担心邱冰现在看到她年轻漂亮后想认识她。

“没有啊。她的样子很艳俗，也很不自然。哈哈，其实说难听点，这个头像到底是不是 QQ 主人都不知道。其实现在有很多人，在网上随便下个图片就抠成 QQ 头像。这家伙说不定还是个宅男呢……”蓝妮忽然省悟到，这样可能导致金玉辉怀疑她也是“弄个图片骗人”的，赶紧补了一句，“这是我一个侄孙女告诉我的。”

“哦。”金玉辉那边沉默了一会儿，应该是被劝服了。蓝妮刚想松口气，却见金玉辉又发来了信息，“你真的是在国外么？”

“是啊。”见金玉辉问到了重要问题，蓝妮立即严阵以待。

“可是我看你的 QQ 资料还写在国内啊！”

“哦，”蓝妮一激灵，“是因为我太忙了，还没来及改呢。”心里想着等会儿就把 QQ 资料改成墨尔本。

“你……真的在国外么，在做什么呢？”

蓝妮十分窘迫：这临时编还真不好编呢……就算编出来了，漏洞也多。没办法，她只好这样跟她说：“不好意思，我现在还不能告诉你……等事情结束后我再告诉你吧。我下了。”

这句话显然会引来更多猜测，但现在她也顾不得这么多。还好金玉辉没有再追问。蓝妮这才敢松口气，躺到床上心事重重地想以后怎么办，却没过多久又听到 QQ 提示音响。哎哟，这不是油条西施的号么？她加“邱冰”干吗？难不成是想勾搭？

蓝妮感到十分厌恶，但也想确定油条西施到底想干什么，便加了她。第一句话便是极不友好的“我认识你么？”

对方却发来了一个笑脸，“这句话我也想问你呢。你为什么来我的 QQ 空间？”

“我去过你的 QQ 空间么？”蓝妮想跟她来个混赖。

“你不会不记得了吧？”油条西施给她发来了一个坏笑的表情。

“哦，我只是前几天在网上逛的时候，偶尔进去看而已。”蓝妮见自己赖不掉了，也就只有佯装不以为然。

“哦。那可真是巧呢。”油条西施又发来了一个偷笑的表情。“既然这么巧，我们就作个朋友吧。以后常联络哦。”

蓝妮冷笑一声关掉聊天窗口，心里又诧异又恶心：怎么的，还缠上她了？哦，明白了。之前她为了营造邱冰“事业有成的老绅士”的形象，在空间里放了很多有帮助的图片和文章。估计油条西施觉得邱冰是个大金主，所以才想缠住他。

以前蓝妮只是怀疑油条西施不规矩，现在则确定了。她感觉活像吃了苍蝇一样，既对油条西施感到鄙夷，又为小刘感到不值。说真的，小刘虽然穷点，但是经济条件和油条西施也算登对，其他方面都不错，又是个未婚小伙子，配油条西施绰绰有余。油条西施却这样对他，实在太过分了。蓝妮这样想着，便想找个机会提醒一下小刘。但是她历来都是“自扫门前雪”的，对是否真要这么做比较犹豫。

三天旅行很快就结束了，蓝妮又开始上班。从度假山庄回来后她探听了一下妈妈的口风，发现妈妈谋划的那次相亲已经胎死腹中：因为蓝妮走了，妈妈有足够时间可以“充分准备这次相亲”，她便先去相亲对象家的附近看了看其本人。结果不看不要紧，一看就发现那人的头发油得发亮。妈妈生平最恨不讲卫生的男人——非常不幸，蓝妮的爸爸现在就不讲卫生，所以蓝妮妈妈直接就把这人给“枪毙”了。听到这个消息蓝妮非常开心。估计妈妈受了此次打击后，会有一段日子不再盘算这事儿，她又可以优哉游哉地过一段时日了。

也许是因为刚刚结束假期，蓝妮办公室里是一片死寂。忽然，苏清远左顾右盼地走了进来——他那模样，活像是个特务，站在办公室门口又朝四周看了一圈，确认没有“异状”（能有什么异状？）后快步走了进来，对大家说：“帮我个忙……如果有陌生人来问我的事，一律什么都不要说……如果他们不知道我办公室在哪里，也千万不要说！”

大家呆呆地看着他。

苏清远恨恨地叹了口气，“看来你们还不知道吧？上网搜我和白朵朵的名字！”

大家立即以最快的速度开始搜索。啊哟。白朵朵现在可成了新闻人物了呦。她把自己和苏清远“勇抓连环杀手”的事情透漏给了媒体，故意忽略了蓝妮的存在，自然也不会提她那“有决定性的一锅”。白朵朵是搞公关的，很知道如何处理场面上的事情，因此非常受媒体欢迎，已经接受了很多家媒体的采访，估计以后还会有更多。说不定她还能成为草根明星，小红一段时间呢。

大家看着这些新闻，都是愤愤不平——李新兰她们是不忿“白朵朵凭什么出名”，李罡却是在为蓝妮愤愤不平。因为不管怎么说，在那个案件里，蓝妮起的作用都比白朵朵大。

“大家都看到了吧。”也许是觉得记者就在左近，苏清远下意识地压低了声音，“估计那些记者也会来骚扰我……大家都记着我说的话了吧？不管问我什么事你们都不要说……也别说我的办公室在什么地方！”说完，他就躲进了自己的办公室。

蓝妮怔怔地看着他离开，觉得颇为不解。说实在的，每个草根都有成为草根明星的梦想。网上的草根大虾们尤其如此——君不见，有好些所谓的草根明星博主，为了博人气不惜狂秀下限。苏清远做的是英雄的事情，完全可以因此堂堂正正、光光鲜鲜地出名，他拒绝出名也就罢了，还做贼般地躲记者，他到底是怎么了？

蓝妮越想越不对劲，于是想借送文件的机会问问他。因为她的表情有异，苏清远一眼就看出她不仅是来送文件的。“怎么，有记者来了么？”

“不是，不是……”蓝妮赶紧笑笑——这可真有点尴尬，不过也方便她询问他，“不过苏科长，你干吗这么厌恶记者啊……他们是来采访你的英雄事迹的啊。”

“英雄事迹又怎样？我又不想上报纸。”苏清远冷笑了一下，“我没觉得我是什么英雄……说白了我也是为了救我自己，困兽犹斗而已。就算我是英雄，我也不想上报纸。如果上了报纸，就搞得我想借此出名一样，没意思。想要功成名就，还得靠自己的工作。”

“哦……”苏清远这话说得蓝妮自惭形秽——其实她心中也有过靠个性在网上一夜成名的企图。因此她无法真正相信苏清远真这么品性高洁，讪笑着，半是解劝半是探问，“其实……我没觉得接受采访就是想出名……其实记者采访你，也只是因为社会大众知道了你的事迹，想了解你而已。你接受采访，其实也只是满足社会大众的好奇心……”

“哈。”苏清远笑了出来，“我明白了……你大概也觉得出名很好，见我不愿意出名，所以觉得不可思议吧。”

“呃……”苏清远的话正中蓝妮的软肋，所以虽然他讲得比较客气，蓝妮还是满脸涨红。

“我跟你说，其实，”苏清远转过来面对着她，原本略带稚气和腼腆的眼睛竟闪着睿智而又深邃的目光，就像阳光下清幽的湖面，“如果我们不是靠名气吃饭的，还是尽量不要成为新闻人物为好。刚出名的时候，你也许会感到很光鲜，也比较好办事，但是只要过一阵子，你就会发现出名的各种副作用……当你的生活被社会各界人士关注的时候，你的生活就会被迫改变，很多事情都会变得和以前不一样。那时候，小事也会变成大事，好事也可能变成坏事……别看白朵朵现在得意得很，相信过一段时间，她就会后悔出这个名儿了。”说着他下意识地又在搜索框输入了白朵朵的名字，想看看她又说了什么。哎哟，她正在接受某网站微博小话题的即时采访——真火大了呢。蓝妮于是也去看他搜索出来的内容，苏清远却已经勃然变色，“白朵朵你这个混蛋王八蛋……”

蓝妮从没有听过他骂人，更没有听过他骂女人，顿时被惊得呆怔怔地看着他。苏清远却视而不见，只顾看着电脑屏幕咆哮，“真是太变态……你自己得瑟、不知道丢人就罢了，干吗把我的事情也说出来？疯了吗你？！”

蓝妮赶紧加快往下看，赫然看到白朵朵把苏清远“和母亲戴同款项链”的事情也说出来了。围观的博友本来就对一直不接受采访的苏清远很感兴趣，听说这事后更觉得他“傻萌傻萌”的，追着白朵朵问苏清远的事情。

蓝妮也觉得好笑，但也觉得诧异——看苏清远当时的样子，不是“恋母”恋得理直气壮么？怎么也怕人知道呢？难道他自己心里也为这件事感到害羞？

苏清远立即打电话给白朵朵，叫她不要再说和他有关的事情，措辞非常强硬。之后依然是愤愤不平。蓝妮偷瞄着他，然后小心翼翼地说：“其实，这件事说出来也没什么关系啊。照你所说的，你只是想好好地照顾你妈，给她依靠而已。”

“虽然是这么回事。”苏清远清秀的脸上红涨涨的。“但是，有些不理解亲情、不理解孝顺的人会误解，甚至会嘲笑我……算了，其实这也没什么。我只是觉得，真正珍贵的感情，是不需要到处说的。到处说反而会让它变得浅薄和廉价。而且，我不想让媒体知道任何有关我的隐私……结果我自己没有说，她倒说出去了……真是令人气愤！”

苏清远的理论让蓝妮暗暗点头，也对他肃然起敬。不过不管怎样，她都感到不安：苏清远对他妈真是敬爱到家了。哪天她假扮老绅士跟他妈妈网聊的事情败露，他绝对会像她想得那样，“第一个跟她玩命”。想到这里后，蓝妮就觉得没法再在苏清远这里待了，蔫蔫地回到了办公室。结果一进办公室门就看到李新兰他们都在饶有兴味地看白朵朵的访谈——他们都知道了苏清远竟然和他妈妈戴同款的项链，诧异之后八卦劲儿集体井喷，全都守在电脑前，等白朵朵爆其他料。蓝妮也担心白朵朵会不讲信用，继续爆苏清远的料，便也守着访谈专题看了起来。还好白朵朵信守诺言——或者说是被苏清远禁住了，没有再爆其他料。蓝妮松了口气，却也陷入了沉思：如果白朵朵真的喜欢苏清远，也不会轻易把他的事情到处说的吧。因为作为新闻事件的另一当事人，她肯定知道苏清远不愿意让媒体知道他的事情，但她却把苏清远对单位人都不肯贸然说的事情当众说出来，她这样说，不怕会引来苏清远的反感么？

因为有了这样的疑惑，蓝妮很想找白朵朵问个清楚。今天中午也巧了，白朵朵正好和蓝妮到一个饭店吃饭。蓝妮赶紧在她吃完后跟上去。

“干吗？”白朵朵发现她在跟踪自己，转过头倨傲地问。

“有事找你。”蓝妮没有因她犀利的目光生怯，示意她走到一个僻静的地方。

“你到底在干吗啊？”确认周围没人后蓝妮便冷笑着问，“你不会不知道苏清远不喜欢你说的事吧。你是搞公关的，人情世故应该懂啊。”

她虽然问得不明确，但白朵朵已经明白了她的意思，轻蔑地一笑，“你是说我既然在追苏清远，就不应该做令他不快的事情对吧？哈哈，那我就要告诉你，我对苏清远已经没感觉了。”

“什么？”蓝妮下巴都差点飞出去，不由得猜度白朵朵和苏清远之间是不是发生了什么她不知道的事情，白朵朵受到了严重羞辱还是怎么的，而白朵朵接下来的话，却让她觉得自己震惊得实在太早。

“我本来以为他是个完美的男人，没想到他那么恋母，真是丢人。我知道这个之后，立即对他没感觉了。”

“啊？”蓝妮足足呆了三秒，之后竟不知道该从何说起，“就因为这个？好吧……不过你说完美的男人……这世上没有完美的男人的……”

“哼，这只是你们的想法。”白朵朵鄙夷地盯了她一眼，然后面对着阳光一捋头发，“我这样的人，当然要找一个完美的男人……我还年轻，有时间慢慢找，一定要找个完美的男人交往！”

蓝妮呆呆地看着她，张口结舌外加哭笑不得。且不说白朵朵是多么的理想化多么的头脑简单多么的傲娇，光是她这移情别恋的速度，也能让人瞠目结舌。没办法，她“老”了，没法理解年轻人的想法了。她比白朵朵大三岁，有人说三年就是一个代沟，现在看来，果然如此。

蓝妮回到办公室后还是一种哭笑不得的状态。恰好今天下午比较清闲，蓝妮就打开网页，随意地浏览。她本来只是漫无目的地到处看，却蓦然发现自己在浏览淘宝的服装和彩妆专题。为什么会这样呢？她以前不是从来不注意这些的么？哦，大概是白朵朵让她受到了刺激了吧。凭什么她就这么自信以及嚣张呢？仅仅是因为外表么？

说女人“能够完全不在意外表”，都是骗人的。说女人“能够完全放弃外表”，也是骗人的。蓝妮先是看了彩妆，却没能鼓起勇气买。且不说她根本不会化妆，而且她记得自己也不适应皮肤上堆满化妆品的感觉。然后又去看了时装——虽然她已经决定打扮，但并没有十分激进。看着那些“版型戕害人性”的服装，并没有贸然去尝试。左思右想，还是挑了对身材要求比较小、高弹而又显瘦的牛奶丝衣服。至于花色，她挑了一条黑底印彩色花卉的衣服——这种衣服不仅更显瘦，还在素气中带着妍丽，也颇有几分时尚。拍下这个衣服后，她又觉得自己该有点配饰，于是又拍了一套黑珍珠项链和耳坠——其实就是贝珠，她还舍不得花大价钱往身上贴。因为店家的城市离这里不远，她第二天就收到了衣服和首饰。打开来看后，发现和自己所想的差不多，便给了店家好评。

蓝妮把衣服和配饰拿回家，把配饰放进抽屉里。虽然买来了，但她不急着穿戴。估计是凑合穿戴太久了，打扮也需要一个契机。然而这个契机很快就来了。苏清远第二天竟然跟她说，他妈要请她去吃饭。一听到金玉辉她就打了个寒颤，脑中几乎要混乱。还好苏清远紧接着便说了原因，她才没有惊慌太久。

因为即便是“遭遇并捉住了杀人狂”这么大的事情，苏清远都没有对金玉辉说。理由是一来自己没有受伤，二来不想金玉辉听了后怕。但白朵朵到处一炫耀，金玉辉还是知道了这件事，仔细盘问了苏清远后，觉得蓝妮帮了很大的忙，要请她来家里吃饭，好好地感谢她。蓝妮无比的受宠若惊——这可是去苏清远“家”里吃饭哦，但也没敢完全开心，“那白朵朵呢？也一起去么？”要是白朵朵也去，她的胃口就要倒一半，说不定还要跟她暗战。

一听蓝妮提起白朵朵，苏清远的脸就绷紧了，恨恨地说了句：“她就省了！”听得蓝妮好不开心。既然是赴这等饭局，自然要穿得正式些。蓝妮便巴巴地打车回了家，把衣服换上、首饰戴上。忽然觉得自己腿毛有些重——其实她之前从来没觉得自己腿毛重，更没有什么人说过她腿毛重，寻思着刮一刮，但时间不够只有作罢。

虽然为怕人误会，她已经跟办公室里所有人说明了自己去赴感谢宴，但她这身装束还是引来了全办公室同仁的侧目。她被他们看得慌了，害怕苏清远见到她后也会见怪，怕他会觉得她精心打扮了——其实她就是精心打扮了。还好苏清远看到她后虽然有些讶异，但没有如何在意。便让她上他的车。

因为对汽车不感兴趣，蓝妮也看不出苏清远的汽车是什么品牌什么型号——对有些混网络的人来说，眼界宽时极宽，眼界窄时极窄。只觉得他的车闪闪发光贵气十足。而他的家也挺了不得，竟然是独门独院的别墅楼。蓝妮打量着它，暗暗咋舌。这房子肯定贵得吓人。听苏清远说，他父亲死得早，那金玉辉不是打江山的也是守江山的。从这套房子看，她一定把家私管得很好，真是个了不起的女人。

进了门之后，金玉辉一身礼服——这礼服是真丝的，也属于戕害人性的那种版型——大概是觉得这次吃饭比较正式，脸上的妆一丝不苟，脖子上戴着一串宝光四射的大黑珍珠项链，耳朵上戴的黑珍珠更大，旁边还镶了一圈钻石。顿时把蓝妮比得自惭形秽，根本不敢往门里迈。苏清远看出了她的窘迫，赶紧笑着把她往里面请。

然而进了屋子后蓝妮更加自惭形秽，她原本以为只有在小说里才能出现的陈设，在苏清远家里竟然一样不缺：硬木家具、油画、古瓷花瓶、落地古董石英钟……全都是耀眼闪光的，蓝妮的感觉活像是刘姥姥进了荣国府。金玉辉请她到屋里坐下，接着便有一名保姆模样的人送上茶来。

哇塞！蓝妮不禁在心里大叫，连保姆都有！这真是荣国府了！

因为是“刘姥姥进了荣国府”，蓝妮之后就进入了“木雕泥塑”状态。基本上是金玉辉问一句她答一句。还好上了年纪的人都喜欢木讷的小孩，认为这种孩子“老实”，所以金玉辉并没有见怪。接下来便是吃饭。中国人的饭局历来是高谈阔论的地方，但蓝妮紧张过度，根本说不出来什么，但又觉得自己不能闲着，所以便左一口右一口地吃。苏清远觉得好笑，但又不敢笑。蓝妮在吃的同时还时不时从眼角关注金玉辉，结果发现金玉辉竟一直似笑非笑地看着她，不由得毛骨悚然：她怎么了？

“哦。”金玉辉发现蓝妮注意到了她，便大方地一笑，“你长得真清秀……有对象了么？”

欸？蓝妮的耳朵顿时竖了起来：这是什么意思？难不成准备撮合她和苏清远？顿时激动和惊慌起来。期期艾艾地说：“还没有。”

“哈。”金玉辉眯着眼睛一笑，“真是可惜……要是遇到合适的人的话，介意我给你介绍么？”

“不，不会……”蓝妮的心猛地从云端沉到湖底，心里沉定了，却也有几分愤怒和自嘲：原来人家根本没那意思啊。你根本不够格啊你！

然而奇怪的是，金玉辉说完这句话后，依然似笑非笑地盯着她，让蓝妮大感迷惑，也偷偷地瞄着她。

“哦。”金玉辉不好意思地笑笑，“我是看你衣服花色挺不错的……什么人建议你穿的？挺有品位的。”

嗨。蓝妮悄悄撇嘴。衣服花色有什么好看的……找借口呢吧？还什么人建议我穿的，我穿衣服还要人建议……嗯？！

蓝妮忽然想到一件十分要紧的事情，顿时像身体过了电一样全身汗毛直立：天哪，怎么忘了……这种花色，她好像建议金玉辉穿过！好像是当时她随口建议金玉辉穿牛奶丝的衣服，金玉辉问她什么花色好，她就随口说了“黑底加彩花”的，却是在不知不觉间说了自己的喜好——人总会在不经意间透漏自己的真正喜好！金玉辉显然是想起了这件事，再联系她上次的金蟾耳钉，以及和“邱冰长得像”的面容，觉得她一定和“邱冰”有联系！欸？说起来她好像也对金玉辉说过黑珍珠项链和耳饰比较好，金玉辉今天显然也是照她说的装扮。而她自己今天也戴着黑珍珠饰品……天哪！这不是自掘坟墓么？！

金玉辉见蓝妮木雕泥塑般一脸呆笑，觉得很是诧异，朝苏清远看了一眼。苏清远也很感不解，正要问她，蓝妮却及时从慌怔中挣脱，尴尬地一笑，“这是我自己挑的……从淘宝上买的，因为这种颜色显瘦，嘿嘿……我对我身材其实没自信的……”得，为了给自己的慌乱找借口，把自己的缺陷也给暴露了。

不知道这个解释是否能帮她过关，不过金玉辉不再那么盯着她看了。蓝妮这顿饭吃得是心头冰凉如坐针毡，回到家后发现自己的胸衣都被冷汗浸湿了。罢罢罢，看来必须得做个了断了。蓝妮仔细考虑后，做出了一个类似铤而走险的决定：没办法！让邱冰死了吧！邱冰死了，她就不会再穷追不舍了吧？！

她的计划是，让“邱冰”向金玉辉坦诚“自己到国外是为了治病”——上次她不是对金玉辉说“正在办的事情不能说，办好了之后才能跟她说么”？无意中说的话正好能对上谎言。然后就说自己过几天就要做手术，如果幸存了，一定会联系她的。然后便来个“彻底消失”。这样金玉辉一定会以为“邱冰”死了，一定不会再加以纠缠。至于“邱冰”该得什么病死，蓝妮准备选用韩剧里的女主终结症白血病。至于该什么时候开始演戏，她觉得应该过几天——如果这几天就说，就显得太刻意了，更会让金玉辉觉得她和“邱冰”有关系。如此决定之后她如释重负，到床上睡觉，却不知为何睡不踏实——感觉心头有块石头依然悬着。

第二天起来的时候，蓝妮竟然发现自己浑身酸痛，得，一定是昨天紧张过度了。她颓靡地来到单位，不由自主地想着自己的“网络假死计划”，直到午休的时候依然如此。咦？是她的错觉么？白朵朵在跟着她？差不多是吧。她几次变向白朵朵都跟着她。既然如此，就问问她想干什么吧。

“哼。”白朵朵知道她有询问的意思，便赶上来冷笑着问，“听说你昨天去苏清远家吃饭了？”

“是啊。”蓝妮发现她一脸的不忿和酸意，大感意外，接着大感鄙夷：呦，不是说已经对苏清远没感觉了么？怎么还一副醋海翻波的模样？哦，古龙说过，一个男人只要喜欢过一个女人，哪怕他已经早已不喜欢她，也依然希望她永远只有他一个男人。难不成白朵朵对苏清远也有同样的感觉，即使不喜欢他了，也看不得他和别的女人走得近？

“奇了怪了。”有了这种想法后蓝妮对白朵朵很是鄙夷，说话也有点变味了，“你不是已经对他没感觉了么，干吗还这么在意他的事啊？”

“哼，”白朵朵的脸有些泛红，故作倨傲地说，“什么我在意啊……我只是随便问问。”

“哈，是啊，随便，你可真是随便啊。”蓝妮故意骇笑，“这么‘随便’还跟踪我过了几个路口。”

“你！”白朵朵的脸涨红了，“你这是什么意思？你是说我在嫉妒你？得了吧！我干吗要嫉妒你？嫉妒你巴结那个恋母的小毛头么？”

“不是嫉妒，你干吗这么生气？”蓝妮冷笑着盯着她，宛然一副看耍猴的表情。

“我才不嫉妒你呢！”白朵朵果然被激怒了，开始口不择言，“我告诉你，我已经有了其他喜欢的人了，他比苏清远要强百倍……别说他了，就算只说我自己，现在也比苏清远强！”

“比他强？哪里强？”蓝妮本来只是想看她的笑话，听到这里却有点被激怒了。“我可真看不出来。”

“我当然比他强！”白朵朵被激得更怒，“我现在可是知名人物，可以大大地提升公司形象，不管谈什么业务，都是非常容易的事情。而他，只能缩在办公室里，天天琢磨着那些小企划！”

“哦？”蓝妮彻底被激怒了——白朵朵这样说，不仅是否定了苏清远，还否定了整个企划科，“真是这样么？哈哈，我本来还不想跟你说的，但现在看来不说不行了——这话也是苏科长说的。你别以为成了新闻人物就是好事。你出了名之后，所有人都会用放大镜看你。那时候你的任何一件小事都可能变成大事，好事也可能变成坏事。别看你现在风光得很，过一阵出名的副作用就会显现了！”说完，她不等白朵朵回应就转身离去。虽然没看白朵朵的反应，但相信她一定是气得发昏吧。蓝妮急匆匆地往办公室走，结果碰巧看到了小刘带着油条西施的小孩在公司楼下玩。蓝妮静静地看着，觉得十分十分地扎眼，忽然决定“扫一次别人瓦上霜”——她不会擅作主张叫小刘和油条西施分或者和，但是起码得让小刘知道真相。于是她就注册了一个马甲，把油条西施的微博链接发到小刘的QQ邮箱里。她什么都不说，就让小刘自己看、自己判断好了。

虽然告密这事她做得很隐秘，但依然有点惴惴不安——别看他们这些网络上的大虾天天在网上叱咤风云，在现实生活里胆子却小得很。生怕哪一天油条西施会披头散发地冲到办公室来大哭大骂，或是和她打架——自从发现油条西施可能是个“荡妇”后，她心里也自动把她当成了“泼妇”。她可不善于和泼妇打架、吵架。然而似乎这件事很快就会发生——不知怎么的，她的预感非常非常的不好。所以，当隔天下午她忽然看到一个人站到了自己的办公桌边时，顿时吓了一跳。

还好是苏清远。蓝妮暗暗松了口气，接着却发现自己这口气松得太早了：苏清远手里拿着个报告，脸色十分不好看。得。看来是她的报告出问题了。作为现实生活中的小虾米，蓝妮早已练就了盾牌般的厚脸皮——只要不是精英，谁不是被老师领导长辈训过来训过去的？以前就算训她的人吼得地动山摇，她照样能淡定地等他训完，然后再按部就班地承认错误道歉及保证不再犯错。而今天还没等苏清远训她呢，她就窘得要死，而且是发自内心的——她这是怎么了？

"你看你这报告。"苏清远的脸绷得紧紧的，"论点有点问题，引用的资料也不太能说明你的论点。当然了，这不是主要的问题。主要的问题是，你这篇报告，错别字很多，病句也有好几个。这就是态度问题了。论点不行的话可能是能力问题。如果是能力问题还可以原谅。但是态度问题就另当别论了。"说着把报告往蓝妮的桌面上一摔，"是什么原因影响了你的工作态度？我希望你给我一个合理的解释。"

苏清远摔报告的力度并不大，也只是摔往桌面。蓝妮的感觉却像是报告摔到了她的脸上，而且是重重地一击。她顿时像猛然发了高烧一样全身火烧，大脑和舌头都被烧得发木，身体也像被水泥裹住一样无法动弹。都怪最近破事太多了，对工作的关注不知不觉就降低了……她该怎么对苏清远解释啊？！

正在这尴尬僵持的时候，一个人忽然冲了进来，不由分说对准蓝妮就是一巴掌。蓝妮被打得脸颊火辣辣的痛，却也因此从木雕泥塑的状态中清醒了过来，摸着被打的脸颊骇笑：咋的？油条西施也来找她算账来了？朝打她的人一看，却大感意外，顿时愤慨了起来：是白朵朵？她干吗来打自己？吃错了药了？再说她算哪根葱？！凭什么来打自己？！

苏清远勃然变色，"你这是干什么？！"

白朵朵没有回答，只是眼睛冒火地问蓝妮："是你做的，对不对？"

"我做什么了啊？"蓝妮摸着被打的脸颊火冒三丈，却也是一头雾水。

“你还装蒜？！”白朵朵一副快要气得吐血的样子，之后竟然迸出两大颗眼泪，“是你把那些乌七八糟的事情发到网上的对不对？！你不就是想毁掉我的名声……不，让你那句话应验么？好了，现在我的名声算是被毁了，你得意了吧？”

原来，白朵朵这边刚出名，那边想毁她的人就出现了。有个人披了个马甲——为什么能确定那是个马甲，是因为这个马甲自始至终就用了一次，在某闲人聚集的八卦论坛上发布帖子，公布了白朵朵以前的诸多糗事，比如曾经的不良学生岁月，考试挂科和作弊，以及在三流大学时恋爱失败之后到男生寝室楼下大哭大闹之类。这些事要放在普通人身上也属平常，但问题是白朵朵刚把自己捧成高高在上的女英雄，这些事一冒出来，那破坏力就不一样了。所有的网民都透过放大镜看这件事，把白朵朵骂了个狗血淋头——正应了蓝妮之前说的话。白朵朵不仅把刚挣来的名声赔了一干二净，还倒赔了不少名声，真的还不如不出名呢。她气得恨不得立即去死，但又不甘心去死——要死也得先把毁她的人揪出来。仔细想了想，觉得蓝妮最有嫌疑，立即就来找她了。

“就算你有被害妄想症，”蓝妮十分愤怒和骇然，“我还得有兴趣黑你呢！再说我又不了解你的底细，你那些破事我根本不知道！不知道我怎么去发帖？”

“你不要抵赖！”白朵朵指着她的脸，恨不得用指头戳死她，“天知道你花了多少时间调查我啊！”接着牙一咬，“好，你不承认是不是！那好啊，我去找老板，叫老板主持公道！”

“你……”蓝妮没想到她要往领导那去闹，一时急恼到了极点，竟然噎住了。

“白朵朵，你先别这么武断。”苏清远及时站出来了，“你说是蓝妮做的，你有证据么？”

“什么？”见苏清远为蓝妮说话，白朵朵格外愤怒，眼泪“噗噗噗”地掉了下来，“不需要证据！我想过了，能干这件事的，除了她没别人！”

苏清远冷笑一声，“那就是没有证据了？你没有证据，凭什么说是她做的？还不由分说过来打人，不觉得太过分了么？”

“你……”白朵朵被噎得满脸通红，直直盯着苏清远，忽然冷笑起来，“好，我知道了……还有你对不对？她也说那话是你先说的……你恨我透漏了你的隐私，所以这样报复我对不对？！我告诉你，这次你们毁掉的，不仅是我的声誉，还有公司的声誉……我这就去找老板，看老板怎么说！”

白朵朵这个帽子扣得非常大。李新兰他们都被吓到了。苏清远却十分镇定，又是冷冷一笑，“真是可笑……你竟然还把罪名扣到我头上了……我还是问你，你有证据么？你没有证据。老板会相信你么？另外，公司的信誉靠的是老板和全公司人的幸苦打拼，而不是靠你‘公关部’的一个员工。你的声誉会影响公司的声誉？笑话。你这句话跟老板说过么？老板认同你么？”

白朵朵噤住了。苏清远反击得非常漂亮。

“还有，”苏清远的目光变得十分犀利，“帖子里的那些事情都是你真实做过的吧？既然是事实，那这件事就可以总结为：你以前行为不检，给公司抹了黑，你才是影响公司声誉的主要责任人。你不承认自己的错误，还到处给别人扣罪名……你确定老板会支持你么？”

白朵朵的脸青了。

苏清远并没有就此罢手，又毫不留情地给了她最后一击，“另外，按照公司的规章制度，打架斗殴是要重罚的。不过你今天不算是和人‘打架斗殴’，而是过来打人……你觉得你该被怎么罚呢？”

白朵朵在这里站不住了，低着头落荒而逃。

李新兰她们这才回过神来，开始七嘴八舌地安慰蓝妮和苏清远，以及斥骂白朵朵不像话。蓝妮却懒得搭理她们——今天莫名其妙来了这个飞灾，其他的破事依旧没有解决，被折腾外加心理沉重，简直有点精神恍惚。她为了让脑子清醒一些，便走到走廊里打开的窗户吹风。苏清远不声不响地走了过来，递给她一罐冰可乐。

“我不渴……”见他猛然出现，蓝妮颇有点措手不及。

“是叫你冰一下脸啦。”苏清远撇了撇嘴，“一边脸红红的难道好看么？”

蓝妮赶紧拿过冰可乐冰脸——可乐罐是冰凉的，她的感觉却是滚烫的。

苏清远静静地看着她，忽然叹了口气，“你这几天……就是因为这个才无心工作吧？”

“不，不是！”蓝妮差点把可乐罐丢了。

“那是怎么回事？”苏清远凝视着她，目光不算犀利但似乎能穿透一切。

蓝妮慌了：没想到苏清远是怀疑她的……看来必须得给他个说法才能过关了。临时编故事她又不擅长……罢罢罢，只有对他透露部分事实了……把油条西施的事情卖了吧。不过油条西施的事情也很窘，不大好直接说。

蓝妮偷看了苏清远一眼，苦笑着说，“呃……苏科长，你应该知道保卫科的小刘吧？”

“小刘，知道啊？”苏清远看到蓝妮一脸“难以启齿”的样子，忽然一拍脑门，“哦，是不是你和小刘谈恋爱了，又怕家里不准，心里苦痛才影响了工作？！”

“不，不是！”蓝妮差点把可乐罐捏爆，“你想到哪里去了？”

接着蓝妮又陡然怒了起来：怎的，你还这么希望我和别人谈恋爱么？“小刘在和油条西施李晓花在谈恋爱，我又凑巧发现了她的秘密……”

“秘密？”苏清远更加疑惑地看着她。蓝妮看苏清远的意思，似乎要把她当成打听别人隐私的八卦王，急着要解释，却发现仓促间解释不清，干脆一把将苏清远拉进他自己的办公室，在他的电脑上调油条西施的微博给他看。

“哇喔。”苏清远也没想到油条西施会有这一面，也被惊呆了。“真是人不可貌相……”

“是吧？”蓝妮悻悻地说，“我就是无意中发现了这个，觉得有必要让小刘知道她的另一面……所以就把这个链接发到了小刘的QQ邮箱里……不知道有没有惹出乱子，所以正担心着呢。”说到这里她忽然想起一件事来，顿时顿住了：油条西施还没把这些会惹麻烦的微博删掉？这就证明小刘还没有找她闹？小刘难道没发现蓝妮给他的邮件么？

蓝妮正在思忖，忽然发现苏清远疑似目不转睛地看着油条西施QQ空间里的那张低胸照，顿时感到十分碍眼，“不是吧，你也对这种照片感兴趣？”

“啊，不是……”苏清远如梦方醒，颇有些尴尬，“我只是觉得惊奇……”赶紧转变话题，“你是怕小刘激动过度，对油条西施大闹还是……”

“那就是他们的事了。我只是担心，我一时冲动管了别人的闲事，别受池鱼之殃才好。”蓝妮撇着嘴说——她还在为刚才的事不满，心里还有个声音一直在吐槽：哎哟，真是人不可貌相，没想到苏清远也和网上的那些猥琐男一样，和网上的猥琐男一样，和网上的猥琐男一样……

“你用哪个邮箱发给她的？”苏清远问她——此时他秉遵“非礼勿视”，一眼都不朝屏幕上看。

“当然是马甲……”蓝妮说完后忽然有些不安：苏清远不会因此

觉得她在网上骗人成性吧？嗨，她不就是骗人成性么？

然而她显然是多虑了。苏清远才不会因为这句话多想出什么呢。“用马甲发的话就没关系。”说着想了一想，“和小刘这个人虽然不太熟悉，但是听他们科长说他是个挺沉稳、挺明白事理的人。应该不会出什么事。就算要闹，也不会闹大。让你蒙受池鱼之殃的可能性更小……你放心吧，不会有事的。”

蓝妮点了点头：她倒不是为苏清远的话点头。她是想到，油条西施和小刘都不是网络高手，根本没法从那个马甲里挖出她的信息。她根本不可能暴露，之前完全是她多虑。

正在这时，李新兰来叫蓝妮过去，说是电脑出了点问题，让蓝妮帮忙看看——因为在电脑上混的时间长，蓝妮已经成了“非专业电脑专家”。苏清远怕李新兰看到油条西施的低胸照引起误会，赶紧把网页关了。

之后苏清远专心处理公务，转眼就下班了。他到地下停车场去开车，寻思着路上顺便去喝点东西，忽然看到身边有一个影子——有人跟着他？！

苏清远吓了一跳，转头一看发现是小刘，顿时哭笑不得，“你怎么走路没声音的？有什么事么？”他见到小刘后本以为自己是“虚惊”一场，但是渐渐发现可能不是“虚惊”。小刘的脸色发青，半边脸隐没在阴影里，似乎心里“很有事”。

“你有事么？”苏清远疑惑地追问了一句。

“是啊，有事。”小刘低低地说了句，“我们找个地方好好谈谈。”

“就在这里谈吧？很重要的事情么？”苏清远见小刘的表情可疑，有些犹豫。

“是很重要的事情……我们找个地方好好谈谈。”

“我还有事……要么你先跟我说是什么事？”

“咳咳，不能在这里说，这里有摄像头……”小刘忽然语气怪异地冒出了这一句。

“嗯？”苏清远不知道自己算不算神经过敏，但小刘这句话的的确确像要行凶。

而小刘也意识到自己说错了话，又羞又恼，“算了，我也不拐弯抹角了……我可不是要干什么……我只是觉得这里有摄像头，说话不方便而已……好吧，反正也录不下声音……”说着表情陡然变得激动，就像压抑了很久的火山陡然爆发一样，“你……就说实话吧！跟李晓花偷偷交往的人是不是你？！买那个戒指给她的人也是你吧？”

“什么？”苏清远简直不敢相信自己的耳朵：他说的这是哪门子话？本能地问了一句，“你说什么？你再说一遍？”

小刘激动过度，以为苏清远是在抵赖，一时失控，大声吼了起来：“我问你是不是李晓花劈腿的对象！这下够清楚了吧？”

他的音量可真不小，引得在附近的人都探头探脑了。苏清远赶紧把小刘拉到安全通道里，又气又急地问他：“你这是什么话啊？你怎么会怀疑我呢？怎么回事啊？”

“你还想抵赖？我告诉你，我可不是傻子……”小刘因为激动过度，大脑短路，依然认定他是在抵赖。

“我抵赖个鬼！你见过谁用这种方式抵赖的？”苏清远见状简直想捣他一拳，好不容易忍住了，“我根本是莫名其妙……我没和李晓花交往……你怎么会怀疑我的？怎么回事啊？”

小刘见状也有点动摇，但依然不愿意承认他怀疑错了，“我告诉你，我可是有凭有据……我一直在关注李晓花的QQ空间……你今天去看了她的低胸照，你要是和她没什么关系，干吗看她这张照片？”

“天哪，你还真……”苏清远没想到自己看个照片能看出这等误会，真是哭笑不得，“这个照片是蓝妮让我看的！”

“蓝妮？怎么又和她有关系了？”

看来现在不把蓝妮找来是没办法解释清楚了。苏清远打蓝妮手机的时候蓝妮就在车站，接到电话后不知道发生了什么事情，惴惴地到了地下停车场安全通道。看到小刘，她只觉惊骇和诧异，细问之后，更感到意外和哭笑不得：原来，小刘一早就发现了她的邮件，也一早就看到了油条西施的微博，震惊之余却没有急着闹事，甚至连问都没有问，只是在油条西施的微博和空间上守株待兔，等着抓“奸夫”。

小刘在知道邮件是蓝妮发的后也是大感诧异，甚至还胡乱怀疑起来——蓝妮给他的印象可很不好，“你……在关注李晓花的微博和空间？还发邮件给我……你不会是想涮我吧？”

“涮你？”蓝妮的下巴差点飞出去，又好气又好笑，“我涮你干吗？我给你看的都是事实，又不是我捏造出来的……我只是好心提醒你而已。”

小刘沉默了，接着露出苦闷的神情——本以为自己至少摸到了一点真相，现在却发现依然是在迷雾里打转。

“那奸夫……到底是谁呢？”

苏清远和蓝妮对视了一眼。蓝妮苦笑着说：“其实我觉得，抓奸夫并不是现在主要的问题……现在最主要的问题是李晓花不对你钟情……真正的问题在你们之间，至于奸夫，其实抓不抓都一样……”

小刘呆呆地看着她，表情更加苦闷，甚至有点绝望。这个问题他何尝不知？他只是想通过“抓奸夫”而暂缓接受现实而已。

苏清远叹了口气，“我觉得……你还是跟她好好谈谈吧。看看问题能不能解决。如果不能解决，分开来，其实也不是太糟的事情。”

小刘点了点头，然后转身慢慢地走了，步履很是蹒跚，就像害了一场大病。蓝妮和苏清远对视了一眼，先后叹了气：他们的想法是一样的。那就是油条西施真是过分。小刘真是可怜。

“以后他们会怎样？”蓝妮既像是在问苏清远，又像在自言自语。

“这就不是我们可以过问的了……”苏清远叹了口气。忽然转变了话题，“你误了班车么？我送你回家？”

“不用。”蓝妮竟然惊了一跳，接着心头竟狂跳起来，“还有车……”

“就不能让我做次好人么？”苏清远撇了撇嘴。

见他“将要不满”，蓝妮倒不好拒绝了，便上了苏清远的车。结果上天似乎故意叫苏清远难堪，刚上路没多久就堵车了，还一堵就堵好久。蓝妮对此哭笑不得，但不敢表现出来——从苏清远面无表情地看着前方来看，他心里一定窝火难堪死了。她要再表现出来，苏清远就要气得藏到车底下去了。

终于通车了。但也过了饭点。苏清远便提出请蓝妮吃饭。

蓝妮再度惊慌起来，心又开始狂跳，“不，不必了吧。”

“放心，不是大餐……你不用这么不好意思。”苏清远瞥了她一眼，目光似乎意义深远，“是不是你妈不许你在外面吃饭啊？”

“当然不是……”蓝妮赶紧打电话跟妈妈说“今天就在外面吃饭”，结果妈妈不仅答应得非常干脆，还一声都没问。蓝妮有些讶异，之后忽然感到心头滚烫：妈妈是不是觉得她在跟男人出去吃饭？还有发展的可能？

苏清远带她去的店是一家装修很别致的小快餐店。招牌菜是一种夹着各种美味食材的三层大汉堡。苏清远要了两份汉堡，竟然给蓝妮要了一罐啤酒。他跟蓝妮说这种汉堡就着啤酒吃味道才最好。他自己因为要开车，所以只能要无醇啤酒，能享受到的美味就差一点。

“没事，我一罐啤酒还行。”蓝妮赶紧笑着说，心里却在想：其实我真要喝酒能把你吓坏。我一连十罐啤酒没问题……

苏清远喝了一口啤酒，表情忽然变得凝重起来。蓝妮偷瞄了他一眼，暗暗苦笑：其实她早就感觉苏清远有些不对劲。可能是小刘的事情让他的心里有某些感应，可能是引他想起了某些苦恼……会是什么苦恼？难道他之前也被人劈腿？哇靠，那个贱人是谁？

苏清远在那里一口口地喝啤酒，什么话也不说。蓝妮感到气氛压抑得要死，想说些什么打破它，就在这时听到苏清远说："你对'劈腿'怎么看呢？"

"我……应该是很严重的……感情犯罪吧。"蓝妮偷瞄着他，感觉心跳得像京剧里的鼓点：难道真像她想得那样？

"犯罪？"苏清远不可名状地笑了一下，"是啊。自古以来，不管是男是女，对于真爱的人，心里和眼里都只会有对方一个，也希望对方心里和眼里只有自己一个……结果发现自己心里只有对方，对方心里却有至少两个人……那感觉一定是难以言喻的痛苦吧。让别人拥有这种感觉的人，的确是犯罪……"

蓝妮听得心都痛了，认定苏清远肯定是之前被人劈腿，很为他义愤，便紧跟着说了一句，"是啊。而且是永世无法弥补的罪！"

苏清远呆了一呆，忽然笑得比黄连还要苦涩，"这么说……我的罪过就一生一世都无法弥补了呢。"

欸？蓝妮差点滑到桌子底下去。我的天哪，这也太意外了吧？不是他被人劈腿？是他自己劈腿？对谁？

蓝妮张口结舌地看着他——刨根问底的冲动就像惊涛一样拍着她的心房，想问他，却又不敢。最后只有无可奈何地闷声吃喝自己的东西。她现在心头一片冰凉，吃着汉堡也觉得寡然无味——那汉堡可是很美味的，之前她还分明地尝到呢。

吃完饭后苏清远送蓝妮回家。他一路无话，蓝妮也没心情和他说什么。

第五章　恋爱是件麻烦事

第二天上班的时候，蓝妮不知为何，依然觉得心里闷闷的。然而不仅她的内在情况不好，外在的环境也似乎对她充满了敌意。李新兰她们似乎对她格外冷淡，喊她们时，她们都是半天才搭理，找她们要文件的时候，她们甚至还会偷偷地撇嘴和翻白眼。蓝妮感觉不对，留神注意她们，之后不久竟发现她们陆陆续续都出去了，之后也不见一个人回来。

蓝妮从鼻子里哼了一声，走到卫生间门口打开门，果然发现她们聚在一起，好像在说些什么，一见她进来全停了。

“又在厕所里讲小话啊？也不怕空气脏啊。”蓝妮冷笑着说，“有什么话就直接说吧。省得藏在厕所里哈臭气。”

见她这样，李新兰她们倒有些措手不及。呆上片刻之后，还是由李新兰先开口，“没什么好说的……那点事你心里不都明白么？”

“什么事，我不明白欸。”蓝妮不是会轻易和别人产生冲突的人，但今天心里特别的气闷，已经准备实打实地跟她们战一场——就算最后要豁出去闹，也没什么大不了的。

“你不明白？”李新兰“哈”地一声笑了起来，“你还真是厉害，到现在还想装蒜……哈哈，这不正是你的所为么？一方面装傻充愣，一方面暗渡陈仓……我问你！苏科长这阵子怎么对你这么亲近？你是故意引白朵朵来打你，好让苏科长对你‘由怜生爱’的，对吧？类似的招数你还用了多少？”说到最后的时候，她已是义愤填膺，就好像蓝妮做了什么人神共愤的事情一样。

蓝妮骇然失笑，朝天翻了翻白眼，“你们还真会联想……有这空儿干点正事不好么？”蓝妮这话并没有什么弦外之音，李新兰她们却听成了她在讥讽她们“找不到男友”，顿时骚动起来。

“哎哟，我们是没你有本事，明里暗里都这么有手段，想勾引谁就勾引谁……”郭明华终于忍不住开了口，语气很是尖酸刻薄。

“是啊。我们哪比得上你啊，虽然一无是处，但手段一流，在男人眼里也魅力四射……”王萍也在一旁帮腔。

蓝妮冷冷地看着她们——要是平时她听到这些话，觉得会气得发闷，今天却出奇的冷静，冷笑着打了一个哈哈，“真是不知道怎么说你们好……看来我已经没有再跟你们说话的必要了……哈哈，我正告你们：苏科长这些天跟我走得近纯属偶然，也不是在和我谈恋爱。”说着朝她们打量了几眼，然后大声冷笑了一声，“不过你们的反应也真是奇怪，搞得我好像背叛了你们一样……在你们看来，我和你们一样是追苏科长的人，就和你们是情敌。而你们彼此之间，其实也是情敌。如果你们有机会接近苏科长的话，也一定会不顾一切地贴上去吧。我做的其实是你们都会做的事情，你们有什么资格来指责我呢？”

李新兰她们哑口无言。蓝妮鄙夷地扫了她们一眼，转身就走。她从没有这么“痛快淋漓”地跟人对抗过，感觉心里豪气干云的同时，却也有点不安：可以预见到，此后李新兰她们一定会对她更不友善。果然如此。等李新兰她们再回到办公室的时候，空气都似乎要上冻了。蓝妮一开始有些不安，之后忽然倔劲顶起，一梗脖子一白眼：冷战又怎么样？怕你们么？

苏清远进来了。蓝妮赶紧低下头——不知道怎么的，她现在对他无法直视。他说最近在临市的风景区有个培训会，准备让年轻同志去。因为蓝妮现在的工作正对口，所以先定下让蓝妮去，准备再搭一个人。结果全办公室没人愿意一起去。女同事们提出了各式各样的借口，李罡则是真有重大任务在身，走不开。苏清远没有办法，只有先定下让蓝妮一个人出差。蓝妮对此冷笑一声，没有说什么，却悄悄地给李新兰的QQ发了一条信息，“挤我是不是？没什么大不了的。不过，你们都不愿和我出差，不怕促成苏科长和我一起出差么？当心偷鸡不成蚀把米哦。”

李新兰没有回复，也没有出声。蓝妮却听到她的笔筒倒了，心里暗暗得意。之后，却像如梦初醒一般，猛然觉得自己的行为很是不妥：老实说，她跟他不算熟，现在对他的印象和感觉也已经不太好，搬他出来刺人，合适么？

苏清远当然没有空和她出差。李新兰她们也因此逃过一劫——如果由她们促成蓝妮和苏清远一起出差，她们一定会气得吐血。蓝妮回家整理行李，无意间向妈妈透露自己是一个人出差。在她看来这根本没什么。妈妈却着实紧张起来，反复叮嘱她要注意安全，还交待了很多琐碎的事情，甚至连晚上睡觉最好用椅子把门堵上的事情都交待了。其实因为蓝妮宅得厉害，她这样的担忧也不算过分。蓝妮听了后却觉得特别腻歪——虽然她成天宅在家里，心里还很是自命不凡和追求自由的。便爱理不理，妈妈说的那些话也几乎没有听。

转眼就到了出差的日子。说是培训会，听上去很辛苦的样子，其实一大半时间是玩，开会的地点也在旅游胜地，等同于旅游观光。这次培训会的下榻地是本省范围内数一数二的旅游山庄，附近还是本省的美食之乡。蓝妮便吃了个油光水滑，玩了个顺心畅意，还在心里嘲笑李新兰她们真是想不开。旅游山庄里还有室内温泉，蓝妮便赶着去泡。

哇塞，温泉果然和一般的水不一样，不仅下水后有全身毛孔即时打开，整个身心都被温热的感觉，甚至还有自然精华快速融入体内的美妙体验。蓝妮很快就飘飘欲仙，但不知道是不是乐极生悲，竟忽然感到心里有种难以言喻的酸涩和空洞。她很是讶异，仔细品味后，发现那似乎是孤独。是因为离家在外？不是。那种感觉不像是即时的，也不像是一回家就可以消除的，很深远、很幽怨……欸？是不是想要找个伴了？

发现自己有这种想法后蓝妮很是惊诧：怎么忽然有这种想法？以前从未有过啊！想要仔细品味，却发现那感觉已经不见了。她呆怔怔地在水里泡了一会儿，之后便草草地出来了。

几天的培训会很快就完了。蓝妮坐上了返程的车子。大吃大喝也是有代价的。那就是你可能彻底弄坏你的肠胃。蓝妮就是如此。昨天她贪恋鱼鲜，一下吃了很多，结果今天一早就开始闹肚子。她为了怕在车上丢人，一早就弄了药吃，好了一些，但后来因为抵制不了诱惑，又吃了一个之前买好的桔子。结果这下完蛋了。没过几分钟蓝妮就觉得肚子里翻江倒海，接着痛得几乎要翻过来。好不容易到了一个休息区，车刚停稳她就冲下了车，导游喊的什么也没听清楚。她一头冲进厕所，在里面泻得头昏眼花，也不知道过了多久。出来后又扶着墙壁站了一会儿，等到感觉舒适后才走出休息区。天哪！车怎么不见了？！

蓝妮呆呆地站在原地，冷汗一滴一滴地渗出脑门。她现在才依稀记起，导游说的好像是"因为时间紧，我们在这里不会停留太久，大家抓紧时间！"

蓝妮摸着口袋，这下糟糕了。因为冲得太急，她几乎所有的东西都在车上。她本以为自己带了手机和钱包，摸了一下后却发现没有。兜里只剩下点硬币——有硬币就好。她只要打电话找人来接她，然后再慢慢地联系客车找回失物。虽然她记下的导游和主办方的号码都在手机里，但苏清远那里应该有备份。而和她同车的都是和她公司处于同一家商业协会的大公司的员工，应该没这么无聊，偷拿她东西。而且她的包都是上了锁的，钥匙还在她身边（随身带钥匙真是个好习惯），不是专业小偷搞不定。只要及时联系到承办这次活动的旅游公司的人，这些东西一定都还能找回来。于是她便找了个公共电话亭，准备找人求援。找谁求援却是个问题。首先，她不想对父母求援。自己闹了这么大乌龙，父母以后就有更多理由对她不信任了。找办公室那帮人求援？不行欸。现在是非上班时间，李新兰那帮女人看到手机上显示她的手机号的话，十有八九都不会接。找李罡求援？也不行。一来因为上次的相亲乌龙，她和李罡之间就有种隐性的尴尬；二来李罡是宅人一枚，行动力肯定不行。她现在需要的就是快速的救援。没有办法，只有找苏清远求援了。虽然她现在对他不算太待见，但综合各种因素还是找他比较靠谱。于是她就拨打他的手机号，却等了半天都没人来接。蓝妮心里开始发毛：糟了，不会这么寸吧？

在电话铃响了接近四十秒的时候，终于有人来接电话了。蓝妮一阵狂喜，听到电话那头传来的声音后心却猛然跌到谷底。不是苏清远，是一个女人的声音……听起来颇有年龄……不正是金玉辉吗？！

发现是金玉辉接电话后，蓝妮足足呆了十几秒，说真的，她的头脑里根本就没有“向金玉辉求援”的概念。但想到苏清远可能不在家，而自己剩下的钱可能已经不够再打一次电话，就只好厚着脸皮跟金玉辉说了自己的窘境。金玉辉一声一声地应着，叫她不要急。她会想办法解决的。至于怎么解决，金玉辉没有说，蓝妮也没好意思问。之后金玉辉便挂断了电话。蓝妮怔怔地从电话边离开，到休息区里坐下。糟了。恐怕光等金玉辉找到苏清远，都不知道要等到什么时候，然后苏清远再过来……天，看来她得在这里等到两眼发直了。而她的包恐怕也找不回来了——找失物就怕耗时间。

蓝妮现在的心情既忐忑又凄惨。不知道是不是上天故意要和她凄惨的心情相对应，竟然下起了雨。市外头本来就比市内冷，下雨后气温跌得更快。蓝妮又刚泻过肚子，身心都脆弱，不仅感到冰寒刺骨，也沮丧得想哭。

欸？一辆轿车开过来了！蓝妮的心里热流涌起，几步冲到休息区门口。不是苏清远？是金玉辉，她竟自己开车来接蓝妮？

蓝妮看到金玉辉后心情很是异样，但现在的窘境由不得她犹豫。她几乎是窜上了金玉辉的车，连雨点都没沾上几滴。金玉辉朝她温和地一笑，告诉她苏清远今天有事，暂时不在家。他的手机也放在家里充电，因此短时间内联系不到他。她怕蓝妮一个小女孩儿在外面危险，便自己开车过来接她。至于蓝妮的包，她也叫蓝妮不要担心。这次培训会的主办人她认识，跟他通了个电话之后，立即就联系到旅行社的人，找到了她的包，她的包还好好的没动呢。

蓝妮的脸涨得通红，不停地和她道谢。不仅仅是因为金玉辉帮她帮得这么彻底。还因为她没想到金玉辉是这么好的人，她却在网上“欺骗她的感情”，真是太造孽了。

金玉辉先开车带她到旅行社拿了包，然后送她回家。蓝妮一路上对她千恩万谢，之后更是目送她的车子离开才上楼。回到家后妈妈对她嘘寒问暖，她依然是心不在焉——不是她藐视妈妈——这次的乌龙使她真心感觉到妈妈是对的。她心不在焉是因为心里有大事，该和金玉辉有个了结了。虽然可能让她很痛苦，但跟良药苦口的道理是一样的。

蓝妮打开QQ——她觉得金玉辉现在应该还没到家，干脆就飞快地留个言了事。因为心里有愧，她现在没法直接面对金玉辉。

因为习惯，她在进入正题之前还是打了个“在么？”

“我在。”没想到金玉辉立即回复了。

蓝妮见状差点滑到桌子底下去。但既然来了，她也不能退缩，只好硬着头皮打下这么一句话，“对不起，其实我早该告诉你的……只是一直说不出口。”

“什么事？”金玉辉回复的速度很快，可见她非常紧张。

“我……到墨尔本其实是为了治疗白血病。过几天手术。我本来怕你担心，不想告诉你的。但怕如果我挺不过来，就没人告诉你我怎么了。”

她本以为金玉辉会很紧张地发来一连串信息，没想到她沉默了好久。这表明她是真正受到了惊吓，而且十分担心。

蓝妮很是不安：她的感觉活像做了亏心事，正在被鬼敲门一样。

“手术成功的希望大么？”金玉辉终于发来了信息。

“应该有一半吧。”蓝妮赶紧回答。她得为“邱冰的逝世”做好铺垫。

“为什么只有一半？！墨尔本的医疗水平也这么低么？”金玉辉激动起来。

呃？蓝妮猝不及防，立即呆住了。她还得“为手术成功率这么低”找出理由么？糟……医学知识不够，临时编不出来啊……

还好金玉辉没有追问。又是沉默半天后说了句：“对不起，我问得太多了……不是想给你压力，对不起……”

“没关系。”蓝妮苦笑。糟了，负罪感又加重了。

“你安心地做手术吧……我相信你一定会康复的……手术是几天之后？”

蓝妮知道她是想问什么时候可以有消息，便说：“一周之后吧……手术之后相信我有段时间不能动……能动之后我会立即给你消息。”

金玉辉没有立即回应。许久之后才回复了个“好”。蓝妮知道她肯定有千言万语要说，但是什么都说不出，心里被负罪感压得格外厉害，也不敢再说什么，默默地关了QQ窗口。想也知道，一周之后，金玉辉得不到她的回应，肯定会肝肠寸断。想到这里她简直被负罪感压得喘不过气来，但是提醒自己无论如何都不能心软。如果心软了，那才是真的害她。

第二天上班的时候，蓝妮对苏清远更加无法直视。不仅仅是因为之前的事情，还因为她闹了乌龙，还连累他母亲来解围——至于她“欺骗他母亲感情”的事情就更别说了。她也很担心苏清远会提起她的乌龙。苏清远却根本没提那件事。蓝妮松了一口气，接着却又有些不满：是不是她的事对他来说完全不算事啊？

太阳慢慢地在天上爬，从东边爬到西边，最后爬下去了。糊里糊涂又是一天。蓝妮呆呆地看着窗外的余晖，忽然觉得一天一天这样过，也挺没味的。她为什么现在开始多愁善感了呢？以前没有这感觉啊？接下来的几天也是浑浑噩噩。虽然感到很没味道，但蓝妮并不期望生活给她来点什么调味料。谁想，接下来竟然有个大炸弹从天而降，差点把她炸晕了。

这天蓝妮刚到公司，就发现办公室门口聚了一大堆人。这些人见了她都是一副惊诧和怀疑的样子。蓝妮立即暗叫不好，分开人群走上前，发现门上贴了一张纸。

门上贴纸干吗？骂她的呗。上面指名道姓地说蓝妮心地险恶，每天最喜欢搬弄是非，造谣生事，小偷小摸，勾引人家男人……总而言之所有能骂女人的话全写上了。大家全都表情复杂地看着蓝妮，担心她忽然爆发，一脚把门给踹了。没想到她非常冷静，对着纸冷笑了几声，“唰”地一下把纸撕下来，然后直奔公关部。

白朵朵正在和同事说些什么，见蓝妮进来后露出诧异的神色。蓝妮也不跟她废话，直接把纸拍在她桌上。

白朵朵一头雾水，朝纸上看了看，哭笑不得，“你这是……”

“你就不要装蒜了吧你！”蓝妮此时才爆发，吼得连灯管上的灰尘都能震下来。

“什么？！”白朵朵又惊又怒，“你这是什么意思？想说是我写了这东西么？”

“除了你还有谁？！最近我只和你发生过争执！”蓝妮的眼里几

乎要喷火，简直想用牙齿把她咬碎，“我告诉你，你这也黑得太低端了！这年头竟然还贴小报？你脑残啊你！”

“你才脑残呢！你也知道我不会用这么低端的方式……怎么还怀疑我啊？”

“对不起，因为我人品不够坏，最近除了你我没得罪过别人……欸？不对。我也没得罪你啊……那个帖子的确不是我发的，你却偏不信，还过来打人……我都不追究你了，你竟然得了便宜还卖乖，还写这个东西毁我……你真是脑残无耻到极点了你！”

“天哪！”白朵朵涨红着脸直跺脚，“那件事我已经调查清楚了……是我家邻居，看不惯我红了，才到网上毁我的……我知道不是你干的，对你已经没有仇恨了，怎么可能再去写小报诽谤你呢？再说就算我要黑你，也不可能用贴小报这种低端的方式，起码也是上网发帖啊！”

最后一句话很是有力。蓝妮怔住了。对啊。这贴小报的方式的确够低端，不像是白领干的事……油条西施？肯定是她！肯定是小刘去找她闹了，并透露是蓝妮说的。她肯定因此恨死了蓝妮，才会贴小报来毁她！

蓝妮大声冷笑了几声，又抓起纸朝公司门口冲去。油条西施已经卖完了油条，正在打点做盒饭的工具，一看到蓝妮气势汹汹地赶来，顿时呆住了。

蓝妮也不跟她废话，“啪”地一声把纸往她面前一摔，“李晓花！你也太卑鄙无耻了吧你！”

她这声吼得十分高，把其他那些小商小贩都惊过来了。有个好事者捡起那张纸细看，其他人也围过来看。

他们看了那张纸后也不禁咋舌，看看油条西施，然后再看看蓝妮，等着看好戏。油条西施依旧一头雾水，她也朝纸上看了几眼，顿时“哎呀”一声叫了出来，“这写的都是些什么啊？！你……认为是我写的么？你怎么会这么认为呢？”

“你还想装蒜啊你！”蓝妮咆哮起来，一不小心还破了音，“承认吧，除了你不会有别人……因为我揭露了你无耻的真面目，你就这样报复我，对不对？我告诉你，你真是无耻加脑残……手段也太低端了你！”

“什么无耻的真面目？”油条西施的脸涨红了，惊慌地看了看四周，一副如芒在背的样子，“什么跟什么啊？”

“哎哟。”蓝妮冷笑着说，“原来你也怕人知道啊。那为什么要干那些事儿？我当初还是太好心，只告诉了小刘。早知道我就把它们全截图截下来，发到网上给你亮亮相！”

油条西施的脸涨紫了，一副走投无路的样子，忽然一头朝她撞了过来，“你在胡说些什么啊？”

蓝妮及时避开了，接着便被气得满头是火：怎么的？还想动手？顿时如火山喷发般咆哮起来，“我胡说？装疯吧你？事实都在那里摆着呢！平时你装得跟一个良家妇女一样，网上却是另外一个样儿！不仅放那些没廉耻的照片，还脚踏几条船勾引男人，还公开晒野男人送你的戒指……那些话其实骂你最对！”

围观的众人发出一阵悄声的骚动，全是一副“原来如此”的表情。油条西施在众人的围观下顿时矮了下来，一副要哭却又哭不出的样子。

“不是这样的！”眼看油条西施就要完败，小刘却从人丛中钻了出来，“她没有勾引男人！”

“什么？”一时间蓝妮几乎无法相信自己的耳朵，也因此口不择言，“喂，你可不能为了护短……为了自己的面子就混淆是非啊！”

大家又“唰”地一下把目光集中到小刘身上。小刘被看得也很难堪，幸好还能镇定，“那个戒指其实是她自己在地摊上买来的！她这样做，是为了让自己在网上有点面子！”

“呃？”蓝妮怔住了。

“你上网的时候，也希望自己在网上有点面子，对吧？”小刘继续说，“她因为在生活中不如意，一直是没人关注的小角色，所以就想在网上得到点注意，才会放那些照片，才会虚构自己有一个有钱的男朋友……这些也很不对，她已经答应我改正……但是她绝对没有勾引男人！”

蓝妮活活地震懵了：原来是这么回事？呆了半晌后才说：“可是……即便是这样，她也不该写这种东西侮辱我！”

“我没有写！真的不是我写的！”油条西施大哭起来。

“是我写的！”一个苍老的声音冲天而起，把大家都震懵了。只见一个白发如银的老太太拨开人丛走了进来，“是我写的，你能把我怎样？你这个死丫头片子，闲着没事搬弄是非，我闺女明明什么都没做，你竟然说她勾引男人！你知道么，我闺女因为这事儿，跟小刘吵了半夜，又自己哭了半夜！我闺女之前没遇到好男人，好不容易离了婚，来城里闯荡，够苦的了！我本以为我闺女这辈子已经很难再找对象了，结果后来和小刘谈上了，我那个高兴啊，心想就算拼了这条老命，也要保这桩婚事成……我问你，你跟我家有什么仇？吃饱了撑的还是怎么的？竟然要拆这门婚？我告诉你，要是因为你，我闺女和小刘分了，我就算做鬼也不会放过你……”说着说着老太太竟然大哭起来。油条西施也悲从中来，两人哭成了一团。

老太太这一出来痛哭控诉，形势立即逆转。蓝妮本来至少是个无辜受害者，现在却宛然成了坏人——大家都觉得她的做法有失偏颇，即使没有恶意，看起来也像是故意闹事的。蓝妮气得发怔，又被大家的围观搞得如芒在背，气得二话不说掉头就走。回办公室后也觉得大家都在不动声色地围观她腹诽她，于是越想越气，中午也不想吃饭，跑到天台上吹着冷风发怔。她不明白，自己根本没有干坏事，也根本没有坏心，最后竟然成了唯一的坏人，和所有人的敌人？！这是凭什么啊？

“你站在那里干吗啊？喝风是绝对喝不饱的！”苏清远的声音忽然响起。蓝妮感到背心一阵抽搐：听到他的声音后她的感觉十分异样，竟然无法仓促面对他，于是依旧呆站着不转身。

“你干吗啊？我又不会笑你！”苏清远不满地说。

蓝妮心头一动，脖子却依旧僵僵地转不过来。

苏清远也没有再纠结此事，径直走到她身边，“我就猜你会在这里……吃饭了没？”

“没有。”蓝妮隔了一会儿才回答，还不由自主地带上了些许哭腔。

“那，”苏清远拿出一个果酱面包，抵到她面前。“吃了吧。”

“我不想吃。”蓝妮没有接也没有看。

“我知道你胃口不好。”苏清远撇了撇嘴，“所以买的是面包，能当干粮……你先拿着吧，等一会儿或是下午想吃的时候再吃！”

蓝妮这才接了，看着面包边缘溢出的鲜红的果酱，忽然有了点食欲，便撕开包装吃了起来。为了让自己吃得舒服，干脆坐在了天台上。

苏清远也陪着她坐了下来。

蓝妮坐在那里，一口一口地咬面包，忽然说：“你觉得我是不是个笨蛋？”

“为什么这样说呢？”苏清远似笑非笑地说。

“难道不傻么？”蓝妮狠狠地抹去嘴边的果酱，神情活像是在抹去嘴边的血迹，“没来由地管别人的闲事，还惹了一身臊。”

“但是你做的是好事啊。”苏清远看着她，笑意更浓。

“什么好事？”蓝妮冷笑了一声，“人家明明没出轨，是我自己误会了，还‘吃饱了撑的多管闲事’！”

“但是你是好心啊。”

“好心又怎么样？不还是成了人民公敌了么？”

苏清远愣了一愣，忽然大笑起来。

“笑什么啊？”蓝妮的脸涨红了，把面包里的果酱也捏得溢了出来。

“其实啊。”苏清远忽然变得语重心长，“其实你没必要注意别人的看法……因为好事其实主要是做给自己看的，而不是做给别人看的。”

“欸？”蓝妮觉得他话里很有话，便询问地朝他看了过去。苏清远没有直接回答，而是说起了自己的经历，“其实，我小时候，因为觉得我妈妈一个人抚养我不容易，怕给她惹麻烦，于是便兢兢业业地作好孩子……当时我就是想讨所有人喜欢，从不惹恼别人，经常给别人点小恩小惠，和自己无关的事情坚决不管。凭着这些，我平平安安地读完了高中，也一直是最受欢迎的‘好同学、好孩子’，我对此很满意，却在毕业联欢会那天感到非常失落，甚至把我那么多年的努力也一并否定了。”

“为什么？”蓝妮不由自主地被吸引住了，听得全神贯注。

“毕业联欢会也是朋友们彼此告别的时候啊。”苏清远的笑容变得有些苦涩，“大家都在依依惜别，有的人甚至抱头痛哭……只有我独自一个人坐着。这时我才发现，我虽然一直是以老好人的形象出现，但从没有管过别人的事情，自然不会有一个真正的朋友。在那一刻我感到难以言喻的沮丧，猛然觉得我以前的时光全是空的，全是灰的。”

蓝妮的心头一颤——她觉得自己的内心深处也似乎有什么东西被触动了。

“自那时起，我就开始了思考，思考自己该如何处理和其他人的关系。思考的结果，就是我进大学之后一反常态，积极地，呃，就算是帮助室友吧——哈哈，其实，如果是真心地为别人的事情操心，总会做一些错事，也总会被别人误会。据我感觉，我在大学时的形象并不如我之前的形象，甚至还被人称作‘事儿妈’，”说到这里他笑了，蓝妮也笑了，“但是我并没有觉得后悔，也交到了一些真心朋友。我那些朋友虽然未必能为我两肋插刀，但应该是关键时候能帮助我的那种。”说着，他瞥向蓝妮。

蓝妮知道他是想问她听明白了没有，连忙粲然一笑，表示自己听明白了，然后嬉笑着看了他几眼。

“看什么？”苏清远觉得有些奇怪。

“我只是觉得……”蓝妮嘿嘿一笑，“说你是‘事儿妈’，不像啊。”

“我大学时那是矫枉过正……之后自然要回归正常啊。”

“嘿嘿……”蓝妮坏笑了几声，又朝他打量了几眼，“可是感觉你也容易害羞，根本不像是‘事儿妈’的心理素质啊。”

苏清远立即省悟她是指他藏在厕所里睡过头被她找到的那件事，不禁又好气又好笑，“拜托，我‘事儿妈’不等于没脸没皮啊！遇到尴尬事我也会惭愧的好不好？”

蓝妮没有答话，捂着嘴“咯咯咯”地笑个不停。现在，她觉得苏清远已经有种邻家哥哥的感觉，甚至有种像是一起长大的亲近感。因为亲近感的缘故，她几乎冲口就要问“你所谓的‘劈腿’是怎么回事”，还好最终她没有那么莽撞——不能被一时的“亲近感”所迷惑。

不能问的问题就是不能问。他虽然现在一副至交的样子，说不定一被问就翻脸了——类似的事情她可是领教过的。不过不管怎样，和苏清远谈话让她的心情好了很多。在众人的目光里也不这么如坐针毡了。回家悠哉悠哉地打开 QQ，猛然看到金玉辉的头像在闪，心顿时跌进低谷：对了，一星期过完了……

“你在么？对不起问早了……”金玉辉的话虽然说得很是委婉，

但是可以清楚表明她心急如焚。蓝妮暗暗苦笑，按照之前定好的计划，不搭理。

第二天金玉辉又留言了，“你在么？是不是还在修养……我又问早了，对不起……”看来已经有些绷不住了。蓝妮依旧没有搭理。

“天哪，你怎么还不在？出什么事情了么？你不要吓我！”第三天金玉辉终于崩溃了。看到她的留言后蓝妮深深地叹息。她可以想象金玉辉现在的状态，蓝妮十分后悔，十分自责也十分可怜她，但还是硬着心肠没有搭理她。

之后，金玉辉每天都会留言，而且都是五条以上。蓝妮被搞得心慌意乱，但依旧扛着不理睬她。再之后，蓝妮干脆不去看金玉辉的留言——反正现在不管她说什么，她都不能回复她。不理她，心里还会少受点冲击。

又过了三天，金玉辉终于不留言了。蓝妮以为她终于接受了事实，这才把心放下。但是令她始料不及的是，心放下后，负罪感却像潮水一般袭来，导致她有了种“事情还没结束的错觉”，之前的心虚和惊慌依旧无法去除——看来得有一阵子她才能完全放下这件事儿。

这一天，不知道是不是她精神过敏，她感到李新兰她们似乎有什么事情瞒着她，还似乎在谋划什么事情。她便偷偷地通过QQ问李罡——不知是何时开始，李罡已经成了她插入敌人内部的一根楔子。李罡果然知道她们在干什么，立即给了蓝妮回复。

“是苏科长的母亲生病了，在医院正住着呢。她们想下班去集体探望她。”

呃？蓝妮立即目瞪口呆，接着负罪感小山般压了下来：金玉辉不再留言，原来是因为生病了啊！既然要去住院，那肯定病得很严重……受了多大的打击啊？！

蓝妮赶紧问李罡知不知道金玉辉在哪里住院——她现在脑中一

片混乱，不知道自己该干什么，只觉得自己至少应该去探望她。

李罡竟然不知道——苏清远不愿因为母亲的病而惊动同事，所以没对任何人说母亲在哪个医院。昨天李罡知道消息后想去探望，却被苏清远婉拒了。而李新兰神通广大，不知道从哪个渠道打听到了金玉辉所在的医院，也没告诉李罡——是怕李罡告诉蓝妮吧。李新兰她们虽然没把李罡当成蓝妮一党，也不如何避忌他，但因为他也不是她们一党，所以对他依然很有保留。

这下糟了。看来就只有跟踪李新兰她们这一途了。于是蓝妮就故意早走了几分钟，然后溜到公司门口边的树后避着。过了一会儿李新兰她们出来了，上了一辆公交车。因为和她们同上一辆公交车的风险太大，于是蓝妮就出点血打了个的士，叫司机盯紧前面的公交车。司机很是讶异，老是问她是不是在跟踪老公和外遇，搞得她不胜其烦。

李新兰她们坐了几站路就下来了，到店里买了水果和鲜花之类的东西，然后就走进了本市的第三人民医院。医院走廊里没什么帮她隐蔽的东西，蓝妮既要紧跟她们，又要时时提防被她们发现，这感觉真是够受。还好李新兰她们反侦察能力并不强，径直走到了金玉辉的病房。

苏清远也在那里。李新兰她们少不得要夸张地表示她们对“伯母”病情的关心，让蓝妮在外面听得鸡皮疙瘩掉满地。苏清远并没有留她们多坐。李新兰她们多少有些扫兴，一出病房就把脸拉了下来。

蓝妮藏在一边暗暗撇嘴：看，真面目露出来了吧？根本不是真心关心病人。按理说她们走后她就可以进去了，但因为亏心的关系，她还是无法面对苏清远，硬是等到苏清远离开才溜进去。

金玉辉闭着眼躺在病床上，一只手上连着点滴瓶。蓝妮蹑手蹑脚地走到她身边，确认她是睡着了，才敢喘大气。金玉辉的脸色是灰的，眼窝和双腮也陷了下去，原本若隐若现的皱纹也变得像刀刻一样。蓝妮不由得想起她开车来接她时的样子——那时她还是很显年轻和神采飞扬的，不由得负罪感又潮水般来袭，她几乎都要窒息了。

蓝妮一旦情绪激动的时候就会下意识地挠头和捋头发，现在更是如此，她一把把地捋着头发，思考该怎么办。能怎么办？只能是凉拌。她只有继续硬起心肠，让邱冰“死得彻底”。否则不仅蓝妮的麻烦无法结束，金玉辉也会继续受伤害……

“啪！”不知多远以外传来一声鞋底敲击地面的声音，蓝妮立即抱头鼠窜。而发出那个声响的却不是苏清远，只是一个走向其他病房的护士。

苏清远过了一会儿才回来，手里拿着给金玉辉买的汤水。等他把汤罐打开，准备舀给金玉辉吃的时候，金玉辉才睁开眼睛，然后幽幽地说：“有谁来了吧？”

“是的。”苏清远回答，“我科室的同事一起来看你了。”

“不是……”金玉辉又倦怠地闭上了眼睛，“很多人在的时候我没知觉……但是就在刚才，我清楚地感到一个人站在我面前，我能感到人气儿……但是当时倦得没力气睁眼，不知道长什么样儿……”

苏清远挠了挠头，“不会吧……”说着下意识地朝四周看了看，“会不会是你在做梦啊？”

金玉辉皱了皱眉头，不再说话了。见儿子要喂自己喝汤，她下意识地把手按在被子上，想撑着身子半坐起来，不想手心忽然按到了一个东西。她心头一动，捏起来一看，顿时觉得心跳陡然快了十倍。

居然是个金蟾耳钉！是他来了么？

恋爱中的女人都有一个毛病，那就是爱幻想。还总是会把事情往最好、最期望的方向想。金玉辉虽然已经六十多岁了，依然有一颗少女心。见到金蟾耳钉，她第一个反应就是邱冰来看她了。但是她又想起苏清远的办公室里有个叫蓝妮的小姑娘一直戴金蟾耳钉——说真的，她一直疑疑惑惑地觉得这个小丫头和自己的梦中情人有联系，但又总是觉得自己的想法很荒谬。但不管怎么说，她也戴金蟾耳钉，这是坐实了的。如果她来过了，就可能是她掉的。想到这里金玉辉十分惊慌——如果是那样，就太令人失望了。她赶紧问苏清远，那个叫蓝妮的姑娘有没有来。苏清远说没有。金玉辉先是振奋了一下，之后却觉得自己振奋得过早了——蓝妮没和那群人一起来，并不能证明她没有来。也许她之后一个人来的，站在自己床前的就是她。

想到这里金玉辉不禁愁眉紧锁，准备抽个空儿出病房问问别人。就在这时，苏清远忽然看向门口。她顺着苏清远的目光看过去，赫然发现蓝妮一脸讪笑着站在门口。

原来在仓皇逃窜出了老远之后，蓝妮停下来喘气时，随手又捋头发，结果发现自己的耳钉丢了。她立即出了一身冷汗，怕耳钉是在金玉辉的病房里掉的——她知道金玉辉曾经注意过她的耳钉，知道她戴着那样的耳钉。金玉辉若是拾到了，和苏清远一对话，绝对可以得出她是偷偷来看她的结论——因为心虚，蓝妮觉得“偷偷来看”一定会让人怀疑很多事情，所以越想越害怕，觉得自己必须要回去找一下。如果能找到耳钉，就偷偷拿回来。如果找不到耳钉，至少也要打探一下耳钉是不是被金玉辉捡去了。

看到蓝妮来了，苏清远立即迎了上去。蓝妮一边和他寒暄，一边偷看金玉辉那里。结果看到金玉辉醒着，心里顿时一沉：她的理想状态是金玉辉依然睡着，这样她找东西和问事情也更方便。但既然金玉辉醒了，就只能另行应对。蓝妮的眼珠飞快地一转，便朝金玉辉来了个灿烂的笑容。在她看来，金玉辉知道她戴金蟾耳钉，如果她拾到了它，见她来了一定会主动说出来。

而金玉辉完全没有吭声。蓝妮有点疑惑，但还是往前走了几步。讪笑着说：“伯母，请问好些了么？您……是哪里不舒服啊？忽然生病，把我都吓坏了呢。”

金玉辉还没有答话，苏清远先答了：“是感染了风寒……忽然变成了急性肺炎，还发起了高烧，真是吓坏我了……还是怪我，只顾工作，没照顾好妈妈。”

“哎呀，真的挺严重的，现在好些了么？”蓝妮一边和苏清远对话，一边偷偷扫视她之前站过的地面。非常遗憾什么都没有。

“嗯，已经好转了，再过几天就可以出院了。”苏清远依然满脸愧疚，忽然想起了什么，朝蓝妮看了一眼，但什么都没有说。

“蓝妮，你的耳钉怎么不见了？”金玉辉忽然开口。

蓝妮吓了一跳，朝她看了一眼。金玉辉的眼中笑意深邃，似乎意味深长，但不知是不是她多心。蓝妮快速做了一个分析：如果金玉辉捡到了她的耳钉，怀疑她偷偷来过，一定会拿出来问她的。现在这样问她，应该是没拾到她的耳钉，只是看到她的耳朵上没有了，感到奇怪问一下而已，念及此，她连忙说：“前阵子丢了……真是郁闷。”

就这一句话，两个人都错了。

金玉辉是因为怀疑耳钉是“邱冰”的，才要确认蓝妮有没有偷偷过来。而蓝妮这句话分明证实了“来的是邱冰”。而蓝妮的脑子差了半弦，没有想到金玉辉会怀疑是“邱冰来了”，一心只想就“自己偷偷来过”抵赖，反而帮金玉辉证实了她的猜想。让自己之前的努力功亏一篑而不自知。

金玉辉“确认”是“邱冰来过”后喜不自胜，却也因此头晕起来，不由自主地闭上了眼睛。蓝妮见金玉辉倦了，便要告辞。正巧金玉辉的保姆来换苏清远的班，苏清远便提出送蓝妮一程。

上车后，苏清远便问蓝妮吃过饭了么。蓝妮当然是还没吃。苏清远便提出请蓝妮吃饭。蓝妮以为苏清远又要对她倾诉什么，隐隐地有些紧张和激动。而苏清远并没有朝上次吃饭的方向开。蓝妮以为他要换一家店请她吃饭，没想到他越开越偏僻，最后竟开进了一条死胡同，对着墙停了下来。

“这是……干什么？”蓝妮非常诧异，也隐隐有些不安。却见苏清远表情晦涩地看着方向盘，一句话也不回答。

蓝妮呆呆地看着他，心里顿时像暴风下的湖面一样慌乱起来：虽然觉得不大可能……但是僻静地点、阴暗车内、举止怪异的男人……这简直是犯罪片里非礼的节奏啊！虽然她觉得苏清远应该不是这样的人，但是这感觉太像了……啊！知人知面不知心，天知道苏清远内里到底是怎样的人？他之前不还劈腿吗？说不定内里是个衣冠禽兽？

虽然依然觉得自己的想法荒谬，但蓝妮还是越来越慌，竟打算从车上跳下去，然后夺路而逃。

“我们……先不忙去吃饭。”就在这时苏清远开口了，“我想问你个问题……呃，我知道你心里一定奇怪我干吗要带你来这儿……对不起，因为这件事很私密，非常非常的私密，到没人的地方我才敢说。”说着便朝蓝妮转过头来。

蓝妮怔怔地看着他的脸，发现他的脸上充满了羞惭恼恨和欲言又止，虽然很是奇怪，但绝不是要非礼的样子，便稍微放下心来，“什么事啊？”

苏清远的嘴唇蠕动了几下，几番要说话的样子，最终却没开得了口。看来他要说的话真是难以启齿。蓝妮更加疑惑，又开始不安。

几番磨叽后，苏清远终于开口了，说出来的话却让蓝妮大跌眼镜外加不知所谓，“你们女孩子要是恋爱了……会是什么表现？”

“你到底想问什么？”蓝妮呆了半晌后才问他。

“就是问一问……”苏清远脸色涨红，看起来更可疑。

“不可能！”蓝妮提高了声音——苏清远的问话不仅让她挺尴尬，还让她莫名有些恼怒，“你还是打开窗户说亮话吧……你要不明说，我可要走了！”

“好吧！”苏清远的脸涨得发紫，绷了半天后终于说，“我……是想知道女孩子恋爱时到底会有怎样的表现，好以此判断……我妈妈好像恋爱了！”

一听这话，蓝妮差点滑到座位底下去，几乎是尖声大叫：“不会吧！”

苏清远赶紧挥挥手叫她放低声音。这对他来说可是很令人害羞的话题。不过因为终于开了个头，他也不像刚才那样羞窘，“是的，我妈妈应该恋爱了……但我觉得是被人骗了！”

这一句话正戳中蓝妮的心窝，蓝妮的腔儿都变了，“为什么跟‘我’说这个呢？”虽然苏清远看起来一点都不像“洞悉真相”的样子，但是他忽然直接来问她，的确不由得她不疑。

“因为你是女孩子啊。而且……知道我不少丢人的事情……在你面前比较容易出口……而且我觉得你人还怪好、怪睿智的……好了，快告诉我！”随着话题的深入，苏清远倒越来越镇定，也越来越释然。他的话虽然说得散乱，倒句句都是实情。蓝妮也觉得如此，却不由自主地多注意了一下他那句“知道不少丢人的事情”，不仅心里大为不满：好家伙，你主要是因为觉得“在我面前丢人的事情蛮多的，不怕在我面前丢人到底”才跟我说的么？你还真直白啊！

“这个……女孩子恋爱的表现是不一样的，很难具体来说。”不管怎么说，蓝妮心里镇定了些，因怕苏清远从她异常的反应中看出什么，赶紧把惊慌和猜疑之色全都收起来。“你还是说出几个表现，我来觉得是不是吧。”

“当然了，我就是这个意思。”苏清远只顾着着急自己的问题，朝车窗外打量了几眼，确认窗外没人——其实就算有人也听不见他说什么，又把声音压低了些。“我妈，就在前阵子，上网的时间激增……而且据我妈的朋友说，她平时就算不上网，也会经常查看手机 QQ。然后，生活中好些细节出现了变化……其次，她的心情比以前阳光了，还时不时地喜欢哼歌……要知道，上次听她哼歌的时候我应该只上初中。再次，她的穿衣打扮也开始变化，明显地变化……最后，”说到这里他愤愤不平起来，“她这次生病前，其实情绪明显不正常，好像在担心某件事情，然后忽然病倒……这明显是受了什么刺激……所以我怀疑，她一定是恋上了什么人……然后被这个人伤害了，所以才会忽然生病……你觉得是么？”

其实苏清远每说一个字，都等于在蓝妮的良心上刮一刀。听苏清远叫她判断，只有心虚地说，“听起来就是这样……不过从你妈妈最近的表现来看，受到的打击应该是‘分手’级别的……这段恋情结束了也未可知？”她的意思是，既然已经结束了，苏清远就不用再纠结了。

苏清远却丝毫没买账，比刚才还要愤愤不平，“不知道……我必须把这件事情调查清楚……一定要确认这家伙到底是个什么人……就算这段恋情结束了，他伤害了我妈妈，我绝不会轻易饶过他！再说，无赖之徒总是会反复吃回头草，如果他再回来伤害我妈妈，那该怎么办？我一定要把这件事查清楚！”

现在苏清远每说一句话，就等于在蓝妮的心上加一块砖。但此时看着苏清远愤愤的样子，她又不敢多说什么，只有嗫嚅称是。可能是终于找到人商量和倾诉，苏清远的脸色缓和了些，但依旧心事重重。蓝妮想要告辞离去，又怕苏清远想得太多，只好继续跟着他去吃饭。这顿饭她吃得无比沉重，所有的东西都压在心里。下班之后第一件事就是打开 QQ，细看苏清远的 QQ 空间——她今后要每天关注他的 QQ 空间了！如果他查到了蛛丝马迹，她得准备去挽回。如果他查到了真相，她得准备好抵赖。如果他认定了真相，她就得及时逃命！

苏清远的QQ空间里没有什么异样。蓝妮看完空间里最近时段的东西，忽然想看看以前的东西。于是，她就一点点地往前翻。啊哟，苏清远的爱好还挺广泛挺高端的，竟然喜欢油画。在他的QQ空间里蓝妮还发现一张照片，时间是几年前的，是他和花文轩老板的合影，背景是一幅油画。照片下的文字则说老板非常喜欢他的画。

第六章　好男人身上的阴影

蓝妮盯着照片怔怔地看了半晌。说真的，她非常欣赏能画油画的男人，觉得那样的男人非常的高雅和细腻。她刚入网络的时候，也在某些论坛发过一些 YY 的小白爱情文，主角就是会画油画的王子。苏清远竟然也画油画，真让她心里十分异样。而照片里的油画虽然不甚清楚，光线也不够，但看起来还是蛮有艺术感觉的，甚至还有几分大师的格调。蓝妮忍不住想去看看这幅油画到底是什么样子，想着想着就出门了。

花文轩其实是个酒吧，离蓝妮的家很远，几乎是在城市的另一头。现在也已接近八点。蓝妮平常吃了晚饭就很少下楼，也绝不会轻易去自己不熟悉的地方，今天却走得异常爽利，要是认识她的人见了，肯定会觉得十分异常。蓝妮却一点都没觉得异常。

这个酒吧装饰得很是雅致，里面的人也似乎都有品味。蓝妮怕什么都不点径直去看画引人注目，便点了一杯鸡尾酒，一边走一边品。这鸡尾酒倒是出人意料的好喝，价钱也不贵。蓝妮一口一口地抿着，很快便找到了照片里的那张油画。哇塞。画得还真不一般，明暗对比、色彩运用、线条勾勒都不俗，的确颇有几分大师的格调。在画的左下角，蓝妮找到了苏清远的签名。虽然是汉字，但写法像是英文式的，卷啊卷的很可爱。蓝妮一边窃笑一边欣赏，不知不觉出了神。就在这时，一个女人端着鸡尾酒走了过来，也朝油画看了看，忽然“嘿”地一声冷笑了出来，“这坏蛋……现在日子一定过得不错吧？”

嗯？蓝妮的耳朵立即竖了起来：听她的语气……应该和苏清远

认识，而且对他很了解啊？！说他是坏蛋……和他有过不睦么？

虽然知道自己的猜测毫无根据，但蓝妮忍不住怀疑她就是被苏清远劈腿的女人。想到这里她的好奇心便疯长，寻思着套她的话。便又点了杯鸡尾酒和腰果，走到那个女人身边，佯作随意地和她搭起了话。本来蓝妮对自己在现实生活中是否也能成功搭讪不很自信，结果却出奇的顺利。那女人很快便和她比较熟稔，把自己的名字也跟她说了——她叫甘云志。蓝妮看时机到了，便佯装无意地夸起了那幅油画。甘云志没有答话，从鼻子里冷笑了一声。

“怎么了？”蓝妮佯装不解，“这油画画得不好么？”

“不。”甘云志冷笑着说，“这画倒是不错，但是画这画的人人品太差！”

“人品？”蓝妮心头一紧，想要追问，又怕自己问急了会起反作用，便故意说错，来钓她的话，“画这油画的老先生人品不好？男女关系上的么？”

“哈。”甘云志笑了出来，“老先生？你凭什么认为画这画的是老先生呢？”

“哦，我是觉得艺术家都应该有点年纪……不是老先生？”

“当然不是老先生。”甘云志笑容越来越冷，还带有几分嘲讽和愤怒，“是个年轻小伙子！”

“哇！你认识他？”蓝妮佯装惊诧，“是个什么样的人？人品不好？怎么回事？”

“哼。”甘云志掏出了手机——蓝妮成功地调动了她的情绪，她找出一张照片给蓝妮看。蓝妮不看不知道，一看吓一跳——竟然是个浓妆男孩子，画着烟熏妆，吹着爆炸头，穿着招风的衣服，还戴了耳钉，一脸的邪气不屑。蓝妮被惊得目瞪口呆：这会是苏清远么？不可能啊？一点都不像啊！

其实不管是谁化上这种浓妆，都会面目全非。蓝妮一边从这男孩子身上找和苏清远相符的容貌细节，一面干笑着对甘云志说："这童鞋看起来挺有个性的啊……"

"有个性，哼哼哼，"甘云志一边冷笑一边耸动肩膀，"是很有个性啊……衣冠禽兽还能没有个性么？"

衣冠禽兽？一听这话，蓝妮脖子后面的汗毛都竖起来了：怎么会是衣冠禽兽呢？而甘云志已经激动起来，没等她追问就全说了，"你知道么？这家伙在上学的时候，非礼过女生……人家不从还把人家打得很惨……后来全靠他妈妈有钱，能找到关系，才把这件事压下去。"

蓝妮听得张口结舌，心里简直像发生了雪崩。甘云志还想说些什么，却不巧来了电话，把她叫走了。蓝妮呆呆地坐在那里，足足呆了五分钟。之后回家的时候也是精神恍惚，还差点掉进下水道里。

虽然目前苏清远只算她的上司，或许勉强能算是个朋友，不管他过去干过什么事，对她来说都不是什么重要的事情——她是这样告诉自己的，但她的感觉却不亚于天将塌陷，拼命地想弄清楚到底是怎么回事。她一方面绝对无法相信这是真的，一方面却又非常害怕是真的。最后则是第一种想法勉强占了上风，她开始推敲这诸多信息中的疑点。

最重要也是唯一的疑点就是那张照片。照片里的人妆实在太浓了。无法确定是不是苏清远。而甘云志是看了苏清远的签名后冷笑的，会不会她认识的是一个和苏清远同名同姓的人，看到签名后弄错人了呢？

想到这一点后蓝妮很是振奋，越想越觉得有道理。但再有道理的推测都需要佐证。蓝妮想起那个浓妆男孩右边耳朵上有三颗闪闪发亮的耳钉，便打算明天偷偷观察苏清远的耳朵，看上面有没有耳洞。长时间不戴耳钉耳洞会消失？未必。她记得她有个同学，只是小时候打的耳洞，现在用茶叶梗通通依然可以戴入耳环。就算苏清远以前有耳洞，现在长上了，也应该会有少许痕迹。蓝妮打定了主意后就上床睡觉，竟然紧张到后半夜才睡着。

第二天上班的时候，蓝妮的紧张依旧持续，见到苏清远的时候紧张感更是爆棚。苏清远朝她笑了一笑，目光中有少许讶异。蓝妮这才省悟自己在不知不觉中直了眼，赶紧讪笑着转过脸去。她打算不露痕迹地观察他的耳朵，结果竟发现没有机会——因为这几天有个大项目，苏清远忙着安排工作和进行指导，直到中午蓝妮都没有机会仔细看他的耳朵。对此蓝妮很是沮丧，中午竟也因此食欲不振。午休的时候到公司附近散步舒缓心情，结果不知不觉就走进一条僻静的胡同——一想散心就不由自主地往没人的地方走，这的确是个不好的习惯。

蓝妮悄悄地叹了口气，回头准备转向，却猛然看到苏清远跟在她身后，顿时吓得一激灵：糟，虽然还没确定他的"罪行"是否属实，但猛然看到他心里竟然慌张到爆棚。

"有时间么？"苏清远没发现她的异常，笑得也是阳光灿烂。

"干……干吗？"蓝妮竭力想抑制自己的紧张，声音却依然颤了。

苏清远发现她有些不对，但是没有多想，"我有件事情想问你……我们到个方便说话的地方？"

"不……我不去！"蓝妮不由自主地后退了一步，还缩起了脖子——不由自主地进入了自我保护状态。

"怎么了？"苏清远有些惊诧，联想到她之前的表现，开始疑惑。

"呃……我不想去没有人的地方……听说最近治安不好，即便是两个人，到僻静处如果遇上坏人，也是很难办的事情。"还好蓝妮及时给自己找了个过得去的理由。

"那去我的办公室？"苏清远依旧讶异地看着她。虽然她的理由过得去，他依然觉得蓝妮跟往常不一样了。

“不……”蓝妮更加紧张——个人办公室不就是各种那啥犯罪的胜地么？

“又怎么了？”苏清远一头雾水，也开始不快。

“我……怕李新兰她们说闲话。你知道的，女人聚集的地方是非多……”蓝妮又及时找了个借口。

“哦。”苏清远虽然觉得她这个借口也过得去，但依旧觉得怀疑——蓝妮好像越来越不对劲。

“那你说……到哪里谈比较合适？”

“你要谈什么事呢？”蓝妮惊慌地盯着他——如果他有什么那啥的目的，借口应该不会很充分。

苏清远脸色陡然晦涩起来，眼睛也转了几转。蓝妮觉得这种神情十分可疑，不由自主地缩紧了脖子。

“其实是……”苏清远忽然猛地朝她靠了过来。

“啊！”蓝妮一声惊叫憋到喉咙，不由自主地向后猛闪，还差点撞上墙壁。

其实苏清远并没有打算离她多近，只是达到“更方便说话的距离”，看她这样十分不解，盯着她看了一眼，“其实是我妈妈的事情……我好像能找出那个男人了！”

“呃？”一听是这件事，蓝妮什么都不顾了，“原来是这件事啊，你怎么不早说？”

“是啊，就是这件事。”苏清远冷笑着说，“你说在哪里谈比较合适？”

“这个啊……”蓝妮本来想说和他去办公室仔细谈，再顺便看看他的耳朵。但之前的猜测梗在心里，使她实在不敢轻举妄动。正在两难时，忽然灵机一动，“要么我们在 QQ 上谈？那样最方便，也最隐秘！”

“是啊！”苏清远眼睛一亮，“那我们赶紧回去上Q……”说着忽然又是一声冷笑，“那我们要不要分头回去？”他已经清楚地感到蓝妮是在有意和他拉开距离，颇有些不解，也颇有些不快。

“呃……好……”蓝妮心头一沉：苏清远这样说，肯定是因为察觉到她要和他拉开距离。

蓝妮一回到办公室就打开QQ。苏清远那边也已经上线了。她便等着苏清远跟她说话。没想到苏清远迟迟不跟她说话，她感到很是奇怪，便主动问他——她躲在电脑后面时可没什么可怕的，“你要问我什么事？”

苏清远没有立即回答，过了一会儿才说：“算了，还是不说了吧。”

欸？蓝妮觉得头发都要立起来：这是怎么回事？怎么忽然不说了？难道……他发现她和“那个男人”有什么关联么？还是已经发现她就是“那个男人”？！

虽然这个猜测有点无稽，但蓝妮还是吓得慌了神，“怎么了？你不是很着急的么？”

“现在不着急……还是不说了吧。你忙吧。”蓝妮更加疑惑，但也及时地汲取一个信息：苏清远应该不是看出“她就是那个男人”，是因为其他事才不想跟她说的……欸？是不是因为她刚才那“刻意保持距离”的行为引发了他的怀疑，让他觉得蓝妮已经不可信任，所以不愿意跟她说了。这可不行。蓝妮必须知道他调查的进展。她按着额头想了想，一咬牙：罢罢罢，只有把李新兰的事情说出来了。

“好吧……对不起，我知道我刚才很失礼……其实，我是怕人说闲话……不知道你注意到没有，这阵子我的日子很不好过……李新兰她们不是想追你么，觉得我和你走得比较近，便挤兑我……前阵子没人愿意跟我出差，就是这个原因。”

“有这种事？”苏清远挺惊诧，“看来我要跟她们说清楚。”

“别……不行的。一来这件事没有证据，二来你要是对她们说了，她们会更恨我，越发暗地里挤兑我了。我的意思是，就由她们去……不过我们也不要给她们机会再胡思乱想。”其实蓝妮对三次元世界期待度不高，因此也没怎么把李新兰等人对她的封锁放在心上。现在对苏清远这样说，只是种策略。

“那好吧……”苏清远停了停，终于跟蓝妮说起了“正事”，“我仔细问了家里的阿姨和与我妈妈相熟的人，发现我妈妈并没有在现实生活中认识什么新朋友……所以唯一的解释就是她网恋了。我便偷偷地观察我妈，发现她果然像网恋了……于是我打算到她的QQ上看看。”

“到QQ上看？”蓝妮一激灵——苏清远看起来可比金玉辉聪明得多，又是旁观者（就是旁观者清的那个旁观者），如果由他来分析信息，那会怎样？“你有她的QQ密码？”

“快有了。”

“快有了？”

“是啊。我知道，要是我找我妈去问，她是绝对不会给我QQ密码的。另外我也不想让她知道我在查。所以我用手机偷录了她输入QQ密码时的片段。等会儿我有空了，通过研究她按键的动作和区域来推算她的密码，应该很快就能推测出来。”

我的天哪！见苏清远如此回复，蓝妮差点滑到桌子底下去。这简直是侦探片里FBI的做派……苏清远真是太厉害了！绝不可以让他知道她和金玉辉的聊天内容！否则说不定他真能很快揪出她！

“这个……不太好吧？”蓝妮赶紧劝阻他，“听起来简直有侦探的味道……用这种手法套得密码，这样好么？不会伤害母子感情么？”

“应该不会，我会做得很小心，不会让我妈发现的。”

“呃……这不是她能不能发现的问题……我是说，这种事情的性质，”蓝妮仓促间找不到合适的言辞，忽然看到门口保卫科长的小儿子拿着棒棒糖走过，立即灵机一动，“其实，这就好比你，小时候要是写了一本日记，你妈妈偷看了你的日记，但是当时没让你知道，你会因此就觉得自己没有受到伤害么？”

这话很是有力，苏清远不吭气了。蓝妮赶紧趁热打铁，“作为长辈，妈妈偷看儿子的隐私都未必对，你作为儿子，偷看妈妈的隐私就更不对了。再说，就算你妈妈现在不知道你看了她的QQ，以后你要劝说她或是阻止她恋爱的话，总得跟她明说吧？她那时要是问你你怎么知道这些事的，你怎么回答呢？那时你恐怕还得实话实说。你妈妈知道一定会很生气，说不定还会有逆反心理，你说什么都不听……那样就会有反效果了！”

“好吧。”苏清远被劝动了。“不看她的QQ的话……还有什么办法能知道内情呢？”

蓝妮本来想说“你其实根本不用问，就由她去”，但想到这样苏清远绝对不会接受，赶紧改口，“总会有方法知道的……每个人，在这个社会上，都会和其他人有各种各样的联系……她做过的事情，总会对身边的人有所泄露……你一定能查到大体发生了什么事情的。”

“但是我怕来不及……”苏清远却没那么容易被劝服，“我害怕那个男人会再做出伤害她的事情……上次不是已经伤害她一次了么？我怕他短时间内会做出更过分的事情……要是我那时什么都不知道，这不糟糕了么？”

“这个你不用太担心。”蓝妮一个顿都没打，因为她就是“那个男人”，自然知道“他”不会再做什么伤害金玉辉的事情。“首先，伯母毕竟是六十岁的人了。这个岁数的人，什么事情没经历过？不会没有分寸的。再说，你每天都回家，伯母要是有什么异常，你绝对能第一时间看出来。你不在的时候有保姆陪着她……你家的阿姨看起来也是个很机敏的人。伯母自己也有事业吧？在单位也有秘书吧？你也可以悄悄地跟那个秘书交代，让他多注意伯母一点，如果伯母有什么异常，就让他立即来联系你。”

“嗯，好吧。”苏清远虽然不算如何认同，但还是采纳了她的建议。

见苏清远采纳了自己的建议，蓝妮松了口气，准备说几句结束语，冷不防苏清远又发来了一句话，“我就是说说……其实我完全可以在我妈妈不知道的情况下了解这件事……我完全可以登入我妈妈的QQ，钓出那个男人，然后再让他永远无法再出现……哈哈，当然了，这样做有点太不尊重我妈妈，我是不会做的了！”

蓝妮清楚地感到苏清远的意思是指“他可以狠狠地修理那个男人，让他不敢再出现”，甚至还有几分“干掉他或是打得他不能出门”的意思，不由得倒抽了一口冷气，接着心里凉麻麻一片。即便只是说说，也证明苏清远其实是个狠人。看来她对他真的很不了解。联系到之前的“非礼疑云”，她不由得越想越害怕——他到底是个什么人啊？

因为苏清远的这几句话，蓝妮对他更有顾虑，不敢轻易接近他，因此直到下班，都没机会仔细看他的耳朵。没有办法，蓝妮只好细看他QQ空间的照片，想看看有没有蛛丝马迹。苏清远QQ空间里近景照片都是手机自拍，像素不够。相机拍的照片又都是远景合影，经上传后图片被压缩，即使用PS软件放大，也看不清耳朵上有没有耳洞。蓝妮感到很沮丧，犹豫着要不要再去找甘云志问问，又发觉自己根本找不到她——昨天只是知道了她的姓名，根本不知道她的手机号和住址，上哪里找她去？她又不会天天去酒吧……呃？

蓝妮忽然想起一件事，接着整颗心都揪起来了。也许甘云志就是天天去酒吧的。因为她偶然去酒吧，在那里和“同样偶然去酒吧”的甘云志相遇，这种事件发生的概率实在太小了。这种事件在小说电影里可能发生，在现实生活里却是绝对不可能发生的！

她立即起身去花文轩，却又忽然想起一件事，接着感觉宛如黑云压顶：如果甘云志经常去那个酒吧的话，就一定能清楚知道画画人的身份了吧。那么就不存在认错人的情况……苏清远难道真干过那种事？那甘云志每天在那里徘徊，又是想干什么呢？

蓝妮怀着深深的疑问跨进了花文轩的大门——这疑问像巨石一样重，几乎要把她的心窝压穿，更像磨盘一样磨着她的心。

甘云志果然在那里。蓝妮感到一种难以言喻的悸动，然后强作无事地走过去，又和甘云志搭话。

甘云志并没有对她两天都来感到奇怪，倒是蓝妮心虚地申明自己来这里是因为喜欢这里的鸡尾酒。然后两人开始攀谈，蓝妮又不动声色地把话题往那幅画上引，然后又问起“非礼事件”。

“你对这件事很感兴趣么？”本来甘云志已是一副无话不谈的样子，听到这里却忽然警觉起来。

“是啊。”蓝妮暗叫不好，却装作无事，“我觉得能画出那幅画作的人竟然是个非礼犯……实在不可思议。”

“哼。”甘云志冷笑了一声。“没什么不可思议的……那家伙就是个人渣！”

因为蓝妮之前无意中把苏清远抬得挺高，还有否定甘云志对他的指控的意思，因此甘云志准备让她“彻底没有幻想”，准备来个彻底的揭露，“这个人嘛，别看这照片照得这么恐怖，其实是蛮清秀的一个人，一看就是良家公子哥儿的那种。所以才有欺骗性。哦，对，他也的确是个公子哥儿。他妈妈挺有钱，是有点名气的女性企业家。他长得帅，又有钱，还会装，自然很讨女孩子喜欢。当然了，他要是个普通的色狼，就应该很满足了。反正有无知少女源源不断地送上门来。但是，他偏偏有特殊的癖好。”

特殊的癖好？蓝妮顿时忍不住把所有看过的变态电影都想了一遍，不禁肉之为颤，“SM 癖好么？”

“那倒不至于。”甘云志一挥手。“不过他还是不能算正常。别人谈恋爱都讲究两情相悦，对吧？但是他就喜欢追不喜欢自己的人……”

蓝妮听到这里不禁暗暗撇嘴：真是的，还以为是什么呢，不就是谈恋爱时他喜欢人家人家不喜欢他么。这在现实生活中可是很平常的事儿，怎么能算变态呢。这女人真是危言耸听，欺骗自己感情。

“当然了，一恋爱就对上眼的人很少。人家对他没感觉，他追人家一阵，看有没有转机，这也是很正常的。但问题是，人家一直对他没感觉，他却紧追不舍。天天发短信打电话，人家女孩到哪里他就到哪里，已经达到了跟踪狂的水准。而且他还散布谣言，说那个女孩子和他有怎样怎样的关系。”

蓝妮本来不以为然，听到这里却猛然心头一凉：这有点不大对劲啊。而甘云志下面的话更是让她大吃一惊，“那女孩就很讨厌他。把他的号码设入了黑名单，也一见到他就躲开走。然而他竟然用了诡计，买通那女孩的朋友。叫这个人假说请女孩帮忙整理东西，把女孩约到这个人的出租屋里。本来他对这个人只说找个机会和女孩谈谈，又给了这个人钱。这个人脑筋比较简单，又被他之前的烟雾弹弄得比较晕，以为他和女孩真是情侣关系，又收了他的钱，便帮了他这个忙。结果那女孩不明就里，直接去了。结果发现在屋里等待的人是他。女孩立即知道他不怀好意，扭头就走，却被他扑上来抓住了。那女孩拼命地反抗，他没有得逞。但是女孩被他拳打脚踢，鼻梁都被打裂了！”说到这里，甘云志需要检视一下蓝妮的反应，故意停了一下，看向她的脸。

而蓝妮早已呆若木鸡。天哪，这可真变态！真变态！比她预想的还要变态！苏清远怎么可以是这种人呢？

甘云志满意地笑了，继续往下说："他把人家女孩打成这样了，自然不好收场啊。人家家里人肯定要告啊。于是他妈妈就赶紧赔给人家钱。又找校领导来给那个女孩家长做工作。女孩家长虽然很想追究苏清远的责任。但想到家丑不可外扬——这种事要是传出去了，肯定会有人穿凿附会，造出许多故事。再说那女孩也没被他强暴，感觉不追究也可以。所以这件事就被这样压下去了。但即便被压下去了，这件事还是有很多人知道。而那个女孩因为这件事受了打击，之后也没考上研究生。很多人为此抱不平——这件事在A大学很多人都知道，即便现在去问，留校的那些人恐怕还能说出个大概。"

听到这里，蓝妮的心里已经打翻了五味瓶。但怕甘云志看出问题，还得硬装成不以为意，和甘云志闲扯。

还好甘云志忙得很，坐了一会儿就走了。蓝妮呆怔怔地往家走，觉得心里一直翻江倒海，直到睡下了都无法平复。她本来以为自己只是因为这件事而震惊，后来却发现自己其实是不愿相信甘云志的话。她就是不相信苏清远会是这种禽兽。她准备核实这件事，却发现自己刚才因为激动过度，失去了核实的机会。她至少该叫甘云志把那个小子没妆的照片找给她看，或者问问她口中的那个苏清远妈妈叫什么。因为即便在一个很小的区域内也可能有同名同姓的人。不过母子同时同名同姓的几乎没有。但今天已经没戏了，那就明天再去碰运气吧。可她心里又急得像有很多野草在疯长一样，恨不得立即去核实。没有办法。她又翻身起来，打开电脑搜资料。

甘云志之前不是说苏清远是A大学的么？如果能确定苏清远不是A大学的，就证明那个人不是她认识的苏清远。如果苏清远是A大学的，他就有一半可能是那个人，但是也有一半的可能不是他——就像之前说的，即使是同一个学校的，也可能有同名同姓的。

非常不幸，苏清远就是A大学的。他在公司网页上有一席之地，为了显示他的不凡，网页上写他是A大学的优秀毕业生。蓝妮的心里顿时凉了，但依然提醒自己不要慌张。正如她之前想的，这只是确定了一半，还需要确认剩下一半：明天上班时拼了命也要确认苏清远有没有耳洞。然后晚上再找甘云志确认那个“苏清远”母亲的姓名!

第二天蓝妮一上班，就听到了一个悲剧的消息：李罡昨天不知吃了什么，引发严重肠胃炎，上吐下泻，不能来上班了，而且不知道要治多久。他虽然长相很是平庸，但是工作能力挺强，等于是办公室的顶梁柱。他不在，蓝妮她们可要忙惨了。

因为李罡这些天一直在和苏清远协作。他倒了，苏清远必须再拉一个帮手。蓝妮心怀鬼胎——虽然和苏清远协作会有很多机会观察他的耳朵，但因为对他的种种猜忌和恐惧，她根本没法长时间和他混在一起，低着头只求苏清远不要找她，没想到苏清远偏偏走到她的办公桌前，“蓝妮，你来帮我吧！”

“呃？”蓝妮受惊过度，一瞬间竟然直了眼。

“怎么了？”苏清远被她看得十分诧异。

“呃，不是……我的工作能力好像不够……”蓝妮慌忙解释。

“不用谦虚了！”苏清远撇了撇嘴，“我观察你好久了，知道你有这个工作能力。快点过来！”

蓝妮无法再推脱，只好站起来跟苏清远走，从眼角瞥了一下李新兰她们，果见她们的目光已经跟斗兽一样。

做企划要做的工作，无非就是提出想法，提炼方法，收集和整合数据，论证观点。苏清远主要是做提出想法、提炼方法和论证观点这一块，收集和整合数据主要是由蓝妮来做。不过这并不代表蓝妮的工作只是找找数据。要找到能论证观点的数据，必须充分了解企划的精神和论证的思路，能敏锐地攫取信息，也必须能和苏清远紧密合作。为了方便协作，苏清远叫蓝妮坐在他的身边办公。身边啊，好近的距离。蓝妮顿时觉得脸上烧得火烫，不知道是激动还是恐慌——也许二者皆有，也感到十分拘束，感到手脚都像被坠上了沉重的东西，脖子更像被铁箍套住了一样，没法转头偷看苏清远的耳朵。

为了逃避这种紧张和恐慌，蓝妮只有集中精神工作。网虫都是搜索高手，换言之也是整合信息的高手。蓝妮的工作效率很高，在离下班还有几十分钟的时候就协助苏清远完成了工作。苏清远非常高兴，“我还以为今天必然要加班了呢……你的功劳挺大的。我说我不会看错人嘛！”

蓝妮此时已经累得眼皮打架，听到苏清远夸她自然非常高兴，就顺势朝苏清远笑看了一眼。就在这时，她清楚地看到苏清远的右耳上并排三个小小的红点——正是即将长实的耳洞！

蓝妮顿时像被人一锤击中脑袋，像地鼠一样被敲进了地底。这下就坐实了甘云志所说的话了，苏清远果然是那个……

苏清远没有发现蓝妮的异常，喜滋滋地收拾桌子，“今天不用加班真是个喜事呢。我请你吃饭吧。”

“呃，不用……”一听这话，蓝妮差点从椅子上飞起来。

“好吧，我知道你宅。”苏清远撇了撇嘴，“这样不好，要改变……再说我不是光请你吃饭，还要跟你谈工作上的事情……拒绝上司约谈工作可是职业自杀哦。”

蓝妮没话说了，心里更加惶恐：他这可是有点拿职权压人的意思……天哪，让她想到了性骚扰的案例啊！

苏清远带着蓝妮去取车，蓝妮缩着头弓着背，感觉自己绝不可以这样跟他走，一定要想个办法夺路而逃。人紧张的时候大脑都是高速运转，蓝妮迅速地想到一个夺路而逃的借口，“哎呀，我差点忘了……我要到公司楼下的小巷去一趟！

“什么事啊？”苏清远眉头微微一皱。

“今天上班前我在那里看到一个纸盒子装了几只小猫……我因为我妈怕猫，不能养它们，所以就先买了点猫粮放过去给它们吃……打算下班后给它们找主人的……不好意思，今天我去不了了……猫咪都很小，不能放在外面过夜的。改天我们再谈吧。”

“好啊。”苏清远答应得倒爽利。蓝妮松了口气。他却紧接着说了一句话，差点让蓝妮晕倒，“我跟你一块去，帮那些猫咪找家……我喜欢小动物。”

蓝妮的脸立即绿了。苏清远催促她赶紧去小巷搬猫，还责怪她，“你就一直把猫放在小巷里么？有点粗心了啊。”

“不用，应该不会有危险的……那个小巷没人去。就算有坏人，也不会对小猫有兴趣……愿意把小猫带回家的都是爱猫人士，哈哈哈……”蓝妮干笑着应着，心里大声叫苦：哪里有猫啊……这下谎要吹破了。

苏清远没看出她心怀鬼胎，继续说：“那也不一定啊。现在不有变态杀猫取乐么？再说了，如果有野狗咬猫的话，不也挺危险么？”

蓝妮只有苦笑地应着。转眼间他们就到了巷子口。蓝妮抢先一步迈进去，打算在里面混找一通后再说猫已经被人抱走了。没想到一进去就感到头上一紧，就像被什么人抓住了头发。

“哈哈哈！”苏清远在后面大笑，“你这也太搞笑了！”

原来是巷边院子里伸出来几根树枝，蓝妮冲得急了，把头发挂上去了。苏清远笑着过来帮蓝妮解头发。蓝妮却不敢离他太近，赶紧往旁边一闪，“我自己解……”接着便乱理头发，结果缠得更乱更紧。

“别逞强了。”苏清远忍着笑走上来，帮她解头发，“你再这样下去，整头的头发都要缠上去了。”

蓝妮没有办法，只好让他帮忙。苏清远的动作还真轻真巧，蓝妮一点都没感觉到痛。但就算痛，她也感觉不到——她感到苏清远的气息把她团团围住，如果她没有猜错，她的后背应该等于在他的怀抱里。好吧。不知道是不是她多心，她就觉得苏清远好像对她有意思。她感到脑子和身体都在发烫，接着心中竟有一种说不清楚的灼痛和压迫感。她一开始以为这是对苏清远的恐惧和排斥，之后却发现那其实是种愤怒和遗憾。

真是的！苏清远为什么会是暴力非礼犯啊？！她无法接受！

得，发现自己有这种想法后蓝妮顿时懵了，接着心里翻江倒海：好吧，必须得承认了……她喜欢他！虽然之前只有隐约的感觉，而且一直不愿意承认，但她真的是喜欢他！

“好了。”就在这时苏清远解开了她的头发。蓝妮忽然感到一阵慌张，下意识地低下头揉了揉鼻子。

“猫呢？在哪儿？”苏清远倒是更关注那些猫。

蓝妮如梦方醒，在心里苦笑着把之前想好的戏演了一遍。

“哎哟，”苏清远感到很遗憾，“竟然已经被人抱走了……不知道抱走它们的是些什么人。”

“这个不用担心，愿意抱走它们的肯定是好人，哈哈哈哈……”蓝妮干笑着，左右乱看，准备跑。

“好了，我们去吃饭吧。”苏清远却不给她机会跑。蓝妮心里叫苦不迭，忽然心头涌起一股刚力，一下把她的慌乱全撞断了：你这算什么啊？逃避有用么？你不是喜欢他么？既然喜欢，干脆跟他去，把一切问清楚！他在公共场合又不能把你怎么样！

主意打定后蓝妮便跟苏清远上了车。苏清远把蓝妮载到一个巷子尽头的饭店，饭店虽然在巷子尽头，其实规模不小，主要是借了民居的古色古香，还是挺有档次的一个饭店。但也因为是古色古香的民居，里面有些阴暗。蓝妮一进去就有了种“走进万恶的地主老财深宅大院”的感觉。而苏清远偏偏找了个包厢，还是比较里的。蓝妮不禁在心里大叫：两个人还要包厢？这算不上她多心了吧？越来越邪门了啊！

她怀疑苏清远意图不良，苏清远却没给她太多时间猜忌，点了菜后就开门见山，“其实呢，最近上面准备任命一位副科长，叫我推荐一个。我冷眼观察了这么久，就觉得你能力还强点，人也比较靠谱。所以打算向上面推荐你。”

欸？蓝妮大出意料——这真是从天上掉下一个大馅饼，猛然砸到她头上，喜得头皮发痒的同时也不敢相信自己的耳朵。然而就是因为这个“不敢相信”，她猛然想到了歪路上：呃？她好像记得办公室骚扰往往都是以“准备提拔”开头的……苏清远真会想提拔她么？怎么看她都不够格啊？

“我……好像不够格吧？”她红着脸说。

“你怎么会这么以为呢？”苏清远微笑着看着她。蓝妮大为恐慌，不敢看他的眼睛——他的目光似乎没什么特异，但她觉得自己似乎要被吸进去。

“我……是啊，我觉得我不够格……我年龄在办公室里算比较小的，工作能力也不如何出色，又是个宅女，应酬之类的能力不足……”蓝妮的脸更红了，低着头，声音小得像蚊子哼哼。

“不会啊。”苏清远眉毛一扬，一脸真诚，“你的工作能力比李新兰她们要强多了，工作态度也踏实，至于应酬能力，可以慢慢培养的。”

“可是……李罡的工作能力要比我强，工作态度也踏实啊。”

“他啊。”苏清远面露难色，接着哭笑不得地说，“他工作也挺不错，但你不觉得他太闷了么？”

蓝妮哑口无言，讪讪地笑了。苏清远说的是事实。李罡的宅属性和闷程度是她万万无法匹敌的。

“所以呢，我觉得办公室里就你还靠点谱。别这么妄自菲薄嘛……欸？你这么犹豫，是不是怕李新兰她们说你闲话啊？不用担心这个。一个人只要活在这个世界上，总会被其他人看不顺眼，也总会和其他人发生利益冲突。这是没有办法的事情。在他们看来，即使你占据的只是他们想象中的地位，也等于夺走了他们的位子。你能做的只有不把她们放在心上，坚持往前走。”

苏清远这句话颇有见地，蓝妮又是惊叹又是敬服。忽然想起他之前似乎很畏惧人言，不由得有些奇怪，忍不住朝他多看了几眼。

“怎么了？”苏清远注意到了。

“哦，我只是觉得……你和往常有点不一样了。”

蓝妮说得很隐晦，苏清远竟然觉出她说的是什么事，哈哈一笑，“你是说我之前怕人说的事情吧？哈哈，这不奇怪啊。对流言这东西，我是能避就避，但若是无法避，我也不会当回事。你不用奇怪。”

“哦。”蓝妮低着头低低地应了一声。她发现自己的确要对苏清远进行再认识，想着想着竟然恐慌起来：她对苏清远很多判断是不准的，那是不是她对他的印象整个是错的呢？是不是他就确定无疑是个衣冠禽兽呢？！

苏清远看蓝妮的表情，揣度她是答应当“发展对象”了。便又话锋一转，“不过流言也是需要小心处理的事情……当然了，推荐你当副科长也不是一下就可以成功的，可能有很多阻碍……对了，有件事我一直想问。”

“什么事？”蓝妮赶紧抬起头。

苏清远的表情变得凝重起来，想了想后才说：“我是空降到企划科的，对企划科的事情一点都不了解……我们公司成立也有一段时间了，企划科也是一开始就有的，但是我来的时候，科室竟然没有三十岁以上的职员。这是怎么回事？老职员是集体离职了么？”

“呃？”经苏清远一提醒，蓝妮才发现这的确古怪。“这个……我也不大清楚……我来得不算早，之前的事情我不知道。”

“哦。”听了这些后苏清远若有所思，不再说话了。看来企划科以前的事情让他很在意，也可能和他关系重大。不过蓝妮现在可没空纠结这件事。她想的是赶紧吃完走人。过了一会儿后苏清远就不再思忖，一边吃一边和蓝妮聊些琐事。他聊得津津有味，蓝妮却是如坐针毡，也几乎尝不出自己吃的是什么。

苏清远忽然盯着她看了起来，简直是目不转睛。蓝妮差点把正在吃的拉皮肉丝呛鼻子里，“怎么了？”

苏清远没有答话。只是做个手势叫她别动，然后站起来朝她靠了过来。然后就像要吻她一样低头朝她靠近，然后伸手去触碰她的鬓发。

“这是干吗？”蓝妮吓得心脏都要从胸腔里跳出来了。

苏清远没有回答，只是坏坏一笑，“恐怕你等会儿就要尖叫了。”

这是什么意思？蓝妮脑子一麻，身子不由自主地朝后一躲，把椅子都要带倒了。

苏清远已经从她的鬓发上摘下一个东西，用手指捻着，在她面前晃了晃，“哈哈，我说你看了后要尖叫的吧？”

呃？蓝妮这才看清他手里捻着的是一个已经干瘪的死蜘蛛，立即省悟是自己刚才撞到树枝时掉在她头发上的。因为掩映在发丝旦，苏清远之前没有发现。她从小就怕蜘蛛，发现这一点后顿时感到毛骨悚然，本能地想抖头发，却意识到现在是在吃饭，不能抖。

苏清远笑得很是开心，然后说：“你不用着急，我等会带你去朋友开的美容院，把头发洗洗，再让他们给你做个新发型。”

“不，不用了……”蓝妮的脸已经红得发亮，心依然跳得要撞破胸膛。虽然他的做法看起来风光月霁，但经不起推敲：不就是拿下蜘蛛么，为什么要搞得想要吻她一样？还离得她这么近？从后面绕过来不也可以拿么？

“有用！”苏清远用嗔怪的语气笑着说，“你看看你，头发该有几年没修了吧？就这么梳到脑后随随便便地扎起来。还有你的脸……照我说你这次还要做下脸！虽然你皮肤还行，但是为什么不弄得更好点呢？女孩子要时刻注意自己的形象！你竟然叫我这个男人提醒你，这真是晕到家了！”

“好……我过几天去换新形象……我今天累了……”蓝妮的脸更红，心也跳得更快。天，这有依他的喜好打扮她的意思啊！

“真累了么？”苏清远不信任地瞄瞄她，“不会是在找借口？”

“是真累了……”蓝妮苦笑——因为紧张和慌乱，她笑得比哭还难看，“我现在就有点打瞌睡了。”

“那好。”苏清远微微有些失望，但依然是在笑着，“赶紧吃，吃完我送你回去休息。”

他们很快吃完了饭，苏清远把蓝妮送到了她家楼下。

蓝妮站在楼下，一直目送苏清远的车离开。她这样做，并不仅仅因为礼貌。老实说她现在十分焦虑和困惑，时时都想发呆。如果苏清远不是非礼犯，那刚才的事情她可以视为恋爱的开端，是很值得开心的事情。如果苏清远是非礼犯，刚才就是危险的开端，是很值得紧张和苦恼的事情。她不愿相信苏清远是非礼犯，但事实似乎就是如此。她不知道自己该怎么想，心里就像裂成了两个人，两个人在相骂相打，又都在折磨她。蓝妮深吸了口气，把这两个人都拍在心底，发狠地对自己说：纠结有个鬼用啊？赶快去调查吧！然后该怎么面对就怎么面对！这才是唯一的出路！

蓝妮准备第二天下班后就去A大学查探查探，却被苏清远带去探望李罡。蓝妮和李罡关系还不错，自然不会推辞，便买了东西和大家一起去。

李罡瘦了很多，但是不明显。因为他的皮肤还没有紧缩，看起来就像一个被放了少些气的皮球。大家看到后都很心酸，纷纷慰问他。李罡没有说话，只是一双眼睛转来转去。苏清远感到他“心里有事”，认为他是怕休病假久了会被炒——据说他这次还挺严重的，要躺不少天——便叫他不要担心，他会和上面周旋，不会让他前途受影响的。

李罡用微弱的声音表示感谢——他真是十分虚弱，说句话都像被抽干了精力。苏清远他们见状也觉得不可以再打扰他，便告辞。

“好的……”李罡又是用微弱的声音回应，朝蓝妮看了一眼，声音忽然变强，“不过，蓝妮，你先别忙走，我有话跟你说。”

欸？蓝妮很是诧异。大家也很诧异，尤其是苏清远。不过也没说什么，陆陆续续离开了。蓝妮扭头看他们走远，坐到李罡的床头，朝他凑近了些，“有什么事就说吧。”

李罡朝她瞥去，目光似乎亮了些，“我……没法对别人说。我怕别人笑话我。”

“没事，你说吧。”

“你……先把手机拿出来，我把我在B网的账号和密码告诉你。”

“呃？”蓝妮听他这竟然有托付遗物的意思，慌忙说，“你可不要悲观……你很快就会好的！”

“是啊。但是经验值不等人啊。”

李罡这一说立即把蓝妮说愣了。

“嘿嘿。”李罡不好意思地笑笑，“我是叫你每天帮我偷菜……”

“什么？”一听这话蓝妮差点晕倒，呆了半晌才气急败坏地说，“就这点事啊……你走火入魔了啊你？再说偷菜是多老的游戏了啊？你还记挂着。”

“没办法……”李罡笑得非常羞涩，“我这个人比较有长性……”

真令人无语啊。

蓝妮从医院出来后，估摸着再去A大学就晚了。天晚了也很难问到什么人。又不想就此回家，便又去了花文轩。

当然了，甘云志今天未必还去。她只是抱着去看一看的想法，反正现在也坐不住。今天甘云志没来。蓝妮有些失落，正准备往回走，忽然听到有人招呼她，“哎哟，这可真是巧，你也知道这个地方？”

欸？一听到这个蓝妮的脖子都硬了。是苏清远的声音？他竟然也在？

蓝妮干笑着转过头来，“真巧……你怎么在？”想通过问他的方式转移他的注意力，让他不再追着她要答案。

“哦，这个啊……”这一瞬间苏清远的表情十分复杂，“我之前曾经画了幅画，送给这家酒吧作装饰。结果听说被人泼上了墨水，我就过来看看。”

“欸？被泼墨了？”蓝妮十分震惊，说着下意识地看向那幅画挂着的地方，果然看到那幅画不见了。

“欸？你知道这幅画？之前看过？”苏清远颇有些惊诧和迷惑。

蓝妮的惊诧和迷惑可丝毫不亚于他——他怎么知道的？哦，一定是她的目光精准地落在了原先挂画的地方！糟，这下可怎么圆谎啊？

“啊，我之前在你的QQ空间里看过那幅画……所以过来看看。”蓝妮忐忑地给出一个回答。这个倒也不完全是假。也可以解释她为什么会来的问题，对她为什么知道画所在的位置的问题却可能搪塞不过去——那张照片涵盖的景物不多，从照片根本推不出画框所在的位置。

还好苏清远没有细究——可能是因为画作被毁，正气着呢。“那真是可惜了……让你扑了个空。不过也没有关系，店主人是我的好朋友，对这画还蛮重视的，准备拿去修补。如果修补不好，我就再画一幅。你应该还能看到。”

蓝妮暗暗庆幸自己得以过关，端详着他的脸，小心翼翼地问：“请问是什么人……毁了你的画？”

苏清远呆了一呆——就凭这一呆，蓝妮觉得他应该认识毁画的人。

“不认识。”他愤愤地说。“大概是两个女精神病。”

两个女精神病？蓝妮心里一紧——这种说法表示他肯定认识毁画的人，痛骂往往是明了一切后才会有的行为。联想到甘云志现在不在，以及她之前的言行，蓝妮心里大概有了谱了。甘云志对那件事如此明了，又对苏清远这么愤恨，她应该是那所谓的女受害者的朋友。泼墨的人应该就是那个女受害者和甘云志吧。那个女受害者到现在还十分愤怒，听说苏清远的画在这里，所以就来泼墨了——欸？她之前不知道么？

既然苏清远一口咬定自己不认识那两人，蓝妮也就不好再追问。只能安慰苏清远几句，并顺便骂一下那两人。之后店主人来找苏清远进去说话，蓝妮趁机找店员和店里的其他顾客打听，果然得知来泼墨的就有甘云志。至于另一人，他们不认识，只说是个二十七八岁的女人，挺漂亮的，但是表情很凄厉，朝画上泼墨的时候十分激动。

二十七八岁啊，这个年龄应该是苏清远的同学。蓝妮感到心里揪紧了些，不由自主地走到原先放画的地方，下意识地到处看，结果在墙角发现了一只耳环。她拿起来仔细看了看，不禁皱着眉头笑了。哎哟，这可是个不错的线索。

这个耳环像是古董，但不是古董。现在可有不少年轻女性为了追求古雅，戴着古董首饰，但世上古董哪有这么多，就算有，也没这么容易买到。她们基本上都是被善于做旧的饰品贩给骗了。蓝妮之所以能辨出它是假古董，是因为她在网上和一个饰品贩是好友——网络是个奇妙的地方，可能结交到骗子，也可能结交到知己好友，前提是利益无抵触，而且相互之间无所求。这个饰品贩做旧的手法秒杀其他一众贩子——别人做旧都只能弄上黑印儿，而他却能在金子银子上做出逼真的锈迹。尤其是银子上的绿锈，完全可以以假乱真。因此他在蒙人的时候无往而不利。幸亏蓝妮是在买首饰之前和他成了朋友，否则也会被蒙。

这个耳环上也有清晰的绿锈，兴许就是那个贩子的手笔呢。蓝妮打算找那个贩子问问，看他认不认识这个女人。不过这女人得是熟客，贩子才可能知道她的事情。

苏清远还没有出来，蓝妮便趁机溜了。盘算着明天下班后去找贩子，竟然激动忐忑得到半夜才睡着。

第二天蓝妮去的时候，贩子正在店铺边翘着二郎腿抽烟，一看到蓝妮就露出了灿烂的笑容——真是很灿烂，脸都要笑裂了。他叫崇古德——和他的主业一样走“复古风”，长相也很复古，要是配上个大褂，立即升级为算命先生。蓝妮赶紧也给他一个笑容，快步上前，把耳环拿给他看。

崇古德仔细看了看，咂了咂嘴，“呣……这不是我家的。”

“啊？”蓝妮很是失望，“可是做得和你家很像啊！”

“是啊。”崇古德把耳环翻过来倒过去地看，一面看一边咂嘴，“可恶……做得还真不错……是从我家偷了师去么？哎哟……以后可有竞争者了。”接着竟问蓝妮知不知道这是哪家做的。

蓝妮哭笑不得，只有说自己什么都不知道，把耳环要了回来。然而就在她准备走的时候。崇古德忽然想起了什么，“唉，对了，我上次卖给你的金蟾耳钉，你还留着么？”

“留着啊，怎么了？”因为联系到蓝妮目前最大的心病，蓝妮不由自主地撒了个谎。

“哦，”崇古德是机灵人，哈哈一笑，“没事……只是前几天，有个……六十岁左右，但是依然颇有姿色的女人拿着和那个……呃，很像的耳钉过来问，问这个耳钉是不是我家店里的，如果是，我认不认得买耳钉的人。”

“什么？”蓝妮失声大叫，“你告诉她了么？”

“当然没告诉。”崇古德朝她挤挤眼，“朋友怎么能出卖朋友呢？再说，那女人说的话也不靠谱……她说拥有那个金蟾耳钉的是个帅老头子——哈哈，老头子还能帅么？问我认不认识他……哈哈！还真是件奇葩事呢！”

他是把它当成笑话说的，蓝妮却听得头顶心的毛都要立起来了。那耳钉在金玉辉手里？还认为是邱冰的？这是怎么回事？啊！该不是这家伙幻想成狂，看到耳钉后以为是邱冰丢下来的……以为是邱冰来看的她？怪不得金玉辉当时不提捡到她的耳钉了呢！糟糟糟……这不前功尽弃了么……前功尽弃还是小事，问题是她是怎么查到这条街上、查到崇古德的？金玉辉比她想象得厉害啊！难道她已经离暴露不远了？！

她越想越紧张，脸都绿了。崇古德原本只是调侃，见她这样，不由自主地收起了笑容，“怎么了？”

蓝妮正想找机会搪塞，却冷不防听到手机响。她拿出手机，发现是苏清远的来电。苏清远说需要她帮点忙，问她能不能过来——按理说她现在对苏清远的任何邀约都要慎重，但因为可能萧墙祸起，她必须找苏清远探问金玉辉有没有知道什么，于是立即打车去了苏清远的家。

苏清远穿着家居服，一看到她就露出了笑容，“呦，还挺快的啊。”说着朝蓝妮伸出手来。

“干吗？”蓝妮不明所以。

“的士发票啊。我给你报账。”

蓝妮犹豫着拿出发票——她觉得把因私事乘车的钱拿到单位去报不太好，没想到苏清远一把把发票拽过去，然后直接给她一张五十元的票子。

“没，没这么多……”蓝妮赶紧说，“再说我怎么能叫你帮我付车钱……”

“一点钱怕什么？”苏清远撇了撇嘴，不给蓝妮纠结的时间，“跟我去画室，我需要你的帮助。”

因为等会还要探问金玉辉的事情，蓝妮不敢违背他，低着头跟他走到画室。他还真把画画当回事儿，竟然专门收拾出一间屋子，放着画架、画具和各样成品，都用白布盖着。苏清远先把蓝妮往里让，自己跟在后面进来，竟然随手把门带上了。

见他关门蓝妮已是十分不适，听见锁舌“啪”的一声，更是全身的汗毛都立起来了：锁门了么？天哪！这是要干什么？！

“你过来一下。”苏清远笑着招呼她。他的脸背着光，十分晦涩，因此似乎充满恶意。

蓝妮没有应声，还下意识地后退了。

“怎么了？”苏清远感到很奇怪，走了过来，“我叫你过来啊。”

蓝妮没有答话，反而继续往后退，一直退到墙角里。

苏清远惊叫起来：“哎哟，不能往那里退……那里有……”

苏清远还没有说完，就听到“啪”的一声响，接着蓝妮“哎呀”一声倒了下去。

“我的天哪！”苏清远几步跨了过去，把蓝妮从地上抱起来，“这里老是有老鼠出没，我在墙角放的有老鼠夹子……你怎么往那边靠啊？”

老鼠夹子正夹在蓝妮的脚背上，蓝妮痛得都要流出眼泪了，听到苏清远的话后更是悲愤莫名，却也只能打掉牙齿往肚里咽。

苏清远把蓝妮抱到其他房间，帮她脱掉鞋袜，检查她的伤处。还好她穿的鞋子比较硬，因此没有伤筋动骨，只是软组织挫伤。

“你家还有老鼠吗？不是豪华别墅吗？”蓝妮一边痛得嘴里直吸

冷气，一边忍不住吐槽。

“怎么可能没有啊？”苏清远一撇嘴，“就是因为别墅才会有老鼠……当初我妈为了接触大自然，在风景区旁买了这个别墅，结果一天到晚会见野生动物……前阵子不知道怎么回事，让一只老鼠翻窗户进来了……我家还算好的，那边的老张家，离风景区更近，那真是‘朝见小狐狸，暮见黄鼠狼’……”

他说得这么幽默，蓝妮立即被逗笑了，但随即又感到了脚面上的痛楚，依旧愁眉苦脸。

苏清远先拿出家里的急救包，准备先给她处理一下，如果不行的话，再送她去医院。

苏清远拿出不少云南白药，用水和了，厚厚地敷在蓝妮的脚上，再用绷带帮她把脚包起来。云南白药真是管用，蓝妮很快就感到清凉凉的，因为疼痛而紧绷的神经也渐渐放松下来。放松下来的蓝妮开始注意周围的环境，没想到一看就紧张起来：从这房间的陈设来看，应该是苏清远的房间吧？而她正斜靠在苏清远的床上？

苏清远很快就把她的伤处包好，然后坐到她身边。蓝妮的身体顿时紧绷起来。

“哎，之前你到底是怎么了？怎么闷头闷脑地往后退啊？”苏清远用嗔怪的语气问她。

“呃……我只是想到处看看，哈哈……”蓝妮只有随便编了个谎言搪塞。还好苏清远没在此事上纠结。只是撇了撇嘴，用嗔怪的语气继续说，“我本来是想叫你来看看我油画的色彩搭配的，这下全部泡汤了。”

蓝妮只有含糊地应着，忽然觉得有些奇怪，赶紧从眼角瞥向他，顿时被吓了一跳。苏清远正若有所思地看着她，目光很是古怪——不知是不是她多心，觉得他就像在用目光抚摸她一样。蓝妮顿时感到自己全身哪一块都危险，竟发现他还对她的胸部有所注目，不禁惊得心头乱颤。

“喂……”苏清远忽然朝她靠近了些。

“啊！”蓝妮本能地抱住了身体，脑子一麻就做出了瞎透的自我保护，“我的胸是垫的！”

“啊？”苏清远呆了，过了半晌才哭笑不得地说，“你这是什么话啊？”

蓝妮也知道自己说出了瞎透了的话，惊诧痛悔，一时不知道该如何回答，只是本能地继续抱紧身体。

苏清远从她的态度中看出了端倪，很快由惊诧转为愤怒，然后猛地站了起来，“你以为我要非礼你啊？你把我当成什么人了？你有被害妄想症啊？”

他真真正正地勃然大怒，蓝妮被惊得脑子更懵，结果说了句更瞎的话，“对不起……我也不认为你是那样的人……只是听了甘云志的话有些疑惑……”

第七章　七处冒火八处冒烟

听到甘云志的名字后苏清远定住了，接着脸色变青，“你和她见过面？这到底怎么回事？”

既然已经说了这么多瞎透的话，蓝妮只有坦白从宽。说自己是因为“偶然”看到了苏清远QQ空间里的照片，便想去看画，结果和甘云志偶遇（这有一半是真的），接下来就全是真的。

苏清远静静地听着，脸阴得几乎可以滴出水来，在她说完后依然静默。蓝妮小心翼翼地看着他，心里倒坦然了——总归要面对的，不是么？

“哼。”苏清远终于开口了，“你会有疑惑，证明你还是不相信我的人品，对吧？既然如此，我们没什么可说的了……你走吧。”

“走不了。”蓝妮苦笑，“我的脚伤了。”

苏清远无言可对，呆立了一会儿，异常愤怒和痛苦地低下头去，又抬起头，“好吧……那你愿意听听当年的真相么？”

蓝妮犹豫着没有说话，但眼神表明她十分想听——正因为十分想听所以才不知道怎么说。

苏清远叹了口气，坐在对面的椅子上，“我知道，出现了这种情况，如果我说那个女人的不是，你们女孩子一定会以为我是把责任往那个女人身上推，甚至会因此不相信我的话……但我还是要说，因为我完全是无辜的！”

虽然蓝妮还没听到丝毫“辩解”，对他的“辩解”也打算仔细分析，但听到他说“自己完全是无辜的”之后还是精神一振。

然而苏清远却没有直接辩解，只是冷冷一笑，幽幽地说：“我问你，你有没有注意过，身边的女孩子追男孩子追不上的时候，会用什么手段？”

“呃？”蓝妮的脑中立即闪过了很多“小白”言情里的情节，却一时不知道列举哪个好。

“那就是散布男孩子喜欢她的谣言。”苏清远的脸上显露出愤怒，“那女人就是这样做的……她散布我喜欢她、正在追她的谣言。这样一来可以让其他想接近我的女孩子望而却步，二来可以对我进行舆论催眠——有时候别人都说两个人在恋爱，或者说两个人很配，当事人很容易不由自主地开始恋爱。但是我不喜欢她。而且她还是我兄弟（蓝妮知道他说的是他大学时的死党）喜欢的人……她之前和我的兄弟交往过，看上我的时候也没有真正和我兄弟断……那个时候就开始追我了……真是可恶……”

呃？听到这里蓝妮一激灵：怪不得他对劈腿如此痛恨，原来是因为这段往事？！虽然知道自己对他所说的话都不可以立即信，但还是不由自主地信了八九分。

“所以，我一直都不理睬她。但是不知为什么她越来越疯，非常无情地甩了我的兄弟——可怜我的兄弟还苦苦求她，想挽回那段感情呢——然后恶意散布我疯狂追求她的流言……对于流言，谁会细辨真假呢？而她当时也算是个校花级的人物，别人觉得流言也没什么不合理。于是流言很快便传疯了。我的兄弟也受到了迷惑，以为我背着他追他的女人，更以为我是他们破裂的罪魁祸首，不仅和我恩断义绝……最后还打了一架。”说着他撩开头发，让蓝妮看他的额头——那上面赫然有一道不淡的伤疤。

蓝妮不由得悚然心惊：伤疤直到现在还在，可见当时的“恩断义绝”一定非常惨烈。

苏清远继续说——他已经讲到了最令他愤怒的部分，不由自主地咬牙切齿，“因为闹得很僵，我打电话过去警告她不要再玩火，并强调我和她永远不可能。结果她害怕了，要约我谈一谈。我自然不理。于是，她就叫她的朋友设圈套。她朋友说出租屋里进来个不明小兽，叫我帮忙去看看。结果我去了后发现是她等在那里。我自然不愿意和她啰嗦，转身就要走。结果她过来抱住我，说什么她喜欢的人只有我之类，做出这些恶心和过分的事情，都是因为爱我。我才不相信呢——像她这种水性杨花的人会真心爱谁？所以推开她便走。她追过来，一不小心撞到了门框上——结果她鼻子就裂了。我怕帮助她会继续掀扯不清，便头也不回地走了。她恼羞成怒，反而对校领导说我非礼她，把她那碰裂的鼻子当证据。她的父母也赶来了，也跟着闹，扬言叫我'负责'，又要我赔钱又要我娶他们的女儿。我非常愤怒，据理力争。而当时的保卫科长是个明白人——他之前当过协警，仔细看了出租屋的情况，发现了几点喷溅的血迹，确认她鼻子是在门框上碰裂的。这下她和她父母都哑口无言，反而央求我不要把实情说出来———说出来她在A大学绝对颜面扫尽，估计学都上不下去了。我本来坚决要把实情告诉所有人，还打算把事情公布在网上。但他们辗转找到了我妈，向她求情。我妈是个慈善人，那个时候又刚生完病，正在学习佛经，便叫我'得饶人处且饶人'。结果我就没有公布实情……没想到她们竟然混淆是非，到现在还在到处败坏我的名声！"

蓝妮没想到实情竟完全相反，震惊得半晌说不出话来。

苏清远愤愤地说："哼。我会去找甘云志的……这家伙是那女人的死党，也许是被蒙蔽了，也许根本就是故意在混淆黑白……我会叫她说出事实的！"

苏清远一边说一边朝蓝妮看，蓝妮用力地点了点头，苏清远的脸色才缓和了些，抬头看了看钟："说着说着已经不早了……你那脚今晚上估计不能走了，我送你回家吧。我先去换件衣服。"

苏清远走出房间后，蓝妮重重地吁了口气，接着咬紧了牙关——在苏清远面前她不便表示出愤怒，她不能让他感到她有所偏向。其实，虽然他的话还没有得到佐证，但蓝妮已经百分之九十九地认定苏清远说的是真的，甘云志和那女人都是无耻变态的说谎精，尤其是那女人，简直无耻到了极点，应该被挂着牌子游街，接着被千刀万剐！当然了，她心里依然有百分之一的部分提醒她不可以轻易相信任何人的一面之辞，但她现在显然无暇注意这个。

苏清远正在另一间房间换衣服——他是讲究人，出门的时候必须换上出门穿的衣服。他脸色依旧不好看，穿衣和抖衣的动作也比较大力。

“啪！”一个东西忽然从他换下的休闲服的口袋里掉了出来。苏清远一惊，赶紧拾了起来，还下意识地朝身后看了看。身后的门关得严严的。他微微一笑，把那个东西迅速地放进了抽屉里。

这是个安全套。蓝妮来之前他就把它放进了休闲服的口袋。

因为蓝妮依然不能走路，苏清远一直把她送到了她家楼上，妈妈出来迎接，一看到苏清远立即满脸堆笑，还下死劲地盯了苏清远几眼。蓝妮被妈妈搞得心头发慌，赶紧把她推进门里。

第二天蓝妮便可以自由行动，但是依然不能穿皮鞋，便索性穿着拖鞋上班——其实她本可以以此为借口请病假，但李罡已经倒下了，要是她再请假，苏清远估计就要忙疯了。

苏清远对她此举赞赏有加。他的脸色已经恢复如常，表情也像之前一样清朗，看来心情已经恢复了，但是似乎还是心事重重——这也难怪，自古以来歇斯底里的坏女人都是最难应付的。蓝妮对此十分挂心，想找个机会安慰安慰他——至少听听他的倾诉。人在心情压抑的时候，倾诉可算得上是心理排毒。于是便在QQ上给他发了个信息，“心情好点了么？”

“你们够了！我的忍耐也是有限度的！”

苏清远竟然给她回了这条信息。蓝妮吓了一跳。苏清远紧接着给她发了个“发错了”，接着便没有再出声。

蓝妮惊疑不定，忽然有了这么一种感觉：他不是在跟甘云志和那个女人对话吧？十有八九欤。蓝妮想了想，立即直奔苏清远的QQ空间。按照她的经验，如果一个人对另一个人特别关切或是有深仇大恨，在和他聊天之前可能会看看他的QQ空间。

他的QQ空间只有几个访客，排除了公司里的人以及男人昵称的访客，就剩下一个女性昵称的访客比较可疑。蓝妮立即点入她的QQ空间，并且通过她QQ空间的域名取得了她的QQ号，留着备用。接着记下她QQ空间的网址，删掉自己的足迹，然后仔细看她的QQ空间。

这个人应该就是“那个女人”。她和甘云志联系很是频繁——甘云志的QQ头像用的是自己的照片，蓝妮一看就认出来了。发现这个后蓝妮竟然胃部一阵痉挛，然后打起十二分精神看她的日志和说说。在她看来，这个女人竟然已经激动到泼墨了，那她的日志和说说一定会有不少狂乱的内容。可蓝妮看了一会儿，发现她的日志和说说竟然都比较正常，包括泼墨那天——那天她竟然还秀了好几张食物的照片，只在一条说说里浅浅地提到了：该给那个家伙点惩罚了——真是淡定得令人惊异。

蓝妮越发相信苏清远的话了。这家伙一点都不像是之前受过伤害，满怀愤怒和委屈的人。而且越往下看，她就越觉得这个女人人品可能不佳。首先，她喜欢在空间里秀自拍——这个没有什么。但问题是她的自拍照全是浓妆照，永远都戴着美瞳和假睫毛，即便如此，照片还被狠狠地修过，有的像素都不清了。而且她的自拍照基本都是一个表情，一个角度。其次，她喜欢在空间里秀合影，但是合影都动过手脚——蓝妮第一眼看到那些合影的时候，觉得合照里的其他人长得都没有这女人齐整，但仔细一看，发现她是把别人照走形、自己照得好的照片放上来。这还犹可。令人发指的是蓝妮发现她运用PS技术，增加自己脸部的亮度，而把其他人脸部的亮度调暗。众所周知，照相要想照得漂亮，就得靠打光。光线不足，黑肥丑什么的全都出来了。她就是用这种手段把合影的人全部变丑。怎么看出来的？简单啊。光线又不是专挑一人照。在同一个环境里，光完全没可能都跑到她一个人脸上去。看到这里后蓝妮已经对这女人非常鄙夷。因此更细致地找她的缺点，果然又找出了几处。这个女人的鼻子很是古怪，一般人的鼻子不会这么直这么高，因而一定是隆过的。她空间几乎没有什么有营养的东西。不是秀食物的照片就是秀服饰的照片——竟然连这些照片都PS，真是令人发指了。她的空间里基本看不到什么文字，扯淡的倒挺多。好不容易写点文字，大多是对影片、小说以及演艺界人士的尖刻的评论，而且基本上观点都偏激。虽然蓝妮也提醒自己，受害者未必是品性高洁的人。但这女人在空间里的这些表现，让人觉得她确实是能干出苏清远口中的那些事的人儿。蓝妮对她又是愤恨又是鄙夷，便打算加她的QQ号，震吓一下她，叫她不敢再胡言乱语败坏苏清远的名声。虽然打算“见义勇为”，但她还是比较谨慎，准备用小号加她——让她不知道她是谁，震吓的效果也许更佳。

为了让自己的身份完全不暴露，蓝妮注册了一个新号，加了那个女人，附加信息是：我看你的QQ空间觉得很棒，交个朋友吧！那个女人竟然立即加了她，让她有种对方是个轻浮笨蛋的感觉。

“你适可而止吧！”蓝妮加了那个女人后第一句话就是这个。

“你是谁？”那女人反应倒挺快——知道对方是因何而来，但是没猜准对方的身份，“你是苏清远的马甲么？”

“别以为只有苏清远会指责你！你干的事我都已经知道了！别以为别人都没有脑子，能被你肆意蒙骗！”

“你在说什么啊？那件事我才是受害者好不好！”

“白痴才信你呢！我告诉你，你干的那件事是有人证的！当时的校领导都是人证！你要是再颠倒是非，胡说八道，我只有把你干的事情公诸于众，看你还怎么混！”

那女人立即沉默了。

怎样？怕了吧？蓝妮咬牙狠笑，等着看她怎么收场。没想到那女人停了片刻后竟说出这么一句话，“我知道你是谁了……你就是苏清远追了很久的那个人吧？”

欸？蓝妮自忖并没有被苏清远追过，又想起网友之前说的“苏清远不愿意跟人乱传绯闻就是怕真正喜欢的人误会”这话，心里顿时像被醋浸了一样酸起来，一时间几乎要问他追的那个人是谁，还好忍住了。

“好吧，既然是你，我就不再藏着什么了。”那女人把她当成了苏清远“正在追的女人”，“你说碰裂鼻梁那件事，的确不是甘云志说的那样……的确是我纠缠着他，他要挣脱，因为意外我才撞到了门框上……甘云志是为我报不平才那样说的。我也曾叫她不要那样说……没想到她还是那样跟人说了……”

蓝妮冷笑了一声。鬼才相信。甘云志肯定是她指使的。

蓝妮正要斥她不要再胡说八道，那女人又说了令她火大的话，“我不知道你现在和苏清远处在什么状况……也许你不会信我的话，但是我还要说！要交往的话，苏清远不是个合适的对象！他对女人没有长性，追你的时候很是积极，但只要到了手，就不会对你再有兴趣！就像钓鱼，他只是享受钓鱼的过程，钓到之后就会把鱼胡乱甩在一边！”

蓝妮越看越是火大，狠狠地敲下这一行字，“我凭什么相信你？！”

“因为他对我也是这样的啊！一开始追求过我！后来就不理了！”

“别扯谎了！我知道一开始也是你死乞白赖纠缠他的！他什么时

候追过你？要点脸好不好？！”

“他真的追过我，我有证据！”

“那就拿出来啊？不过那些一看就是伪造的就不要拿出来了！”

那个女人不吭声了。

蓝妮以为她是被问住了，正想继续指斥她，没想到那女人发来了一个截图。是这个女人和其他人 QQ 聊天的截图。对方的昵称是深蓝，而 QQ 号……不就是苏清远的 QQ 号么？

蓝妮的心头立即掠过一丝不详的预感，再往下看聊天内容的时候，顿时感到心像飞机坠毁一样栽了下去。

深蓝（苏清远）：我送你的衣服还好么？

贝蒂（那女人）：还好啊，很漂亮啊。

深蓝：那就好……我还担心我的礼物没法入公主的眼睛呢。

这虽然不能算是调情，但是清楚地表明苏清远曾送过她衣服，而且最后一句还有点谄媚恭维的意思，整体来看，又有几分暧昧……虽然不能证明她和苏清远有什么关系，但足以证明苏清远曾经追求她了！

“不，你这肯定是 PS 的！”蓝妮觉得心里翻江倒海，一时间无法承认这是事实。

“哈哈，掩耳盗铃可不好哦……再说 QQ 管理器里的记录可无法伪造，你要不信，我拍个视频发给你？视频可没法 PS 吧？”

从这女人有恃无恐的样子来看，应该是真的了。蓝妮心乱如麻，默默地关掉了 QQ。靠在椅背上，一时间不知该怎么办。还好此时办公室里没有其他人，她不需要刻意掩藏自己纷乱的情绪。然而她刚这么想，就看到有人在门外一伸头。蓝妮吓了一跳，仔细一看，发现竟是苏清远。心里顿时像开水锅里被浇上一瓢凉水，炸成一团混乱。

“喂，出来一下！”苏清远的声音很轻。就像要说什么说不得的事情。

“干吗？”蓝妮坐在椅子上没有动，回应用的也是正常的音量——她现在不愿接近他，也不愿和他谈什么“说不得的事情”。

“哎哟，你真是……”苏清远没有办法，三步并作两步，溜到她的桌边——动作更可疑，“快点出来啦，需要你帮忙。”

“什么忙？”蓝妮怔怔地看着他。

苏清远左顾右盼了几下，然后把声音压得更低，“我家的保姆对我说，今天我妈没有去她的公司，刚刚打扮得像赴宴一样出去了……临走时保姆听到她给人打了个电话，说要去翡翠楼……翡翠楼离这里不远，我们赶紧去看看！”

“呃？为什么我也要去？”蓝妮本能地缩起了脖子。她可没以邱冰的名义约金玉辉见面。金玉辉肯定是去和什么人谈其他事。因此苏清远根本没必要去盯梢——但是不能说。

“你当然要去了……要是我妈发现我了，看到我一个人，立即能看出我是在盯梢……有个人陪着好赖一点，好了，快走吧！”苏清远不由分说拉着她就走。被他触到肌肤的时候蓝妮一激灵，本能地想挣脱，他却拉得紧紧的。蓝妮心头一阵狂跳，接着便异常地慌乱和不自在：他这么不见外，是无心的，还是……

今天交通还算通畅，他们很快便到了翡翠楼。苏清远避在门边，朝里面打量了一圈，并没有发现金玉辉。

“要么是保姆听错了？我们回去吧。”蓝妮可是随时都想溜。

苏清远不答，皱着眉头思考了一下，“也许是她还没到……我家离这里比较远……这样也好，我们先找个地方坐下来。要是我妈已经来了，我们还不好隐蔽了呢。”

苏清远选了一个角落的位置。为了不惹人怀疑还点了一些甜点。苏清远给蓝妮点了一份巧克力冰激凌，给自己点的却是一份什锦水果沙拉，五颜六色鲜艳可爱。蓝妮没想到他竟是如此少女向的口味，真有点哭笑不得。

苏清远用菜单挡着脸，仔细地看着每一个进店堂的客人。一个老男人走了进来。他穿得很是光鲜，头发也梳得油光闪闪。而他的体格和长相却无法令人恭维——即便穿得这么体面，依然像个挺腰腆肚的肥猪。苏清远对他很是反感，忍不住朝他多看了几眼。结果发现他坐在他们左前方的一张桌子边，和他们隔了三张桌子。

“你看那家伙。”苏清远小声对蓝妮说，“肥头大耳，举止粗俗……要么是没钱装富的小市民，要么就是没素质的暴发户……还一脸淫贱相……一定是来这里搞婚外恋，勾引良家妇女的（那胖子看起来在等人）。”

蓝妮从来没听苏清远说话这么尖刻过，只有偷偷苦笑：大概是牵涉到了他妈妈的事情，他才会有点异常。因此不禁更加担心：要是他知道她要弄他妈妈的事情，会怎么跟她拼命啊？

苏清远忽然变得十分紧张，然后直勾勾地盯着门口。蓝妮赶紧朝门口看，顿时心也提到了嗓子眼。金玉辉来了。只见她穿着黑色蕾丝礼服式长裙，戴着珍珠项链，脸上还上了妆，娉娉婷婷地走了进来。苏清远和蓝妮赶紧更小心地隐蔽自己。只见金玉辉环视了一圈，竟走向了那个猥琐的胖子！

“什么？”苏清远这一惊非同小可，捏着菜单的手骨节“咔吧”一声，“这怎么可能？她竟然是在跟这家伙见面？发生什么事了？”

蓝妮赶紧安抚他，“别冲动……也许只是来谈公事的！”

“怎么可能是在谈公事！谈公事她都是穿黑色职业套装的，也会带秘书……再说这胖子的样子，像是和我妈妈谈公事的么？！”

的确。那胖子等服务员送上茶水后就殷勤地帮金玉辉倒茶，刻意离金玉辉很近，还在暧昧地笑。

蓝妮看不清金玉辉的表情，但能看出她似乎不讨厌这个胖子。蓝妮不禁疑惑起来，觉得又惊骇又好气又好笑：看来金玉辉已经放弃邱冰，迅速转向其他人了啊。女人心果然永远都是海底针，不管是多大年纪的女人都一样……欸？可是以她的条件怎么会看上这种家伙……啊！该不是她因为找寻邱冰无果，深受打击，感情极度空虚，外加自暴自弃，才会找上这种男人……天哪！责任还在她身上啊！

还好不是这样，否则蓝妮又要被良心压死了。不过也好不到哪里去。只见金玉辉拿出了那个金蟾耳钉，在跟那男人说些什么。蓝妮一激灵，接着什么都明白了，心里顿时像被火炙一样：是这个男人想骗金玉辉，说自己知道这个耳钉的来历，金玉辉才会跟他见面的啊！他想骗什么？骗色？估计还想骗财……天哪，金玉辉不会被骗的吧？不过难说欸……有人说恋爱中的女人最盲目……天哪，如果金玉辉被骗了，不还是她的责任么？苏清远知道后也一定会杀了她！

“这家伙一定是在骗我妈！”苏清远忽然来了这一句，把蓝妮吓得差点掉勺子，之后才发觉苏清远所指的和她无关，“他一定是骗我妈来谈生意……拿钱在骗我妈……”看来他完全没注意到那个耳钉。

“可是……你妈不像是会因为钱迷糊的人啊……”蓝妮苦笑。

“说来也是……”苏清远脸涨红了，“那……不会是像麻醉抢劫一样，给我妈下了迷魂药……可恶，到底是怎么骗我妈的啊！”

看来他已经濒临失控。蓝妮赶紧安抚他，“你不要着急……也许他们不是在谈恋爱，也许是在谈其他事……只是这个胖子觊觎你妈，而你妈没意思……”

“那也不行！这样就意味着，我妈在毫无防备的情况下和他见面，很危险啊……”苏清远的脸涨得发紫，似乎马上就要按捺不住，冲过去把他暴打一顿。蓝妮哭笑不得，正要想办法安抚他，忽然看到金玉辉朝这边看了过来。

哎呀！苏清远和蓝妮赶紧把头埋在菜单后，脖子都吓僵硬了。

还好金玉辉没有发现他们，又转过头去跟那男人说话了。他们只聊了十几分钟，然后便各自离开。苏清远一直藏在菜单后面等他们走远，然后恨恨地说："可恶，我马上就把这男人查个底朝天！这家伙一看就不是好人，要是被我查出来什么，我绝对让他……"

蓝妮苦笑着听着，忽然看到金玉辉竟然从一个地方拐了出来，微笑着朝他们接近。她吓得下巴差点飞出去，赶紧朝苏清远使眼色（金玉辉在他背后的方向）。苏清远却一副浑然不觉的样子。转眼间金玉辉已经来到了苏清远身后，蓝妮急得几乎要昏倒。在这个当口，苏清远竟然舀起一勺沙拉，微笑着递到蓝妮面前，"来，吃一口。"

蓝妮茫然失措，只有张口吃了下去。苏清远的眼中闪过一丝狡黠的光，然后很自然地转过头，看到金玉辉，然后"被惊一跳"，"哎哟，妈，你怎么在这里？"

"我来这里见朋友啊。"

金玉辉的眼睛笑得像月牙一样，"你们呢，来这里做什么？"

"哦。"苏清远笑着挠了挠头，"到这里来见客户。"

"见客户？那客户呢？"

"客户还没来啊……奇怪，他怎么到现在还不来呢？"

"哦，是么？"金玉辉笑得咯咯的。

蓝妮尴尬地陪着笑，笑容越来越僵。她明白了。苏清远一早就发现金玉辉过来了——正对着他有个光滑闪亮的柱子。虽然人影在上面会有些变形，但如果是自己家的人，还是一眼就能认出来。他假装没发现金玉辉，然后舀起一勺冰激凌喂给她，这样能让金玉辉误以为他们是在约会——这样比怎么说都有用。发现这个后蓝妮心里火燎燎的非常不适——怎么能随便让人误以为他们在谈恋爱呢？

"好，既然你们有公事，我就不打扰你们了。"金玉辉笑完后意味深长地朝蓝妮看了一眼，转身走了。

苏清远目送她离开，长吁了一口气，然后笑着吐了吐舌头，“好险好险……”

蓝妮没有理他，低头去吃自己的冰激凌，却发现冰激凌已经化得差不多了。

“既然化了就别吃了。”苏清远看了看表，“现在已经不早了，回公司也做不了什么事情……我带你出去逛逛，之后一起吃饭好不好？”

“还是回去吧。”不知为何蓝妮现在看他很不顺眼，本能地反对他的每一句话。“我还有工作呢。”

“那有什么关系，下午再做。大不了就当我放你小半天假了。”苏清远微笑着看着她，目光里有种魅惑人的味道。

“不行，不做完我心里不踏实。”蓝妮回避他的目光。

“好吧。”苏清远失望地抿了抿嘴，开车带她回公司。一路上蓝妮低着头，却时不时偷偷从眼角打量他。苏清远一脸轻松，似乎没有细想他刚才所做的事情的意义和影响——也许他根本没有在意。蓝妮因此更加不爽，忍不住提醒他，“你那样做，恐怕你妈真会相信我们在交往呢。”

苏清远的眉毛微微一颤，没有吭声，只是微微一笑。蓝妮不由得大为光火：这什么意思？无所谓么？

下车时蓝妮依旧是闷闷地低着头，然后径直走进办公室打开电脑。打开电脑后却不工作，而是径直点进了“那女人”的QQ空间。那女人今天看起来心情不错，吃顿火锅都要弄张照片上来——顺便一说，那锅里一团乱七八糟，也看不到什么像样的食材，她真不懂那女人为什么要把它放上来。即便如此，她还是呆呆地盯着这个锅看了许久，之后才发觉自己是要查出这女人的身份，然后查出她当年和苏清远到底是什么关系——这实在太越界了，简直有点疯狂。罢罢罢，疯就疯吧！

蓝妮仔细看了那女人的QQ空间，发现她经常去一个理发店做头。做完头后还要和店长合影。老实说这家店做的发型平平无奇，而那个店长也是又黑又丑，爱打扮却不会打扮。把那女人比得像天仙一样——不过也许这就是那女人找她合照的理由。蓝妮仔细找找，又发现了这家店的招牌的照片。这女人竟然无聊到照这家店的招牌，还拿PS处理了。蓝妮搜索这家店的信息，发现它还在搞团购。蓝妮便在团购网上找到了它的具体信息——就在城东的步行街上。蓝妮刚看到这个步行街的时候觉得有点眼熟，但也没有在意。她决定下班后去这家店，套套店主的话，看店主知不知道那女人的身份。

李新兰忽然从她身边走过。蓝妮吓得赶紧把页面关上，同时朝她瞥了一眼。还好李新兰不是在看她。李新兰拿着水杯，一脸心事重重的样子。因为看到水杯，蓝妮注意到自己也渴了，便也拿着水杯去饮水机边倒水——虽然李新兰她们在和她冷战，但她觉得自己没必要特意回避她们。她就站在李新兰的身旁，结果发现她的脖子上有个青印。蓝妮本以为那是拔火罐搞的——李新兰就喜欢搞些乱七八糟的养生活动，仔细看看却像是被打的痕迹，一半藏在领子里，而她的脸上似乎也有，被粉遮上了。蓝妮正要细看，李新兰却已经倒好了水，转过脸来。蓝妮赶紧低下头来，担心她见怪。李新兰却根本没注意她，端着杯子又走了。蓝妮更加怀疑。

不一会儿便到了午饭时间。蓝妮特意跟在李新兰的身后，想进一步观察她的情况。只见李新兰走到离公司最近的小摊子边，买了一份盒饭。蓝妮不禁大为惊诧：要知道李新兰可是对生活很有讲究的人，即使舍不得花钱，也会把午饭搭配得很是精致。这个小摊子虽然离公司最近，但盒饭质量一直令人无法恭维。李新兰愿吃这家的东西，简直匪夷所思。李新兰拿了盒饭，也不找个好地方去吃，径直走到街心公园里，坐在那个破烂不堪的小亭子里便吃了起来。

她吃得很慢，似乎在神游，然后竟然哭了起来，眼泪一滴滴地滴到饭里，之后竟然把饭盒一合，不吃了。然后也不把剩下的东西找个好地方丢，竟然就把它丢在亭子里了。真是差劲到了极点，不过这也证明她已经崩溃到了极点。蓝妮满心怀疑，胡乱买了点东西吃了，回办公室一看，果见她闷闷地坐在办公桌前，拿笔在废纸上画些什么。蓝妮假装有事从她身边走过，发现她在纸上画的是一团一团的圈圈……天哪，这都有点心理不正常的味道了！

蓝妮越发想知道她身上发生了什么事情，却不能问她。心里急得像被几十只手一起抓挠。这时，她忽然想起一件事，立即大骂自己笨：怎么忘了？可以用本行啊！

蓝妮立即打开了李新兰的空间和微博——当然了，不是李新兰的大号。她的大号公司的人都可见，她绝不会在上面说真心话。蓝妮看的是她的小号。之前无意中发现的。

任何人，只要用网络，都会在网络上留下和自己生活相关的信息。而李新兰也是个话痨，肯定会漏很多话在网上。

果然。蓝妮发现李新兰五个月之前曾去相亲——虽然没有明说，但那篇日志的各种描述都和相亲很符合："没想到我也要走这条路啊"，"第一次很紧张啊"，"希望能给对方留下个好印象啊"，"不知道会不会一下成功啊"……看到这些后蓝妮哭笑不得：说真的，那个时候李新兰还在追苏清远吧。她本以为李新兰是个一根筋追男人的二货，没想到竟在偷偷地两头打算，两边发力，还真是……欸？先别忙下了结论，她是不是相亲失败了，才会把心思全部放在苏清远身上啊？

好像不是欸。她对那次相亲的评价是差强人意。之后的日志和微博也时时显露迷惑的心情——愿意发展才会有迷惑。再仔细看看。那个男人应该条件不错，但是不善于讨女人喜欢。李新兰虽然一直迷惑着，但还是和他越走越近。想起之前她率领众人和她冷战的样子，蓝妮不由鄙夷得冷笑：哎哟，李新兰明明有交往的对象，苏清远也没对她有什么意思，她还对自己这么歇斯底里地排挤，真是精神分裂的可以。

李新兰就这么迷惑了四个半月，在半个月前忽然就“终身大事”进行纠结。由此可见那男人是向她求婚了。李新兰纠结了许久后没有下文，证明她还是答应了。然后就在两天前，李新兰忽然在微博上咆哮：天哪！还没有结婚就这样！以后要是结了婚，还有我的活路么？联系她脸上的伤，蓝妮判断那男人应该是打人了。看到这里蓝妮不由得义愤填膺：女人最恨打女人的男人。而且他现在还没和李新兰结婚，就敢动手打人，要是结了婚，还不知道做出什么呢。虽然她不算是李新兰的朋友，也感到这件事不可忍，李新兰应该解除和他的婚约！

不过好像李新兰没打算和他解除婚约欤。李新兰愁闷，哭泣，正证明她不打算和他解除婚约，才会如此痛苦。但她要是真按计划和他结婚，肯定是完蛋一途。蓝妮对此感到很为难，不知道自己该不该“管闲事”。思考的结果是“看看再说”，其实也就是犹豫不决。

下班了。蓝妮还是先去办自己的事情——去步行街找那家理发店，结果毫不费力就找到了。店长看到有人来非常开心。蓝妮为了方便套她的话，便说要烫发。店长拿出发型册让她选，蓝妮选了一个还算顺眼的。之后坐在椅子上，一句一句地和店长搭话。

一开始说的自然是闲话。蓝妮想找个契机——比如店长和那女人的合照什么的，自然而然地和店长提起那女人，可惜一直找不到。她眼珠一转，又有了另一个点子，便佯装随意地对店长说：“你知道我是怎么找到你家店的么？”

“怎么找到的？”开店的人都对自己店在外的“影响”很感兴趣。

“我啊，是通过网络找的哦。我是在网上看到一个女孩子在博客上秀你给她做的发型，还秀了你家的招牌。我觉得她的发型做得好漂亮，觉得你手艺应该很好，便找过来了。”虽然说的话一半是真，但对着陌生人当面撒谎，蓝妮的心还是跳得“突突”的。

“哦，是谁帮了我这么大忙？”店长果然大感兴趣。

“我不知道她叫什么名字，”蓝妮窃喜：上钩了，“但是我记得她戴着一个……五彩大宝石的项链，还有个五彩水钻蜘蛛戒指。”

“哦，她啊！”店长大声笑着说，“是东头的小吴啊！”

小吴？还东头？蓝妮敏锐地感到那女人就在这条街上，赶紧说，“哦，看来您和她很熟了？我想认识她欸。”

“是啊。很熟。”店长笑得“呵呵”的，“整天低头不见抬头见……她就在街东头开服装店，美如服装店就是她的！”

美如？蓝妮心头一振，“那她就叫吴美如了？”

“是啊。”

好啊，名字和地址都知道了。蓝妮心急火燎地等店长为自己烫完发，连新发型都没仔细看就冲向了街的东面。美如服装店就在那边。

蓝妮本以为吴美如的店应该很体面，也许是家族所有的一个连锁店，里面应该有很多雇员——因为吴美如晒的东西虽然都不怎么有品味，但让人觉得她应该是个养尊处优的脱产者。但她的店就是小小一店面，里面的装潢并不好，衣服也不见得有什么档次，就是普通人开的那种小店面，里面也就她一个人在看店。看到这个后蓝妮哭笑不得。说真的，苏清远的大学算是很棒的，她从那么棒的大学毕业，还只能自己做小生意，真是混得够糟糕。不过也不奇怪。每个大学都能见到这样的人，在上大学的时候光顾着美去了，根本没顾得上读书。

蓝妮正打算假装成买衣服的走进去，忽见甘云志从试衣间里走了出来——说是试衣间，其实就是在角落里拉上帘子挡出来的小空间——身上穿着件挂着吊牌的衣服。蓝妮赶紧藏到角落，透过玻璃橱窗往里看。只见甘云志和吴美如面对面地笑着说话，虽然听不见说的是什么，但想来也是相互恭维：你说她衣服好、她说你身材好之类。不过说笑了一阵之后甘云志并没有买下衣服，而是把衣服交还吴美如。吴美如又把衣服挂了回去。哦，大概她只是把吴美如的衣服试来玩玩，在这里也只是陪吴美如解闷。她们笑闹了一会儿之后甘云志就出来了，走过了几家店铺后，她忽然停步，恨恨地朝后看了一眼，还狠狠往地下吐了口唾沫。蓝妮一惊：这可表示了她对吴美如极为不满啊，就这样也算是好朋友么？

蓝妮藏在角落里一直看着她走远，然后想再去套套吴美如的话，却见吴美如已经开始收拾东西准备关门，便改变计划回去了。说真的，蓝妮也不知道自己该怎么套她的话，也不觉得自己可以在吴美如的面前镇定自若——这些天她一直在做特务般的事情，已经感到心力很透支，对以前的自己来说也是大大越界。真想抽离这漩涡，好好休整一下啊。

回家后，虽然感觉很累，但她又睡不着，便打开电脑，不知不觉又点入了苏清远的空间和微博。他可不是话痨，不会更新多勤。蓝妮呆呆地看着页面，忽然看到苏清远更新了一条微博，内容极令人惊吓：你要死就去死啊！什么乱七八糟的……明明是自己在害别人，还说别人害了她？真是搞笑。没过多久就有人评论这条微博，看头像正是甘云志，“你以为我想害你么？都是你自己造成的！就算我的那些事情和你无关，但也是因你而起的！”

蓝妮怔住了：虽然这些话说得十分隐晦，但她从里面嗅出了浓浓的怨愤，甚至还嗅出了感情纠葛的味道。不会吧……甘云志和苏清远也有感情纠葛？欸？仔细一想还真有点像欸。什么人会“为朋友抱不平”到那种程度啊。一个女人歇斯底里地和一个男人过不去，一般只可能因为感情纠葛！

想到这里，蓝妮感觉宛如站到了黑洞边上，感到十分恐惧和眩晕：苏清远和甘云志也有感情纠葛？这复杂到可怕了啊！

蓝妮还想看看有什么下文，苏清远却将这篇微博删了。之后甘云志也没有再来发布什么评论和留言，估计被苏清远拉黑了。

蓝妮呆坐在哪里，感到恐慌一点一点地袭来，随之袭来的则是疲惫感——它们很快就点点滴滴地汇聚成海，把她淹没，让她喘不过气来。如果可能，她真想不再管这复杂的事情，再度藏到网络里去不出来！

但是这显然不可能。她必须管，但还不知道该怎么管。她的心情焦虑而又畏缩，把自己折磨得无精打采。

那边的李新兰也是无精打采，午休之前忽然收拾起桌子来——她经常收拾桌子，这一次却收拾得十分彻底，连张纸片都要归到位置。蓝妮呆呆地看着，忽然一阵恐慌：不是吧，前阵子她刚看过一个有关自杀的电影……女主角自杀前也是这样把东西都收拾得整整齐齐的……天哪，她该不会是思想钻进了死胡同，准备自杀吧？！

发现这个蓝妮立即慌了，加倍关注她。只见她午休时间没有去吃饭，而是走上了天台。蓝妮心里更慌，赶紧跟踪她，结果发现她站在天台边的水泥矮墙边，低头似乎在看什么东西。接着竟然坐到了天台边上，侧着身子往下看。

天哪！她该不会是想跳下去吧？！蓝妮吓坏了，赶紧过去拉她，“不可以！”

李新兰一激灵，手里一个明晃晃的东西飞了出去，然后就被蓝妮拉了下来，摔得狼狈不堪。

“我的天哪，你真是作死……”李新兰又惊又气，理着被弄乱的头发歇斯底里地大吼，“忽然拉我干什么……天哪！你还害我掉了东西……你知道那是多重要的东西么？！”

蓝妮一怔，仔细回忆刚才的画面，觉得刚才那个东西像钻石，顿时明白了：是李新兰的订婚戒指掉了么？她坐在天台边上看订婚戒指？干吗……啊！明白了！她是不是打算把它丢掉啊？刚才是在纠结丢不丢？

“不就是你的订婚戒指么？”蓝妮冷冷一笑。“其实你自己也打算把它丢掉，对吧？这不正好么？省得你纠结了。”

李新兰呆住了，脸陡然涨得发紫，吐血般说：“天哪，你怎么……你什么都知道了？你在跟踪我、调查我么？”

“我可没那个闲工夫！”蓝妮赶紧用力地挥了一下手，“我只是碰巧看到了你的小号……便什么都明白了！”

李新兰不是很相信，但根本没有时间纠结这个，“你……你可不要对外说！你要是说了，我绝对饶不了你！”

“说什么？”蓝妮冷笑了一声。

李新兰又是一呆，接着脸上涨得要滴血，“当然是……我糊里糊涂找了个坏男人，还被他打的事情！”说着说着忽然悲从中来，坐到地上哭了起来。

因为她之前的种种恶劣行径以及刚才的恶劣态度，蓝妮本来还想讽刺质问她几句，见她这样倒不忍心了，叹了口气说：“你没必要这样吧……那男人再坏，你离开他不就得了么？”

李新兰没有说话，哭得更厉害。

“天哪！”蓝妮觉得匪夷所思，“你不会不想离开他吧？”

李新兰停止了抽泣，但是没有抬头，半晌后才低低地说：“是不想啊……人无完人啊。他虽然脾气不好，但人本质不坏，经济条件也还可以……天知道我离开他后能不能找到像他这样的条件的……我已经快到三十岁了，没时间等了。”

“天哪，”蓝妮觉得又好气又好笑，“三十岁有什么了不起？林志玲都四十多岁了，不还没嫁么？人家照样是女神。”

“人家是明星，我哪能跟人家比。”李新兰从鼻子里哼了一声。

“哈？”蓝妮一怔，仔细想想这样劝的确劝不到点子上，赶紧换了一种说法，“但你总不能让自己吃苦吧？结婚就算不能让自己更幸福，也起码不能让自己吃苦吧？也许在你看来，三十岁是大了，但你又不是只活到三十岁……现在科技发展，到我们老的时候，说不定人人都可以活到九十岁了。这样你就还有六十年的时间要熬，仔细想想，熬得过么？如果熬不住了再离婚，还不如一开始就不结婚呢！”

李新兰似乎被说动了，没有再反驳。过了一会儿又开口，声音更低，“可是，我父母天天催我催得像火上房……我倒不是烦他们催，只是怕他们着急难过……还有那些亲戚朋友们，也把嘴都放我身上……我不结婚，就好像犯了罪一样……搞得我好自卑啊……”

蓝妮也有类似的经历，不由得义愤填膺，语调也变得慷慨激昂起来，“相信我，如果你婚姻失败，你父母只会更着急难过。至于你的亲戚朋友，你更不用理睬。没人会真正管你幸福不幸福。他们没法为你的人生负责，但是如果你因为他们的话而遇到了不幸，他们不仅不会认错后悔，反而会变本加厉地说你‘挑花眼了才没有选择好’。所以别人的话千万不要在意，一切都要以自己称心如意为准！”

李新兰静静地听着，脸上渐渐有了光辉，心意应该是在回转。过了许久又开口，声音虽然仍然很低，但是底气足了不少，“既然如此，我就再考虑考虑……”说着朝她莞尔一笑，“说真的，我挺诧异的……每天看你只对着电脑，像是什么都不懂一样，却已经把所有的事情都想明白了……难怪你把你自己的事情都搞得妥妥帖帖的。”

按理说蓝妮听到这句话后就算不洋洋自得，也该沾沾自喜。而蓝妮的反应却十分异常——竟然怔住了，心里一片白茫茫：天哪，说起来，她怎么像没认真考虑过自己的事情啊？

是啊。仔细想想，她似乎一直把自己定位为天涯的过客。对别人的生活别人的事情，有时候会进行很深入的思考，但几乎没有把事情往自己身上扯过，就好像这些事她都不会经历一样。这是为什么？逃避现实么？

转眼午休时间就要结束了。蓝妮想起自己还没吃饭，赶紧冲下去买了两份盒饭，一份给自己，一份给李新兰。李新兰双手接了，然后吃得干干净净。蓝妮见她饭量足够，这才放下心来。

这天下班后，蓝妮准备去花文轩看看。当然了，不是去找甘云志套话——她想苏清远既然可以给花文轩的店长送画，彼此的关系一定不错，也许知道他以前的事情。然而她刚进花文轩的大门，就看到甘云志坐在之前的座位上。蓝妮赶紧回转身，不料甘云志已经发现了她，“唰”地一下把整杯酒都朝她泼了过来。蓝妮反应还算及时，避开了，但看到泼到地上的酒水殷红如血——一定是拿石榴汁调的。这要是泼到身上了，裙子肯定会被染得不成样子了。蓝妮不由得心头火起，朝她大吼：“你干吗啊？”

甘云志本来是想过来抓打她的。一听她吼倒气怯了，恨恨地说：“你不要跟我装蒜！真了不起啊，怪不得他被你勾去了……竟然像特务一样套我的话……真是了不起啊你！”

蓝妮呆了：怎么暴露的？本能地进行否认，“你在说什么……”

“还想当面撒谎啊你！”甘云志几乎要跳起来，“我最近就对你一个陌生人说过这件事，之后苏清远就来找我兴师问罪了！除了你告密，还有谁？！”

甘云志倒也算灵光，排除法用得漂亮。对此蓝妮也只得准备承认，但看她一副受害者的样子，又心头火起——这显然是倒打一耙啊！忍不住冷声讥讽，“你自己造谣害人还怪别人啊？你跟别人说，别人当然有权利转达啊？我凭什么给你保密啊？”

甘云志哑口无言，只是目眦欲裂地看着她，忽然眉眼皱起，低下头痛哭起来。蓝妮措手不及：不是吧……这些女人怎么都是没说几句话就痛哭啊？

此时店长走了过来——之前他都在张口结舌地看着，“呃，虽然不知道你们在说什么，但我觉得你们正在谈的事情好像不适宜在公开场合谈吧？要么，我给你们弄个包间？”

好么！一定是店长听到她们提苏清远的名字了，觉得她们是在谈某些“不能为外人道”的事情。对此蓝妮感到很羞很恼也很冤屈，但也承认只能这么办。

店长给她们找了个包间。把门掩上去了。甘云志则一直坐在那里抹眼泪，抹得蓝妮心慌。蓝妮终于忍无可忍，“你别只顾着哭了……总得说句话吧？”

“说什么话？”甘云志头也不抬，“还有什么话可说？反正……在他心里我已经是个邪恶无耻的变态女人了……说什么都没用了。”

其实你就是个邪恶无耻的变态女人……蓝妮在心底这样念叨着，但不敢这样说，否则她又哭个没完没了，只得说：“那你也不应该对着我哭吧？”

“因为你是他女朋友，”甘云志嘴一撇，配上泪汪汪的眼睛，简直近乎耍赖。

“不……”蓝妮听到这话后竟觉得非常扎耳——不仅觉得要避嫌，还似乎有种委屈和愤懑的感觉，“我才不是他女朋友呢！”

“骗谁啊？”甘云志鄙夷地扫了她一眼，“如果不是他女朋友，你为什么这么在意他的事情……”说道这里忽然怔住了，盯了她一眼，“我明白了……你和我一样吧？”

“什么啊？”蓝妮哭笑不得，也有点怒——这样说等同于侮辱人了吧？

甘云志只是盯着她看，没有说话，过了一会儿才重重地说：“我给你个忠告……如果你和他的关系还没有太深，就尽早抽身吧……

喜欢他没有好下场！”

“什么？”蓝妮怒极而笑，鄙夷地看着她——想要骗走情敌么？这手段也太拙劣了吧？

甘云志知道她不愿听她的话，冷冷一笑，“我知道他很有魅力，待人也很热情体贴，容易让人想入非非……觉得他对自己也有意思，忍不住爱上他……殊不知他只是喜欢玩暧昧而已，心里根本没把你当盘菜。当初我也是这样，觉得他对我有意思，不知不觉爱上他了，即使他没有明确的表示，还天真地以为我们已经彼此深深爱慕，只差表白而已……后来发现真相后也无法自拔，还是继续恋着他……前进不了，也后退不了……从大学到现在，我根本无法和别人谈恋爱……即便我想忘记他，但是，就像条件反射似的，一有了和人谈恋爱的打算，他的形象就会冒出来，我就会不由自主地把那个人和他进行比较，还总是觉得他比较好……如果你觉得自己想爱的人不如某某人的话，是无法全心投入的。如果无法全心投入，这段恋情当然无法成功……他害了我八年，可能还会害我一生……我不恨他恨谁？”

蓝妮怔怔地听着，不知不觉地冒出了冷汗。不知怎么的，她觉得甘云志的境遇真的和她有点相似，尤其是刚爱上他的时候。苏清远是不是也只是和她玩暧昧，没把她当一盘菜呢？她之后的境遇，会不会也和甘云志一样呢？想到这里蓝妮不禁心之为颤，忍不住关心起甘云志是如何发现自己是“单恋”的，“你是……怎么发现苏清远其实不喜欢你的呢？”

“在他追吴美如的时候啊。”甘云志的表情开始愤懑，带着浓浓的轻蔑，“当时我那感觉……简直像在大热天里猛地被人投入冰窟一样……简直都要活不了了……吴美如……她凭什么，不就是长得漂亮点么……”一听这话，蓝妮的心就像被人挂上了巨石，猛地向下急坠。看来苏清远真是追过吴美如了。可是苏清远不是说当时吴美如是他兄弟的女朋友么？这么说是他对兄弟横刀夺爱？这已经是很严重的道德问题了吧？

“当时……不是说吴美如是他兄弟的女朋友么？”蓝妮惴惴地问，生怕问到一个让她心碎的答案。

“不知道。”甘云志皱了皱眉头，“没听说过这件事……”

虽然甘云志只是说“自己不知道”，没有说“不是那么回事”，只是“延迟宣判”，但蓝妮还是松了口气。

甘云志对这件事一点都不在意，只顾倾诉自己的怨愤，“哈哈，不过，即便是被他追的，她也没落到什么好处。苏清远过了不久就对她没兴趣了……哈哈，她比我心理落差还大，不仅寻死觅活地倒追，还搞出那么个乌龙事件……也是活该……她以为只有被追的人占有优势，事实其实恰恰相反。追人的人是主动的一方，既可以追人，也可以甩人……以为是别人追你，你就以为他该永远恋着你？做梦！”

甘云志的这番话将她对吴美如的不满暴露无疑。蓝妮本来就为她“既恨吴美如，又要帮她陪她”的行为感到十分疑惑，此时听她这样说，忍不住问了出来，“既然如此，你干吗还要继续和她作朋友呢？还要为她‘抱不平’，颠倒黑白呢？”

甘云志意识到自己暴露了内心的秘密，脸一红，但很快便释然，“是因为不平衡吧。虽然她之后被苏清远甩了，但还是被追过。我很嫉妒她，也很瞧不起她，但还是忍不住想模仿她，研究她……至于为她抱不平……哈哈，其实我是在泄我的恨啊。只有那件事苏清远真正在意过，用那件事打击他……也许可以打击得到。”说到这里她深深地吸了口气，又吐了出来，然后看向蓝妮，说不出的释然，“我把一切都跟你说了，心里舒服多了。这些事情你想对别人说就对别人说，我已经无所谓了。”

“哼。”蓝妮悻悻地冷笑了一声，“我还没那个闲工夫呢。”

甘云志一怔，看着她笑了起来，笑容说不出的苦涩。然后两人面对面呆看了一会儿。甘云志忽然提议再喝点酒。蓝妮竟然懵懵地答应了。于是两人出去找了个大排档，点了好几瓶啤酒，一起喝到了醉醺醺。最后甘云志把手机号码给了蓝妮，说如果蓝妮以后想聊天，可以找她。蓝妮竟然也懵懵地答应了

奇怪的友谊啊。

蓝妮因为不常喝酒，第二天去公司的时候头还懵懵的。没想到刚进门就听到里面喧哗得厉害，把酒彻底惊醒了。

只见办公室站在一个怪异的帅哥，大家正围着他笑闹——说他怪异，是因为他明明又高又瘦，身上的衣服却十分宽大，简直像口袋一样罩在身上。那帅哥回过头来，看到蓝妮，脸顿时红了，“不要笑我！”

“哈？”听到他的声音后蓝妮差点跳起来：这不是李罡的声音么？他怎么瘦成这样了？

原来李罡这次被肠胃病折磨狠了，身上的脂肪全被消耗掉了。这一瘦，竟然显得帅多了，完全就是一个清秀小伙。

蓝妮忍不住哈哈大笑，伸手拍拍他的肩膀，“这瘦了正好啊！这是好多人天天去搏命流汗都挣不来的啊！不要你要小心，管住嘴巴，不要再吃回去了！”

“不会的。”李罡不好意思地说，“医生跟我说，我这次病好之后，可能身体里的内环境都改变了，不会再胖了……之前我贪吃，身体肥胖，其实也是内环境不健康的表现。现在都治好了，我也不会再肥胖了。”

“是吗，哈哈哈……”蓝妮觉得这话十分有趣，忍不住哈哈大笑。正在这时候，苏清远进来了。看到蓝妮对李罡挺亲热的样子，苏清远似乎有些不快。他快步上前，一句接一句地问候李罡，让李罡没机会再和蓝妮说话。不仅如此，他还特意站在李罡和蓝妮之间，让李

罡看都没法看蓝妮。他做得还算自然，因此大家都没有发现其中的异常。蓝妮更是如此，见他进来，早就坐到电脑前工作去了。

李罡的暴瘦让蓝妮觉得挺好玩的，对他也就多注意了一些，结果发现有些不对劲。不知为什么，李罡今天——尤其是面对她的时候——显得特别的忸怩，和她对视的时候甚至会脸红。蓝妮心里怪怪的，本能地想要回避他，却看到他的 QQ 头像在闪。

“帮我个忙行么？”

“什么忙啊？”蓝妮赶紧回复，心里更觉得怪。

李罡隔了好几十秒才回话，“是这样的……我瘦下来后好多衣服都不能穿了……想去买点新衣服……你能不能为我作个参谋？”

“我为你作参谋？我可是女的啊！”蓝妮差点笑出声。

李罡又是隔了好几十秒才回话，“就是需要女的帮我参谋啊……我之前因为胖，所以也就自暴自弃，随便买些能穿的就穿了。但是现在……我想打扮成……受女孩子欢迎的样子。”

“那好啊。”蓝妮放心地笑了：原来他忸怩是因为这个啊。“那我们下班后一起去服装城！”

不知不觉间，蓝妮已经不是一下班就回家了。这对她来说可是个重大变化，只是她自己还没注意到。

下班后两人一起去了服装城。其实蓝妮对服装也没有研究，只是随口推荐罢了。而李罡可能是因为更不懂，对她推荐的每个都会仔细看看。

“蓝妮！你在这里啊，太好了！”苏清远忽然出现了。

“嗯？”蓝妮很是诧异，李罡的脸色更是灰了。

苏清远看都没有看李罡，只是笑着对蓝妮说：“我找你找了好久了……有个文件需要你处理一下……赶紧跟我来！”

文件？蓝妮还没回过神来，就被苏清远拉走了，一直被他带上车。上车后苏清远飞快地发动车子驶离服装城，忽然看着前方窃笑起来。

“你干吗啊？”蓝妮觉出他来找她肯定不是因为文件。

“当然是抢你的时间喽。”苏清远倒是十分坦白。

“抢我的时间……干什么啊？”蓝妮红了脸。

“是啊……干什么呢……”苏清远故意皱眉想了想，“去吃饭？或是去看电影？你选。”

蓝妮感到脸瞬间火烫了，心里也涌过一阵悸动，紧接着却感到格外的不快——这是在谈恋爱么？可是他为什么搞得这么不清不楚呢？

忽然，蓝妮觉得自己“该把一切都说清楚了”，咽了口唾沫，直接问他：“我们这是在谈恋爱么？”

苏清远一怔，接着笑开了，“你觉得是就是啊。”

我觉得是就是？蓝妮对他的态度和说法都不满意，脸顿时拉了下来，“不好意思，我要一个肯定的答复。我可不想……变得和某人一样！”

苏清远听出蓝妮话里有话，顿时紧张起来，不敢再嘻嘻哈哈。他开车把蓝妮载到一个饭店。找了个包间。蓝妮知道这是“好好谈”的意思，心里陡然无比的慌乱和紧张，但想到这是必须的，又释然了。她坐在包间里，把自己发现的事情全讲了出来，然后静静地坐着等他回应。

苏清远的脸色十分凝重，自嘲而又恼怒地笑了笑，“好吧……我承认，对于这件事，我有了一些美化……我当初……是有些糊涂，对吴美如，情不自禁地做了些……像是追求的事情。”

“情不自禁？”蓝妮觉得这话很刺脑子。

“好吧，也许是我辞不达意……”苏清远有些紧张，下意识地挥动着双手，“其实……那个年纪的男孩子，不都是这样么？会被那种女人吸引，情不自禁地想讨她开心……后来发现她根本没有一点内涵，又很烦人，所以就不追了呗。”

蓝妮冷冷地看着他——虽然他说得很合情合理，但因为前后反复的关系，使她觉得无法相信他，更觉得他还隐瞒了很多，“至于你那兄弟呢？你不说她是你兄弟的女人么？”

“这个啊。”苏清远更加难堪，想了一会儿后说，“其实……那时我那兄弟和吴美如出了点问题，我以为他们不交往了……没想到他们依然在交往……所以我就退出了。吴美如应该告诉我的，但是她没有告诉我。”

更像是说谎啊。蓝妮在心底冷笑了一声，又问：“那甘云志呢？她是怎么回事？她说你故意和她玩暧昧，害她爱上你，没想到你根本没把她当盘菜……她说她之后都无法再谈恋爱了！”

“胡……”苏清远想都没想就要说她胡说八道，说了一个字后却顿住了，朝蓝妮看了一眼，苦笑着说，“好吧，我承认……那个时候我是不成熟……不过我不是特意想和她玩暧昧。小男生嘛，总是会希望自己受欢迎，总会不由自主地想哄身边所有的女孩子开心……不都是这样的么？我当时很年轻，不知道会有什么后果……后来知道这样不好，不就改过来了么？”

他的话依然合情合理，但蓝妮就是觉得不可相信。她看了看他，目光开始变得凄迷，“那你把我当盘菜么？”

“当然当盘菜……”苏清远忙不迭地说，忽然发现这话很不和体统，赶紧顿住了。他思忖着如何能准确地表达心意，忽然明白了什么，沮丧和苦恼起来，“你……不相信我，对么？”

蓝妮没有回答。只是垂下了眼帘。

苏清远看着她，脸色变得晦暗和冰冷起来，长长地叹了口气，“先吃饭吧。吃完饭再谈。”

蓝妮没有答话，转身出了包间。苏清远也没有追出来。包间的门轻轻地晃着，像在无奈地招手，但最终还是绝望地停住了。

第八章　企业宛如小朝廷

蓝妮从来没有过这种感觉，心里是那么的沉重，身体是那么的无力，感觉就像被压在深黑的海底，上面是几百吨的海水。这就是恋爱受挫的感觉么？也许吧。早知道如此，她就不期待恋爱了——说真的，她之前因为受一些杂志的影响，还觉得人生应该多谈几段恋爱才完整，现在却觉得恋爱还是越少越好。恋爱受挫的感觉太痛苦了。她甚至有种生不如死，一分钟都熬不过去的感觉。

即便是在床上躺着，蓝妮依然觉得很不舒服——也说不出来哪里不舒服，就是身上到处都不对劲。便出来走动。幸好今天是休息日，否则在这种心境下强撑着上班，还不知道会出什么纰漏。

心情不好的时候自然要去僻静的地方。蓝妮去了城西的河滩地。这里是本市硕果仅存的没有受什么污染的地方，景色还好。尤其是河边那片芦苇，随风飘荡时颇有几分古诗雅曲的韵味。这块地方是蓝妮在大学聚会的时候在同学的引导下发现的。当时虽然感到很喜欢，却也没去过几次。

蓝妮在河边缓慢地走着，感到风吹到脸上很舒服，心里的郁闷却无法减去一点半分。她深深地叹了口气，却刚叹到一半就掩住了口，还差点岔气：天，金玉辉怎么在那里？

啊。是了。她好像也对金玉辉说过自己喜欢这块河滩地。人都会在闲着的时候想起自己的愁闷，金玉辉肯定也是在休息日心情格外不好，才会来这里排遣——从选择的地点来看，折磨她的肯定是相思之情。

蓝妮尴尬地看着她，不知道是该偷偷溜走还是若无其事地迎上去。正在这时金玉辉转过头来发现了她，颇有些惊诧，但还是微笑着走了过来，“你也来了？真是巧呢。”

“哈哈，真是巧……”蓝妮苦笑着回答，暗骂自己笨蛋：谁叫你不跑的？现在想跑也来不及了吧？

金玉辉微笑着和她说话，没说几句就开始问她的学历、毕业的大学、家里人的境况、理想追求甚至爱好之类私密的事情。蓝妮知道她是什么意思——金玉辉知道“她在和苏清远谈恋爱”，所以要对她进行媳妇审查。而她和苏清远的关系其实已经陷入了僵局，她心里十分不耐烦，但因为见到金玉辉就感到十分理亏，所以也只得老老实实地回答她所有问题。

金玉辉终于问完了，看着她微笑了一下。蓝妮知道她马上要公布审查意见，不由自主地紧张起来。

果然。金玉辉盯着她的眼睛，很委婉，但是不容置疑地说：“我觉得你还是挺不错的，各方面条件也都很好。不过和我家的清远还是有点差距。他现在虽然在你们公司任职，但那只是因为他自己想多受点历练。最终我还是会让他接手我的企业……你们现在就已经很有差距了，以后差距恐怕会更大。”

蓝妮在心里冷笑了一声。虽然金玉辉没有明说，但她的意思已经再明白不过了，不就是不让谈了嘛！蓝妮忽然感到十分愤懑和不平，苦涩地冷笑，“这个您不用担心。我已经被甩了。”

“什么？”金玉辉倒有些诧异，“什么时候？为什么？”

“因为差距太大了呗。”蓝妮一撇嘴。忽然感到十分愤懑和悲伤，简直想要大哭一场，赶紧告辞离开。在河边狂走了一段路之后，她心里的冲动渐渐平复，忽然又想看看金玉辉现在是怎样，所以又悄悄地溜了回去。

金玉辉正蹲在河边，用石头写些什么。蓝妮蹑手蹑脚地走到她身后，发现她竟是在一遍遍地写“邱冰”两个字，已经写了好几十个了。显然是因为蓝妮说“被甩”，想起了自己的境遇——目前来看也像是“被甩了”，心乱如麻，所以才会做这种痴傻的举动。

蓝妮没想到她都这么大岁数了，依然这么有小女人的情怀。但女人不管年纪多大都依然是女人，而且“老房子失火最难救”。蓝妮越发感到自己捅了篓子，不仅感到十分为难，也感到快要被良心压死。

金玉辉的手机忽然响了。蓝妮赶紧闪到一丛矮树后。金玉辉掏出手机，看到显示的号码后就露出了不快的神色，接通后的语气也很不愉快，“喂——是我。有什么事么？”

那边的人大概讲了三十秒的时间，金玉辉忽然提高声音说：“你真有线索了么？我无法相信呢！”

得。蓝妮知道打电话的人是谁了。就是那个疑似心有不轨的胖子。金玉辉这么说，应该是窥破他的诡计了。蓝妮正在暗暗高兴，却听到金玉辉又说：“好吧，那就再相信你一次……你定个地方，我去看看！”

蓝妮张口结舌地看着她，下巴都要回不去了。我的天哪，明知对方没有能力帮你找人，你干吗还甘愿受骗？糟，一定是相思成狂，觉得有万分之一的机会都要试一试……妈呀，这怎么看都是被骗钱骗色的前奏啊！

大概是胖子定好了见面的地点。金玉辉挂掉电话急匆匆地走了。蓝妮躲在矮树后面，大气都不敢出。等金玉辉走远了，便从矮树后跳出来，朝市里冲去。没办法，“邱冰”得再度出山了！虽然这个主意烂透，但现在她骑虎难下了！

蓝妮径直冲到崇古德那里，叫他立即给她做个金蟾耳钉。崇古德这方面的技术一流，很快就给她做出个一模一样的。蓝妮拿了耳钉就直奔回家，把它放在眼镜布上拍了个照，再用PS软件切掉周围所有可能作为线索的景物，然后给金玉辉留言。

“啊！终于活转过来了……对不起，你一定担心死了吧？你还好么？”

金玉辉没有回应。这是当然的。她现在一定还在和胖子会谈吧。蓝妮便坐在电脑旁忐忑不安地等。一个小时后，金玉辉回话了，一开始很激动，“真的是你么？！你回来了！”之后猜疑的劲儿便来了，“你……为什么现在才来联系我？”

“啊？”蓝妮立即开始装傻，“之前我一直躺在病床上啊……唉，这次手术引发了一些并发症，害得我躺在病床上熬了好久，现在才勉强能动啊！”

“是么？那你的耳钉还在不在？”

“在啊。”

“是么？我要看图！”

蓝妮把照好的图给金玉辉发了过去。金玉辉沉默了半晌，才说，“天哪……我真是傻……现在想来那个耳钉应该就是那个小姑娘掉的……她明明有个相同的耳钉啊！可是她为什么当初不承认呢？”

“啊？怎么了？”蓝妮继续装傻，其实也是在暗渡陈仓。

“哦，其实之前我病了……”金玉辉对这件事还是挺在意的，竟然想叫邱冰解惑——也可能是试探，“躺在病床上睡着了。结果醒来后发现被单上有个……和这个一样的金蟾耳钉……我儿子有个同事，叫蓝妮，”说到这里的时候她特意停顿了一下，大概是想看看“邱冰”会有什么反应。蓝妮当然不会有任何反应，只是暗自苦笑：果然金玉辉坚持怀疑她和“邱冰”有关啊。她得加倍小心遮掩才行。

金玉辉见“邱冰”没有反应，就继续往下说了：“她有和你这个一模一样的金蟾耳钉，真是巧呢……结果那天我在被子上发现那个耳钉的时候，我就怀疑是她掉的。她却说自己的耳钉几天前就丢了。这种耳钉可是非常罕见，小范围内应该没有第三人有了。真是奇怪啊。”

“哦。这个啊。”蓝妮一边圆谎一边暗骂自己当初弄巧成拙，“会不会是她弄错了？我也想不明白。”

“啊。是么？”金玉辉想了一会儿，自己给自己找了答案，“大概她的耳钉不是丢在外面，而是丢在同事那里了……结果她同事来了，无意间又丢在这里了。”她这么说，是想到她儿子了。她怀疑蓝妮是不是在那个时候就和苏清远谈恋爱了，两人举止亲密的时候，可能把耳钉掉在了苏清远衣服里。后来苏清远又机缘巧合地把东西掉在了她的被子上——因为她捡到耳钉后没跟苏清远说，他也不知道她捡了耳钉，自然也不会来认。虽然这个解释较为合理，但是她也不十分相信，心里仍觉得蓝妮可疑。

蓝妮也知道她依然会怀疑自己，除了苦笑还是苦笑，只能静静地等着金玉辉再出招，以便见招拆招，没想到金玉辉不再吭气，她也就只有忐忑不安地等。

金玉辉终于开口，抛出的竟是一枚重磅炸弹：“我们见面，好么？”

一见这个，蓝妮脊梁骨上就走了真魂，却还得强作镇定，“哦，出什么事了么？”

“怎么了？”金玉辉隔了几十秒才回话，可见她对他的话又惊又疑。

“没事……我只是觉得你之前一直不提见面，现在忽然提起，让我有些惊讶。”

“哦，这个啊。”金玉辉又是隔了许久，“那现在想见面，不行么？”

“哦，可以的。等我回去……我还需要点时间疗养，再回国……还需要点时间吧。到那个时候再说。医生叫我不要上太长时间网，再见了哈。”蓝妮一气发完这些，不等金玉辉回话就关上QQ，烂泥般瘫到了椅子上。这下完蛋了……不能让邱冰死，又不能让邱冰出现，难道得让邱冰扮演薄情浪子，让金玉辉抛弃他么？

还好她给了自己很多时间想阴谋诡计。她慢慢地构筑邱冰的坏男人形象，准备等到适宜的时候狠狠地秀给金玉辉看。

第二天上班的时候，蓝妮觉得气氛有点不对劲。她做贼心虚，害怕是和自己有关，之后苏清远忽然叫大家都去他办公室。好吧。是和蓝妮有关，但不是她想的那种“有关”。他们科终于有了一位副科长，不过是空降的。副科长是个高挑干净的女孩子，发型简单，衣着朴素，一副很干练的样子。

对此蓝妮暗暗冷笑：“恋爱”不谈了，推荐也完蛋了么？说真的，她根本不想当官，但想到自己丧失资格是因为“恋爱问题”，心里就“硌硬”得要命：如果是这样，那苏清远人品就太差了吧？

午休的时间到了。蓝妮正要去吃午饭，忽然瞥见苏清远就在离她不远的地方。可别是来狡辩，或是来示威的吧？蓝妮这样想着，加快脚步下楼，结果发现他还跟着她。这下可坐实她的想法了。蓝妮立即加快脚步走进人丛，这里中午的时候人特多，一进去就像豆子蹦进了豆子堆，苏清远绝对没法再跟着她。蓝妮觉得自己把苏清远甩开了，心满意足地到面馆里买了碗面，正打算大快朵颐，却发现眼前多了一个人，就是苏清远。

蓝妮的第一个反应是拿着碗夺路而逃，随即想到这样很傻，就没有这样做，而是佯装淡然地垂下眼帘，等苏清远示威或者是狡辩。苏清远终于开口了，说的话却令人匪夷所思，“你和楚裳（新副科长）是什么关系？”

啥玩意？蓝妮的下巴差点飞出去，“我和她有关系？我根本不认识她好不好！”

“你就不用抵赖了……今天她一来就问我这里是不是有个蓝妮，还问你工作怎样……你能说你不认识她？”苏清远完全不相信。

“我就不认识她！”蓝妮从惊疑到愤怒了。

“扯吧……你要是不认识她，为什么一见我就跑啊？”

“这个……”一提到这个蓝妮就像被噎到一样脸憋红了，“我以为你是要解释为什么是空降兵任职……之前你不还准备推荐我的么？”

“啊！”一提到这个苏清远的脸也涨红了，显得异常愤慨，“对此我也是气死了……之前上面还让我推荐，可我也不知道怎么就忽然弄了一个副科长下来，把我当什么啊？”

他的样子不像是假装的，蓝妮心底的隐结稍稍舒开了些。

“你真的不认识她么？”虽然还在问她，但苏清远看起来已经相信她了，“那她怎么会注意你？真是奇怪了……我们一起来查查她的底细吧！”

“这倒不用了……”蓝妮赶紧摆手，“我对副科长这个职位没有兴趣……”

“这不是你有没有兴趣的问题……”苏清远顿了顿，再开口时更加郁愤，“我怀疑她背后有什么阴谋……就算没有阴谋也不行……不是我的人，当我副手我不放心！”

嗯？虽然知道这个“我的人”不是那种意思，蓝妮还是感到很扎耳。她不再说话，低下头几口把面条吃光，然后把汤一口喝干，之后逃也似的走掉了。苏清远看着她的背影，眉头皱得扭成一团，重重地叹了一口气。

按照中国企业的惯例，新领导来了自然要开欢迎会。有欢迎会就要有酒。有酒就会有人敬酒——别小看这个敬酒。敬酒在中国的酒文化里，可以表示尊敬，可以作为攻击，也可以作为下马威。蓝妮本来对这位新副科长没有恶意，不知为何现在却越看越扎眼。所幸有这种想法的人不止她一个。李新兰等人，包括平时不怎么会喝酒的郭明华全都端着酒杯涌向楚裳。没办法。当官的，还空降，还女人，即使之前没人认识她，她也会成为公敌。不过他们统统打错了算盘。这个楚裳竟然是喝酒高手，酒到杯干，面不改色。最后见大家“情绪高涨”，竟然提议大家来喝深水炸弹。这一下李新兰他们面面相觑，但已经骑虎难下。只好硬着头皮灌。他们倒还罢了，蓝妮惨遭池鱼之殃，彻底喝醉——她之前没喝过深水炸弹，因此没有及时收嘴。之后自认为意识清楚，却已经话都说不囫囵，肢体更是完全不受控制。

“哎呀，是我疏忽了呢……她有没有关系，真是抱歉呢。”楚裳笑着露出一排细细的白牙。

苏清远朝她看了一眼，过来扶蓝妮，“我送她回家吧。”

“不，我来送吧。”李罡忽然冒了出来。

“啊？”苏清远目光一闪，“你知道她家住哪里么？”

李罡的反应有些微的停滞，“知道啊。”

苏清远却已经看出他应该不知道蓝妮家住何处，不由得又好气又好笑，“还是我来送吧。我开车更方便些。”

“哦。”李罡想了一想，露出“即使我嘴笨我也不会退缩”的倔劲儿，“其实……我家和蓝妮的家在同一方向……您顺便也送送我行么？”

苏清远哭笑不得，鄙夷地盯了他一眼，扶起蓝妮就走。李罡紧紧地跟着他们，几乎是目不转睛地盯着他们身体的间隙。

苏清远把蓝妮送回家，规规矩矩地扶上楼，然后规规矩矩地下来了。李罡依旧寸步不离地跟着他。

“你家在哪里？”回到车上后，苏清远没好气地问李罡。

“再往右过三个路口就是了。”李罡倒是面不改色。苏清远冷笑了一声，又开车过了三个路口。李罡指着一个黑黢黢的巷子说，“到了。”

苏清远便停下车让他下去，却没有急着离开——他倒要看看他能进哪个门。结果李罡慢慢地走过黑黢黢的巷子，又走到路口边，做出等的士的样子。冷不防苏清远开着车出现了，冷声问他：“你对这个地方根本不熟悉吧。一个人回得去么？”

李罡措手不及，以后却坦然了，仿佛在说，被你发现就被你发现了呗，随你怎么办吧。看他这样苏清远更怒，“你还挺坦然啊……好吧，既然如此，就把话说开了吧。你其实是在监视我吧。你监视我，是怕我对蓝妮不轨么？”

李罡没有答话，只是盯着他看，一副正义凛然的样子。

苏清远从鼻子里哼了一声，一字一顿地对他说：“我告诉你，我的确只是出于关心她的目的送她回家。趁女人酒醉时占女人便宜是最差劲的行为，我一辈子都不会做这种事。你这完全是以小人之心度君子之腹……你自己是什么样的人，就会以为别人都是这样的人！”说罢一眼也没有朝他多看，便开车走了。

李罡一梗脖子，恨恨地看着他开车走远。说真的，他一贯胆小，也知道在这种情况下得罪上司等同于职业上的慢性自杀，但现在心里就是一股刚勇之气，什么都置之度外了。

第二天这股刚勇之气还在。他竟有一种类似于随时准备和苏清远作对的感觉。苏清远从办公室门口走过，并没有往办公室里看，但从侧影来看应该很生气。李罡埋着头，从眼角恨恨地瞪着他。等他走远再坐直，却忽然看到楚裳正站在他身边似笑非笑地看着他，顿时吓得差点跳起来。

“你的QQ号是多少？”楚裳却像没看见他的惊慌样子一样，语气和脸色一应如常。

“哦……”李罡赶紧把QQ号码背给她。楚裳重复念了一遍，便已记住，然后朝他微微一笑，“我们现在是同事了，现在又是电子化办公，我要有什么事可以在QQ上找你，省得再花时间跑过来。”

李罡诺诺应声，不知为何紧张起来。

不久之后，楚裳果然在QQ上给他发信息，问了几句工作上可有可无的事情后，竟然问起了昨天晚上的事情，“昨天晚上蓝妮醉得很厉害么？”

“啊，算是吧。”李罡有了种怪异的感觉，但是说不清它是什么。

“嗯，看起来的确很厉害，否则也不需要让你和苏科长一起送她回去的。”

“哦，我只是顺路搭车……”李罡赶紧撇清自己。

结果却无效。楚裳发来了一个坏笑的神情，“你喜欢蓝妮，但蓝妮却喜欢苏科长，对吧？”

“不、不是！”即使隔着个电脑，李罡的脸还是红了，“我们、我们都只是同事关系！”

“哦，是么？”楚裳又发来了坏笑的表情，不再说话了。李罡这才省悟自己刚才因为激动，打重了几个字，楚裳可能已经看出了什么。看出来就看出来吧。反正又不是什么丢人的事情——想到这里他忍不住愤愤不平起来。虽然他知道不能因为苏清远的上司身份就认定他是要玩弄蓝妮，但他昨天趁人之危占便宜的意图太明显，怎么看都能看出些玩弄的意图。他无论如何都不能让苏清远伤害蓝妮……想到这里他忽然气沮，接着竟有些自怜自伤——你倒是想保护她，但是你算她的谁呢？你是一直暗恋她，可是她知道么？如果她知道，愿意接受你的好意么？

李罡正在胡思乱想，冷不防蓝妮慌慌张张地冲进来——宿醉都会导致睡过头的——一坐到办公桌前就趴上去了。李罡想给她倒杯茶过去，却发现楚裳笑嘻嘻地朝蓝妮走过去，又不敢妄动。

“哎哟，你是不是很不舒服啊？”楚裳走到蓝妮办公桌前，关切地盯着她的脸，“真是我的过失呢。”

“没……没关系……还好。”蓝妮的感觉活像脑子里被灌满了铅水，但也只有说还好。

“哦。”楚裳从眼角瞄着她，“之前苏科长还问起你的情况，对你很是挂心呢。”

“啊？”蓝妮赶紧说，“我没事……”忽然省悟这样就表示她对苏清远特别在意，不禁红了脸，“我真的没事……多谢关心……”

楚裳不动声色地瞄着她，从心底笑了。到午休的时候蓝妮依旧无精打采，正准备找个地方吃饭，忽然接到了苏清远的短信。他叫她到街那头的饭店和他见面。蓝妮以为他是要慰问她，觉得他小题大做，再加上最近并不想和他有接触，便没有理他。这样做后，她心里还颇忐忑。还好，下午苏清远并没有显露什么不满。蓝妮便不再在意这事儿。下班后因为想弄点零食打打牙祭，她便没有直接去公交车站，而是往小吃一条街走——这条街是民间自发构建的商业街，要走过一条偏僻的街道。蓝妮刚刚走到这条街的街口，忽然跳出一个人来，一把把她拉进车里。蓝妮吓了一跳。以为自己遇上了绑票的，定睛一看却发现是苏清远。她不再那么害怕，惊疑之心却更甚：他这是干吗啊？

“你这是干什么？”蓝妮问他。

苏清远没有回答，竟然直接发动了车子。他这样子十分可疑，蓝妮顿时慌了——要是之前，她也许不会怀疑什么。但是这阵子苏清远接连做了让她猜疑的事情，让她潜意识里觉得他什么都可能干。再加上她也怀疑可能是自己做的那亏心事东窗事发了，不禁难以言喻地慌乱起来，“你要干吗？我喊了啊……”

“喊？”苏清远骇然失笑，“你以为我要对你干吗？”他嘴里说着话，眼睛却注视着前方。

蓝妮被这话说怔住了，接着感到十分不好意思，但怀疑和惊诧依然在，“那你干吗像绑票似的？”

“没办法，你傻嘛。”苏清远冷笑了一声。

“我傻？”蓝妮更加摸不着头脑，也因此生气了，“你到底想说什么啊？”

苏清远没有回答，只说：“等会我跟你慢慢说。”说着便开着车七拐八拐，拐进了一个非常僻静的地方，才把车停下来。然后吁了一口气，“这下别人应该看不到了吧？”

别人看不到？蓝妮更加摸不着头脑，又格外慌张起来，“你到底想干吗？我警告你，不要乱来啊！否则我跳车！”

“跳车？哼！”苏清远从鼻子里重重地哼了一声，“你倒是跳啊？真是的。好人坏人都分不清，傻成这样你还想干吗啊？”

“怎么？好人和坏人？出什么事了么？”蓝妮听出他话里有话。

苏清远冷笑了一声，说：“你之前真的不认识楚裳？”

“是啊，不认识，怎么了？”蓝妮都快懵了——这到底什么跟什么啊？

苏清远从眼角瞥着她，又哼了一声，“好吧，虽然你看起来不像在说谎，我依然觉得不可思议……昨天楚裳找到我，说叫我小心你……说你在上学的时候就善于玩弄谋略，操纵别人，踩着别人往上爬……还说你特别会假装成人畜无害，不动声色地勾引男人。对男人大多是利用，就算一时喜欢，也是三分钟热度，很快就会把男人丢到一边……”

蓝妮彻底懵了，接着暴怒，“这都什么跟什么啊？她在胡说八道什么？！我根本不认识她！”

苏清远审视着她，觉得她真的一点都不像在说谎，又是冷冷一笑，但脸色舒缓了很多，“好吧……也许她是想离间我们……再说你的确也不像会勾引男人的样子，男人勾引你都难死了，”说到这里他的脸上闪过一丝微妙的神情，“不过就算是想要离间我们而诬陷你，我觉得针对性也太强了……你再仔细想想，是不是在什么时候得罪过楚裳？”

“我哪会得罪人……”蓝妮想都不想就否认，话说一半忽然顿住了。

“怎么了？”苏清远知道她一定是想起了什么。

“我……”蓝妮脸红了，“我在现实生活中是不大会得罪人……但是在网上就不一定了……难道楚裳是我网上的哪个仇人，通过什么途径发现我就是她网上的仇人了？”

“你在网上很邪恶么？”苏清远揶揄而又带点嘲弄地问她。

“准确地说是万恶。”蓝妮悻悻地说。

“那还真是人不可貌相。”苏清远扑哧一声笑了出来，“那你把你的网名和活动区域告诉我，哪天我去围观一下。”

“我有一大把马甲呢，你围观得过来么？”蓝妮现在可没空理这种玩笑事，“楚裳会不会是我网上的仇家啊？如果是我网上的仇家……那就难办了……因为网上的事情追到现实里来，还对我那样中伤，简直是个变态啊……这种变态最难对付了……”

“那就是你自己的事情了。”苏清远竟然是不以为然的样子，“难得我这么相信你，还告诉你这么重要的情报，你总该回报我一下吧？”

“呃？”蓝妮一怔。

“嗨，”苏清远撇了撇嘴，“总该请我吃顿饭吧？我请了你那么多次，你至少也该回请一次吧？”

“哦，好，你要吃什么？”蓝妮这才回过神来。她倒不是怕请人吃饭，而是觉得苏清远的话题和态度都转变得太快了。

“这个嘛……”然而苏清远竟然又一次转变了话题和态度，“我今天倒是不想吃……还是算了吧。我还有事，我送你回汽车站吧？”

“哦，好……”蓝妮赶紧答应。她话音没落苏清远就发动了车子，雷轰电掣般把她送到车站，之后又雷轰电掣般离开了。

蓝妮呆呆地看着苏清远离去，心里说不清是什么滋味——她怎么觉得苏清远有种想涮她的感觉？或是有疏远她、和她划清界限的感觉？是因为她之前的表现么？还是……依然因为楚裳的话对她有所怀疑呢？

想到这里她不禁气得头发懵，而怒愈甚，疑惑更甚：这个楚裳到底是个什么玩意儿啊？真是她网上的仇人么？若是这样，那还真不好锁定目标。蓝妮有段时间心情不好，在网上见谁都不顺眼，一张口就骂，而且一骂骂一群。不过虽然准备从网上找“犯人”，但蓝妮觉得能让楚裳对她如此中伤的，应该还是现实中的仇恨，却怎么想都想不起来沾边的往事。

蓝妮一晚上都在想这件事，导致做梦时都在想。她就这么纠结地睡到了半夜，忽然想起一个人来，顿时从梦中惊醒：不会是她吧？

这个人算是她很老很老的老熟人了，是她初一时的同学。当时，这个同学就是个天天佝偻着身子的豆芽菜，表情阴沉沉的，基本上没什么人搭理她。而蓝妮当时也是个小心翼翼混在人群边缘的闷孩子，两人基本上井水不犯河水。虽然时间久远，但蓝妮还能依稀记起她的面容。还别说，楚裳的面容轮廓和她的真有几分相似。而她和楚裳的名字也一样，都叫裳——如果没记错的话，蓝妮记得她应该叫刘裳。难不成是刘裳长大后把名字改成楚裳了？很有可能。不过就算楚裳是刘裳，她干吗要中伤自己呢？蓝妮不记得自己曾做过什么对不起她的事情啊？

第二天，蓝妮满怀着疑惑去了公司。现在只有先查清楚裳是不是刘裳，然后再调查她为什么要恨她。楚裳因为只是副科长，还没有独立的办公室，所以就坐在和蓝妮不远的地方，蓝妮随便一瞥就能看到她。于是她便不动声色地瞅着楚裳，想法子去试探，却冷不防看到李新兰发来了一条信息。

蓝妮吓了一跳，再一看时，顿时哭笑不得。

李新兰发的赫然是，“你知不知道哪个店可以按图制作戒指？我的订婚戒指掉下楼后就再也找不着了，我想做个一模一样的……没有白金和钻石，我就先做个 925 银和锆石的吧！先混过去！”

“什么啊？”蓝妮的嘴都要撇成油勺了，“这么说你还打算和那家伙继续谈？我白开导你了！不是跟你说不要为年龄所迫，也不要管其他人的闲言碎语么？你怎么就听不进去建议呢！”

“不是……”李新兰隔了半晌才回答，“其实……我对他还是有一点喜欢的……好吧，是挺喜欢……”

蓝妮看到这句话，下巴差点飞出去，也因此明白了一个道理：对坏男人依恋不舍的女人，不管她说多少借口，其本质的原因恐怕都是她对他余情未了或是怀有幻想。

“这个忙我不能帮。”蓝妮恨恨地敲下这些字，“你昏头我不昏头……我要是帮了你，不等于送你进火坑了么？”

“哎哟……”李新兰急了，“就算是火坑，也是我自己愿意跳的，没人会说你有什么错误的……”

“那不行，你自己跳和别人帮着跳还是有差别的！我要是帮你做戒指，就等于帮你跳火炕！”说完就不再理睬李新兰了。

李新兰接着还不停地给她发信息，她就把李新兰的信息暂时屏蔽。她宁定了一下心神，开始想如何去套楚裳的话——她仔细回忆，刘裳好像特别喜欢美国动画片《非凡的公主希瑞》。有一次买了希瑞宝剑的塑料玩具剑，藏在公共厕所后面喊“我是希瑞”，不想被班里的一个促狭鬼发现了，伙同一群促狭鬼笑了她一个礼拜。儿时的喜好是最难磨灭的。如果楚裳就是刘裳，那她现在一定还会对与《非凡的公主希瑞》有关的事情有特别的反应。

蓝妮在网上找到了《非凡的公主希瑞》的主题曲——她也挺喜欢这个动画片，以往还能哼几句主题曲，但现在不行了。她用耳机偷偷地听了几遍，然后在工作时佯装无意地哼了出来，一边哼一边偷偷地瞄着楚裳。楚裳果然对此有些反应。她便对着楚裳一笑，“不好意思……忽然想起这个动画片了，不小心就哼出来了。说起来这动画片也挺经典的，算是一代人童年的回忆啊。”

“是的。一想起它就想起童年干的许多糗事。”楚裳不可名状地一笑，看似无意地朝蓝妮走了过来，“我记得我小时候还买了希瑞的剑，藏起来喊‘我是希瑞’呢。”

这和蓝妮的记忆完全相符！蓝妮的心怦怦地跳了起来，正打算进一步试探，楚裳接下来的话却让她目瞪口呆。

“我记得你小时候也喜欢这个动画片，却不愿意承认……只是偷偷收集周边，别人谈论它的时候，还假装高端地贬斥它几句。”

欸？这不就是承认她是刘裳了？她主动承认？竟然主动承认？蓝妮呆看了她半晌才骇笑着说：“你是刘裳么？你不是姓刘么？”

“我妈妈再婚了。”楚裳微微一笑，说不出的淡定。

蓝妮直着眼看着她。说真的，如果是她试探出了楚裳的身份，然后再质问她，逼她承认，她还能展开一系列反击。但楚裳现在主动承认，又承认得这么淡定。倒让她不知道该怎么好了。

楚裳微笑着走开了。蓝妮只有继续工作，却怎么都无法把注意力集中到工作上面：接下来她该怎么办？直接质问楚裳为什么要中伤她么？这样不就等于把苏清远卖了么？直接问她小时候和她有什么仇？更不行吧这个？

转眼便到了吃饭的时间。楚裳笑着问她要不要一起去吃饭。本来这是个套她的话的好机会，但蓝妮觉得她一定有所图谋，便婉言拒绝了。之后自己买了份盒饭，到楼顶坐着吃，忽然感觉身后有人接近。是楚裳偷偷跟来了？还是李新兰？蓝妮恨恨地叹了口气，猛地回头一看，却是大出意料之外，竟然是白朵朵？！

上次白朵朵的自我炒作玩漏，引来旧仇人翻她老底。虽然不能说是身败名裂，但脸也丢得够呛，还把蓝妮误认为害她的人。虽然之后误会解除，但白朵朵依旧闹了个没脸。所以蓝妮有理由相信白朵朵和她结了仇。现在见她忽然出现在她的身后，又一脸诡异的神情，不禁心里发毛，“你想干吗？”

白朵朵没有答话，径直朝她凑了过来。蓝妮赶紧躲开。

“哎哟，天哪……”白朵朵撇了撇嘴，“你别这样……我是来跟你说情报的！”

“什么情报？”蓝妮才不会轻易相信她呢。

“好吧……也许你觉得有些突兀……但我现在的确是站在你这边的！”白朵朵急着想取得蓝妮的信任，说的话却愈加令人摸不着头脑。

蓝妮越发觉得诡异，又向后退了一步。

“好吧……我们有着共同的敌人，所以我是和你站在一块的！这下你该明白了吧！”白朵朵终于憋出一句有用的话。

“共同的敌人？是楚裳么？”蓝妮一激灵。

白朵朵没有直接回答，而是凑近一步说：“你知道么？你们企划部之前是被一锅端的！”

“欸？我只是听说过，不知道具体发生了什么事。”蓝妮心头一紧：苏清远好像对这件事挺在意的样子。而白朵朵也对这件事挺在意……难不成这件事关系重大？

白朵朵见蓝妮一副完全不知道的样子，颇有些失望。

“你说我们共同的敌人是楚裳么？她干了什么了？你还没回答我的问题呢！”这件事蓝妮必须弄清楚。

“还用说么？”白朵朵朝她挤了挤眼，倒笑了。

“什么？！”蓝妮想了一想后顿时又惊又怒，“难道她在公司里到处传谣？说我勾引男人，踩着男人上位，再把他抛弃么？”

“欸？”白朵朵倒是惊了一跳，“这点倒没有……我只是听说……苏科长之前不是准备提拔你的么？但是被楚裳这个空降兵把位置占了，她自然会对你格外防范。怎么，她还说你会勾引男人？

为什么会这样说啊？你做了什么容易引发误会的事情么？”

“当然没有！”蓝妮脸顿时涨得通红，用力地一挥手，“那是她满嘴胡扯……对了，你不是说她是我们共同的敌人么？她做了什么伤害你的事情了么？”

“这个……”白朵朵脸一红，“这个嘛……”看蓝妮用怀疑的目光看向她，同时还在往后退，赶紧说，“其实，因为上次的事，我在公关科已经很难混了……所以我就想找点路子，调进你们企划科来……”

“欸？”蓝妮乍一下不敢相信自己的耳朵，“你要调来企划科？你不是和我是对头么？企划科的其他人也不喜欢你啊。这里都是你的对头，你不知道么？”

“嗨，你也太小看我了。”白朵朵皱着眉头笑了，“你虽然看起来很小心眼，但就是心软正直的好人，我早就看出来了。你们的那些女同事们虽然都不是好人，但是看起来都没什么心计，一个两个傻萌傻萌的，好对付……哈哈，我们公关科可不一样，一个个都是毒蛇和狐狸的混合体。而且，就是因为他们知道这里都是我的对头，我才可能调得过来……你不知道他们，不容我在公关科，也不想让我调往其他部门，就是想把我挤兑辞职……他们也认为企划科里都是我的对头，所以才不会暗地里使绊子阻止我调过来……我要的就是这个效果！”

蓝妮没想到公关科这么险恶，听得哭笑不得——简直是宫斗的节奏啊。而白朵朵说得如此坦然和清楚，她也不便再质疑什么。这时，蓝妮忽然想起一件事情，顿时大为不平和不满，“等一下，你说楚裳也是你的敌人……该不是要说你也是副科长的人选之一吧？你凭什么啊？”

“当然不是我！”白朵朵的脸涨红了，“其实我是和另外一个人选谈好了，等他过来之后，再把我弄过来……我哪有那么大本事，一来就当副科长？”

蓝妮点了点头：这才像话，又问那个人选是谁。白朵朵却一撇嘴，“这个都是在暗中进行的……我不便说他的名字！”

蓝妮立即想到这个人走的可能也不是正路，又看白朵朵有些忸怩和尴尬的样子，立即省悟那个人可能是“绯闻男友”之类的人物，忍不住冷笑一声。

白朵朵倒没有在意这个，继续说：“那个人被楚裳挤掉了，我自然也过不来了……我很生气，便去调查她，结果发现她是我们老板从别的公司挖来的……你知道当初企划科是因为什么被一锅端的么？据说是因为当初和A公司合作，出了个什么问题……而这个楚裳，当初就和那个公司有关！”

这一点还真是出人意料。蓝妮听得张大了口半天合不拢。白朵朵盯着她的眼睛，沉着嗓子问她：“这样看来，她来企划科的原因一定不简单……我们要想个办法，挖出她的底细，共同对付她！”

“干吗要对付她？”蓝妮眨了眨眼说。

“什么？”白朵朵差点被蓝妮这话噎昏过去，“你搞笑吧？你的副科长的位置可是被她抵掉的！”

“那又怎么样？”蓝妮淡然得有些僵木，“仔细想想，就算没有她，我也未必能评上副科长……再说就算我能把她修理了，也弄不回官位啊。”

“可是……她有着这样的背景，又来企划科，肯定有什么阴谋啊！”白朵朵脸都要涨紫了。

“有什么阴谋也和我无关啊。只是公司高层的事情。”蓝妮现在已经不仅是淡然了，而是面无表情，“再有什么阴谋也影响不到我。我只要老老实实干我的工作就行了。”如此看来。白朵朵来企划科一定有她的阴谋，甚至可能关系到高层的倾轧，并可能导致高层权力的变动。不过不管发生了什么，都不会和蓝妮有关。她目前只是个小职员，连惨遭池鱼之殃的机会都没有。就像不管皇帝换了几代，普通百姓都能生活一样。正如普通百姓不要去管皇权更替的事情，她这个小职员也没必要管有关公司高层的阴谋。

“哎呀，你真是……”白朵朵的脸涨得几乎要滴血，似乎要对她吼，最终却什么都没吼出来，跺了跺脚走了。

蓝妮冷冷地看着她的背影，心想，白朵朵和自己可不一样，白朵朵一直想通过走捷径，变成高高在上的人。她如此在意楚裳的事，并这么想对付楚裳，一定是自告奋勇当了某高层的棋子，并想把自己变成她白朵朵的棋子。她蓝妮才没这么傻呢。

蓝妮若无其事地回到了办公室，却神使鬼差地打开了公司的网页——这里有公司所有的大事记，包括人员聘任和调动情况。当然了，解雇职员和职员辞职的记录不可能有，但是就算当年企划科是被一锅端的，也不能所有人都辞职或是被解雇了，总有几个留下来的。如果留下来了，肯定就有调动说明。

她虽然不打算过问这件事，但打算把它弄清楚。没办法，知道了这么大的事情，没办法装不知道——也许是好奇心使然吧。蓝妮苦笑起来。公司的上层倾轧也许不关她的事情，但绝对关苏清远的事情。她更不该管他的事情，她心里非常清楚，但就是忍不住——要么先把事情查清楚，只在心里存着?

蓝妮很快就找到了当年企划科副科长的名字——王俊孙。他没有离开公司，只是被调走了，调去的地方那叫一个惨——杂务科。虽然也是当领导，但其实就是个管打扫卫生和分发办公用具的事务的头头儿，管的也只是一群临时工——和蓝妮这些有着五年合同的职工比起来，他们的合同可以说是非常非常短期，整个科里正式工就他一个人。蓝妮发现这一点后骇然失笑。说真的，这个公司可不是什么非常好的企业，更不是事业单位，她实在看不出王俊孙有什么理由留下来——既然可以作到科长，那他的能力一定是不弱的。

此处不留爷，自有留爷处，换个地方工作就是了，干吗要做这种杂乱的差事。因此更让人怀疑其中有猫腻。

蓝妮打算找王俊孙套一下话。在现实生活里当然不行，她打算依旧走自己熟悉的路——上网。据她所知，只要是能打字的中年人，生活不顺的时候比年轻人还愤世嫉俗，也更依赖网络。估计他天天都在网上聊天，控诉一切。所以她就假扮成和他身份差不多的人和他聊，一定可以套出当年的事情——中国的网民就有一个怪象，喜欢对素不相识的人说实话。于是她便找到了王俊孙在公司QQ群里的QQ——按照她的经验，这种个人工作Q和私人Q一定是分开的。而这两个QQ一定会有交集。于是她就找这类用户。不过，她暂时没有找出来。没办法，来工作了。

工作做完后，蓝妮精疲力竭，回到家后忽然想起了金玉辉，觉得自己也许应该关注一下她现在的情况，毕竟还有条老胖狼觊觎着她呢。虽然她觉得金玉辉应该是个很精明的女人，但还是有些不放心。她上了金玉辉的QQ空间，没发现什么异常。她呆呆地看着，一时无聊在网上搜起了金玉辉的名字——之前她在网上跟人矛盾严重的时候，经常搜自己的名字来确认自己有没有被人"人肉"。

结果，蓝妮还真搜出一条与金玉辉有关的微博。蓝妮一开始并不觉得这条微博中提到的金玉辉就是她认识的金玉辉，觉得顶多是重名的，她半开玩笑地点开那条微博，不想差点惊掉下巴——这不是那个老胖狼的微博么？那个博主的照片就是他，虽然经过了PS，但还是丑得紧……哎哟，他还实名，叫胡子强，微博上注明的是青年事业家——如果他真的还是青年，那长得实在是太着急了。

发现微博主是胡子强后蓝妮立即紧张了起来，仔细看那条微博的内容，她顿时张口结舌：老胖狼在微博里竟然称金玉辉是自己的相好——他在和一个粉丝聊天，说自己的相好金玉辉开了家公司，需要公关小姐，哪天介绍她去上班。他和这个粉丝你来我往，聊了很多条。他竟然对那粉丝说，金玉辉现在已经宛如他的俎上之肉，什么都依他，财产以后也全部给他。蓝妮看到之后咋舌不止：胡子强这是在吹嘘还是说真的？金玉辉会这么昏？

要是一般人，肯定不会在微博上轻易暴露相关人的姓名。但这位胡子强大概是年纪大了，对网络还是不够敏感，以为自己没什么人关注，说些什么无法无天的话也没人知道。殊不知还是可以被搜索引擎搜到的。

蓝妮呆呆地看着微博，心乱如麻。说真的。要是平时，她一定觉得这死胖子只是在吹嘘而已。但现在金玉辉是陷于关心则乱的心境，她反而觉得死胖子说的可能有几分真的。问金玉辉？不行。一来这不好问，二来她也怕惹上不必要的麻烦。那问这个死胖子？他又不会说实话……犹豫之中蓝妮还是注册了个新号，关注了胡子强的微博，还给他发了私信。说她看了他微博的内容，对他很“崇拜”。胡子强竟然立即就回话了。看她的性别写的是女性，立即找她要照片——好家伙，不放过一切机会在网上钓马子啊。

蓝妮没有办法，只好从网上找了一张靓女照，给胡子强发了过去。胡子强大感惊喜，不停地称赞蓝妮美貌，还约她见面。蓝妮吓了一跳，自然婉拒。胡子强非常失望，极力邀请。最后见蓝妮就是不答应，只有作罢，之后便不再理她。蓝妮苦笑着关上电脑，心想金玉辉这次真是招惹上了一个渣。

第二天上班时，蓝妮还忍不住不时地看看他的微博。咦？“七点钟金翠酒楼，乐啊乐”，这个微博很值得玩味啊——蓝妮如雷轰电掣般想到了之前他和那个粉丝的对话，心想该不是去约见粉丝意图潜规则了吧。想到这里蓝妮更觉得此人很恶心，但恶心归恶心，她还是想去看看。去看什么？说出来肯定会让人觉得蓝妮疯了——如果真是他和粉丝准备那啥，她就用手机偷拍几张照片，再连带胡子强的那条截图，找机会一起发给金玉辉。她胆子小，又没什么本事，拍什么深入的照片不可能。估计只能坐在邻座，找个东西遮掩后拍点他们暧昧的照片。金玉辉都这么大年纪了，一定很有阅历，相信她一看照片，就能知道这里面“有事儿”。如果胡子强和这个女人进包间吃饭，那就只有歇菜了。

微博上写着七点，那肯定是晚上七点。没人一大早就去酒楼。蓝妮算了一下路程，发现从这里去金翠酒楼还挺顺路，几站地铁就到了。对此蓝妮既高兴又不高兴——临阵脱逃的借口没有了。

下班后，蓝妮径直去了金翠酒楼。虽然确定胡子强应该不认识她，但为了安全起见，她还是摸了个黑框眼镜戴上。

金翠酒楼并不是什么高档的地方。因此蓝妮不用怕点菜不多而遭到责难。她一眼就看见胡子强坐在一个靠里的位置，一见她进来就两眼放光——蓝妮吓了一跳，但很快省悟，他只是简单地见到年轻女孩就兴奋而已，赶紧若无其事地找了个地方坐下了。

蓝妮坐在离胡子强不近但能监视他的位子上，焦急不安地等待那女孩出现。然而令她大为骇然的是，到时间后出现的竟然是苏清远。蓝妮吓了一大跳，一时间不知道发生了什么，赶紧用菜单遮住脸。然而苏清远看都没看她，只是径直走到胡子强的桌前，把他从桌前拖了起来，径直拖出了酒楼。

蓝妮赶紧跟出去看——一时情急竟然拿着酒楼的菜单往外冲，服务员把她拦了下来。这样一打岔，她冲出去的时候苏清远和胡子强不见了。她赶紧到处找，结果发现胡子强从街心公园里溜了出来，样子活像条夹尾巴狗。接着苏清远从里面出来了，脸上还残留着暴怒的痕迹。蓝妮现在明白了，偷偷骇笑不止。那个和胡子强聊天的女粉丝，大概是苏清远假扮的吧。他其实也在行动，刚才他肯定是把胡子强拖出去教训和震吓，叫他不要再和金玉辉有来往或是骚扰金玉辉。说真的，她还是第一次见到苏清远如此狂躁的样子，忍不住想多看他几眼，便跟在了他的后面。教训了胡子强后苏清远并没有显得轻松，似乎还很生气，在街上信步走动，一副不知道该往哪里去的样子。蓝妮猫一般地跟在苏清远后面，忽然脚跟一绊，发出了不小的声响。蓝妮暗叫不好，抬脚准备逃，却发现鞋跟根本拔不起……糟了，她的鞋跟卡在下水道的缺口里了！

蓝妮在这一瞬间急得满头都要着火，如果牙可以用，她甚至都打算用牙齿把鞋子拔出来。就在这时，苏清远回过头来了，看到蓝妮后顿时一脸的狐疑和恼怒，“你怎么在这里？”

蓝妮在这一瞬间简直想落荒而逃，鞋跟却依旧卡在下水道的缺口里无法动弹。蓝妮这下慌张窘迫到了极点，一时间哑口无言外加表情窘迫，只知道拼命拽鞋跟。苏清远铁青着脸盯着她，重重地叹了口气，过来帮蓝妮把鞋跟从下水道的缺口里拔了出来。

“真是的。”他咕哝道，“明明行动这么不利落，还要穿高跟鞋。你来这里干什么来了？”再问的时候语气已经比较柔和。

“这个嘛……”蓝妮苦笑——现在临时编谎言也来不及了，看来只有道出一半真相，“我……也知道你妈妈的事情……也比较关心……昨天我因为偶然，搜到了有关你妈妈的微博，看到他在微博里写的话……我怕他是个寡廉鲜耻的坏人，所以过来看看。”

苏清远从鼻子里哼了一声，“跟来看看后能怎样？拍照？给我妈发过去？”

“是……是啊。”蓝妮怯怯地说——她已经预感到苏清远对她的这种做法应该不会认同。

“哈！”苏清远果然大声冷笑，“你还想玩私人侦探这一手啊？你玩得了么？你这么傻，好人坏人都分不清，还想玩私人侦探这一手？另外我妈的事情和你有什么关系？你管什么闲事？”

蓝妮的面孔紫涨起来。苏清远深深地吸了一口气，摸了摸脑门，“对不起……我是因为心情不好，不是针对你……”

蓝妮抿了抿嘴，眼中溢出湿润的光。她知道他不仅仅是因为生气，恐怕还因为她之前不愿和他交往。

“好了，我不该对你发脾气，我赔个罪。”苏清远长吁了一口气，“临街有个冰激凌专卖店，我请你去吃冰激凌！”

蓝妮本来想婉拒，但知道他现在肯定是想找个人倾诉，如果拒绝他他肯定发飙，只好跟着他去了。苏清远选的冰激凌专卖店非常棒，可以做出各式各样的花式冰激凌，冰激凌球尤其好吃。然而蓝妮却不敢怎么吃。因为苏清远也没有吃，只顾在那里倾诉烦恼。

“你说……这是怎么回事！我真不明白……我爸爸死得早，你知道嘛，死得非常早，如果她要想另找个伴侣，那个时候就该找了吧……可是她一直都没有找……我很钦佩她，非常非常钦佩她。可是她现在是怎么回事？都六十了啊，干吗在这个时候找呢？”

“也许她以前没找伴侣，是顾及你的感受……或者怕你受到虐待……其实一直想有个伴的。”作为女人，也因为对金玉辉感到亏心，蓝妮觉得自己有必要为金玉辉说话。不过她清楚自己嘴里的这个“伴儿”，指的是她扮演的“邱冰”。

苏清远呆了呆，“好吧……我知道她为我付出了很多……我感谢她，也体谅她……但是，你要找，也要找个像样的吧？那个胡子强，长得猪头猪脑，人品很差，也没有什么像样的生意，她干吗要找他啊？即使是单着，也不该找他，对不对？”

“这个……”蓝妮在心里偷偷苦笑，“我觉得……也许伯母是跟他做生意？或是有什么其他事情拜托他？”话一出口蓝妮就后悔了——自己这不等于间接地泄露真相了么？但话已经说出口了，又不能吃回去。仔细想想这样也好，可以试探出苏清远到底知道些什么。

“做生意，得了吧！就那种货色能有什么生意。”苏清远叉了一个冰激凌球塞进嘴里，像是要降降火，“而且听我家保姆说，她和他联系的频率可高了……这可一点都不像是在做生意……而且历来都是别人求我妈，很少见到我妈求人。而且就他那水准，我妈会求他办事？搞笑吧……最可气的是，我问我妈这件事，我妈就是不说，还说有些事情不需要我管……真是可恶！”说着便把叉子往桌子上重重一摔。

他弄出的声音不大，但把蓝妮震得不再敢说话。

苏清远抹额头捏指节，做出种种愤恨之状后，忽然沉静了下来，声音也变得低沉起来，“其实……我这么生气，不仅仅是因为我妈找了个孬货……其实，我仔细想想，就算我妈找了个事业有成的老型男，我恐怕也会无法接受……当然了，男孩子都无法接受后爹，这是男孩子的通病，但是我不仅仅是如此……其实，我知道我妈很辛苦，我一直很心痛，也很不安……我一直在努力，希望能成为她的依靠……我觉得我现在已经初步可以了……可是我妈，依然把我当成小孩子，而且是只会做没有用的事情的小孩子……什么都不告诉我！她不承认我的能力，否定了我所有的努力，我被伤害了！”

这句话真正地触动了蓝妮，蓝妮这才真正理会到他的苦恼，感到心里酸酸的。说真的，她现在才是真正的哭笑不得。因为这一切的始作俑者其实是她。现在却被受害者信任，扮演倾听者的角色，真是有点匪夷所思。

“这个……也许伯母并不是像你想的那样。伯母……其实对你很是倚重……”蓝妮的心情忽然变得古怪起来，因为她想起的是金玉辉“劝她和苏清远分手”时的话。“她在我面前，对你是非常称赞的……”

“对我非常称赞？什么时候？”苏清远眼睛一亮，“她几乎从来没有在我面前称赞过我。”

“这个嘛……”蓝妮感到心里说不出是什么滋味，“也没有明着说，但是我感到她对你是非常赞赏的……她说你各方面都非常优秀，准备叫你以后接手她的企业。说我……没资格和你谈恋爱。”最后一句在这时候说很不合适，但是她这句话如鲠在喉，不得不吐。

苏清远顿时又惊诧又尴尬，嗫嚅了半晌后才说：“那……你不愿意跟我交往，是因为我妈的关系么？”

“不是。”蓝妮慌张和窘迫起来，脸也开始发烧，“是因为我们自己的问题……绝对不是因为她的问题。”

苏清远审视着她，嘴角慢慢地紧绷，然后又松弛下来。他已经得到了自己的答案。

“快吃冰激凌吧。”苏清远叹了一口气，“我们的冰激凌都快化了……不好意思，向你倒了这么多精神垃圾……我只是不知道……该对其他什么人说。”说着，几口把冰激凌胡乱塞进了肚子里。蓝妮也赶紧大口往嘴里塞。

“吃慢一点，别刺激到胃。”苏清远柔声说，看着她的目光也挺温柔。

蓝妮的脸又开始发烫，心里隐隐有种糟糕的预感：自己难道又惹上麻烦了？苏清远大概认定了是因为金玉辉她才不愿意和他交往吧。她必须跟他说清楚……可是怎么说得出口啊？

不过接下来的事情似乎证明她只是自作多情。苏清远并没有来找她麻烦，也没有刻意接近她。也许他还在忙于“母亲的感情问题”。蓝妮对此松了口气，但也有些失望，心里颇有些乱，加上繁重的工作，她几乎感觉要混不下去了。还好李罡经常通过 QQ 给她发一些有趣的东西，好玩的视频啦，好笑的段子啦，让她的情绪得到了调剂。她很是感激他，再看他的时候，感觉他的形象竟隐隐开始闪光——真奇怪，这感觉就像……之前她从来没有仔细看过他一样。

第九章　坦白从宽还是隐瞒到底？

中午的时候，蓝妮感觉有人跟在她的后面，一回头，顿时笑了。是李罡。

“你跟着我干什么？想打劫啊？”蓝妮坏笑着问李罡。在别人面前，她可不敢轻易说笑，但在李罡面前她却是灵巧机变，想说就说，想笑就笑。大概是因为知道李罡更宅，她对他有心理优势——其实有时候所谓能力的限制，只是一念之间的问题。

“不是……”李罡脸红了，“我是想问你准备去哪里吃饭……在那个街角里开了一家小店，卖的盖饭很好吃，想问你要不要去尝尝。”

“好吃嘛，可以考虑，但是便宜么？”蓝妮坏笑着眨眨眼睛。

李罡怔了怔，不好意思地笑笑，“我可以请你啊。”

“不用。”蓝妮一扬眉毛，笑得更坏，“吃人家的嘴短，拿人家的手短，这个我可是知道的。”

李罡笑得颇有些窘迫。蓝妮知道他的心态，继续逗的话，他会感到很慌乱，便不再乱开玩笑。李罡选的店的确不错。老板把肉酱、肉末和蔬菜放在一起炒，然后浇到饭上。材质成本低廉但是非常美味。蓝妮吃得津津有味，忽然发觉李罡从吃饭开始就没有说过一句话——她还以为他喊她来吃饭，吃的时候一定会高谈阔论呢，不由得又笑了，“你这习惯很好啊。”

“啊？”李罡一怔，一时间一头雾水。

“吃饭不言啊。顶好顶好的习惯。”蓝妮也知道李罡其实是和她一样的人，但就是忍不住想逗他。

"啊……这个。"李罡的脸又红了，"其实我是在找话题。"

"不找话题也没事啊，安安静静吃饭也挺好的。"不知为什么，蓝妮感到自己刚才是要惹麻烦的节奏，赶紧改变口风。

"哦。"李罡憨憨地一笑，却就此打开了话匣子，"其实……这阵子我是在争取独立……我现在还和我爸妈住在一起……"

"没什么啊。"蓝妮毫不在意地吃了一勺满含汤汁的盖饭。她自己还不知道要和爸妈一起住到哪年哪月呢。

蓝妮的反应让李罡稍稍放心。他又是憨憨地一笑，"可是这对男孩子来说总不太好……我已经快三十岁了，该独立了。"

"那就搬出来住啊。"

"就是在争取搬出来住啊。"李罡笑得十分羞惭，"但是我爸妈就是不放……尤其是我妈，还把我当成小孩子，我正在试着跟他们说道理。"

"不用跟他们说道理。"要是一般人，肯定说要跟上一辈好好沟通，获得完全的同意后再往外搬。而同样拥有专制且又永远视子女为幼童的父母的蓝妮，却知道怎样才真正有效，"他们不会认同你有独立思维的，跟你讲道理也是像以前哄小孩一样，把你说服了事。照我说，你就径直出去找房子，准备行李，找好了后跟他们说一声就行了。他们见你真正决定了，也就无法再说什么了。"

李罡听得两眼闪闪发亮，但也有些犹疑，"这样……有效么？"

"当然有效。"蓝妮坏坏一笑，"你毕竟已经长成了大男人了，他们总不会再像你小时候那样，把你锁在家里，或是把你拖倒在地打屁股吧。"

李罡被她说得很不好意思，摸着头笑了，但还是有些犹疑，"那……他们要是生气怎么办？"

"那是没办法的事情。"蓝妮嘴一撇，"这样才能让他们意识到孩子大了，有自己的主见了。否则他们恐怕永远无法改变。"说到这儿，她忽然听到有个声音在心里骂她：你说得好漂亮啊，你自己怎么不实践啊？

蓝妮对此只有偷偷苦笑，在心里对那个声音说：我这不是还没准备好呢么！

听了蓝妮的话后李罡踌躇满志，开始一边吃饭一边谋划。蓝妮也不再说话，专心吃饭。下午回到办公室的时候，她看到苏清远还是一副心事重重的样子。她颇有股冲动想跟他搭话，但最后忍住了。

然后一连几天都波澜不惊。这天蓝妮回到家，听妈妈说了个新闻：斜对面街上的二楼202终于租出去了。一听这话蓝妮就骇然失笑。为什么，因为那里是个凶宅。据说两年前这里有个女人吊死在屋子里，事情还闹得挺大，之后就没人敢住。房东把房租一降再降，依然租不出去，蓝妮以为这房子永远都租不出去，没想到还是有倒霉鬼来捡漏子。

想到这里蓝妮不禁很想看看这个倒霉鬼长什么样，便借着买零食的机会去看，没想到刚走到楼下就碰到了李罡。她乍一下不知所以然，稍微一想顿时哭笑不得：原来租了这个凶宅的倒霉鬼是李罡啊。

李罡见到她后脸微微一红，“真巧啊……我正要跟你说呢。我成功地从家里搬出来了。你说得很对。”

蓝妮只是讪笑着。她该不该把凶宅的事情告诉李罡啊？他可是“历尽千辛万苦、下了很大的决心”才搬出来，而且现在本市房子还紧张……她要是把这事告诉李罡，不又把他推回去了么？

见她笑容怪异，李罡也感到尴尬起来，讪笑着解释自己为什么会搬到这里来，“我到网上看房子……结果看到这里有间房子又大又好，还很便宜，就订下来了……还在你家旁边，你说巧不巧？”

蓝妮的内心却仍在为是否透漏凶宅信息而挣扎。她最终还是决定不透漏了：鬼神之说最不可信了，这房子已经被粉刷过好几遍了，也空了这么久，恐怕连死人的微粒都不存在了。做了决定后，她根本不记得李罡跟她说了什么，只是微笑着点点头。

李罡更开心了，笑得像朵向日葵，“你有空么？到我家去坐坐？顺便帮我看看我的房间布局怎么样。”

“啊，不好意思，我还有事。”蓝妮虽然不信鬼神，但还是怕去死过人的地方，“回聊啊。”说着赶紧溜走。李罡迷惑地看着她的背影，然后深深地叹了口气。

蓝妮有些担心下次见面的时候李罡还会邀请她去他家，却没有再在非工作时间遇到他。没办法，宅人就是这样的生物，就是不善于在现实社会里活动，即便是近水楼台也不能先得月。然而两天之后，蓝妮正在家中上网，忽然听到手机响了。呦，是李罡打来的。蓝妮有些犹豫，但还是接通了电话。里面竟然传来了李罡嘶哑的呼救声，“快来救我……”

“欸？”蓝妮本来还昏昏欲睡，一听这话顿时睡意全无，“你怎么了？”

“我……在春霖街北面的那个马路……快来……我快挺不住了……”

春霖街最近在搞施工，今天据说有工人晚上来这里浇柏油修复路面，等到明天早上就干了。蓝妮急匆匆地跑到马路上，发觉那里静悄悄的根本没有一个人，不由得又诧异又慌张，又有些生气。想打手机问李罡，却发现自己手机忘了带。

“蓝妮……是你么？”李罡的声音忽然响起。蓝妮吓了一跳，赶紧朝四面看看，却依旧没看到人，顿时汗毛直竖。

“我在……你看到那个‘禁止通行’的牌子了么？”在浇柏油的地方的四面都会放着这样的标志。

蓝妮赶紧往那边看，结果看到一个禁止通行的牌子被撞歪了，走过去一看，顿时下巴差点飞出去：李罡竟然像个大壁虎一样趴在柏油上！

“你怎么了？”蓝妮骇然失笑。

“我被粘到这里了……”李罡一副哭腔，想必脸上也是一副倒霉相。“我今天跟同学聚会，一起去喝酒，结果被这帮兔崽子灌醉了……我支撑着回来，觉得我自己到家了，还似乎看到了床，就趴下来了……结果后来感到冷得难忍，一整眼发现我趴在了柏油路上了……柏油已经干了，我就被粘住了……”

“啊……这个……”蓝妮想笑又不敢笑，同时也感到十分为难，“那怎么办？我把你拽起来？”

“啊，不，不行！”李罡一叠声地叫起来，“我试过了……痛得要命……我的脸还好，只是我的头发和衣服被粘得牢……你弄个剪刀，把我的头发剪掉，衣服剪开，估计就行了……快一点……要是有人来看到就惨了……”

“哎呀天哪……”蓝妮又好气又好笑，“你应该在电话里说清楚啊！我什么都没来及带……你至少该预先告诉我要带剪刀……”

“我哪来得及说啊……我还没说完你就慌得把电话挂了！”

蓝妮没有办法，只有以百米冲刺的速度冲回家拿剪刀，又以百米冲刺的速度跑过去——一路上她颇为担心李罡已经被人发现逮着了——他干的这蠢事，已经足以刊上晚间新闻了。如果上了新闻，他就算不身败名裂，以后也得低头走路了。还好现在天晚人稀，还没人发现李罡。

她赶紧蹲在李罡的身边开始剪。

“哎哟，你小心点，别剪到我的脸！”李罡赶紧提醒她。

“好，好，好，”蓝妮更加小心地剪，却忍不住数落起他来，“真是的……怎么喝成这样啊？看你的样子还真看不出……竟然是个酒鬼啊！”

‘我根本不是酒鬼！”李罡大声抗辩，“我平时几乎不喝酒……

一看你就没阅历，那种天天喝酒的人才不容易喝醉呢！一喝就醉就是因为平时不喝酒……”

“好了好了，别乱说话……再乱说话就剪到你嘴唇了！”

蓝妮好不容易才把李罡的头发和衣服全部剪开，把他从地上拽了起来——他的皮肤也粘到了柏油，这一拽把他拽得哎哟直叫。李罡虽然酒已经差不多醒了，但是身体还是无力，蓝妮只好把他扶回他家——她现在也顾不得那是不是凶宅了。

回到家一开灯，蓝妮又是想笑又不敢笑。李罡的头发已经七零八落，脸上也红红的一大片，活像被烫了。

“明天……你咋办？”蓝妮咧着嘴问他。

李罡拿过镜子照了照，呆了几秒钟后才恨恨地说：“只有早上去理个发……脸上这块，只有说被烫了……就说热水器失灵了。”

“哦，好……”蓝妮赶紧去给他倒杯热水——她也不会照顾人，只知道李罡在冷风中这么久，一定需要点热水。

这一下还真做对了。李罡喝着热水，慢慢地冷静了下来。偷眼看了看蓝妮，讪讪地说：“不好意思……大半夜的还把你叫出来……对不起，我不能向我家里人求救，这样他们就无论如何都要把我弄回家住……我也不能报警，事情闹大了结果也是一样的……只有向你求助……不好意思……真的不好意思……”

“没事。”蓝妮苦笑。他的心情她倒也能理解。

“不过说实话，真的很丢人，对吧？”李罡悻悻地说，一副想钻地洞都不知道该往哪里钻的样子。“绝对像个超级笨的大笨蛋……我一直都是个笨蛋……”

蓝妮对此哑然失笑。她想安慰他，但是李罡之前做的事的确是超级大笨蛋的水准，如果她要是说他不笨，显然当面撒谎，反而不好。于是她便想从笨人也很好的角度安慰他，却忽然被触动了心弦，低低而又痴痴地说：“其实，笨也没有什么不好的。笨的人坦诚，善良，直率，很好相处。不像有些人，聪明是聪明了，却那么不可捉摸，不可信任……”

李罡听得眼睛渐渐发亮，又羞又喜地问蓝妮：“那你觉得我是那种笨人么？”

“是的。”蓝妮低低地说，忽然感到自己该离开了，“你好好休息，我先回去了。”

“哦，好的。”李罡微笑着目送她离去，目光既有些痴，也有些火热。在他看来，是蓝妮感到了什么，格外尴尬，才不能在这里待了。

蓝妮一边想着自己说的那些话，一边走到家门口，忽然看到老妈横眉立目地站在门口——这是可以理解的，她刚才来回奔跑进出了几趟，老妈肯定有感觉。蓝妮为免麻烦，立即把所有的事情和盘托出，老妈听得哈哈大笑，立即把这件事告诉坐在客厅里面的爸爸——原来爸爸只是佯装冷静，其实关心着呢。然后妈妈对蓝妮说：“我早就说小孩子不能一个人出去住吧？”竟是借此教育起蓝妮了。蓝妮听得张口结舌：这也可以啊？

第二天蓝妮上班的时候，苏清远依旧是心事重重，还有些深不可测的味道，让人觉得他身周弥漫着氤氲的雾气，或者是和人都隔着一片毛玻璃。蓝妮从远处看着他，想着自己说的那些话，便有些失神。忽然听到电话响了，她顺手就接。

“你干的事情我都知道了！”里面竟然是金玉辉的吼声，“你真有胆子啊，竟然敢干这种事！赶快给我下来！到街心公园里来见我！’说完金玉辉就把电话挂上了。

蓝妮听到第一句话头皮就麻了，听到最后一句的时候更是三魂六魄只剩下了一魂一魄。此时，她恨不得钻到地缝儿里——就算地上没有缝儿，她也想在地上敲个缝儿钻进去。但是事到临头，也只能去面对。也许她还有万分之一的可能，在苏清远知道真相之前和金玉辉达成和解，把灾难降到最低——这等同于痴人说梦，但是她觉得自己必须去试。

蓝妮脑中一片空白，一路哆嗦地去了街心公园，果然看到金玉辉一脸铁青地站在那里。蓝妮不由自主地抱着臂膀。按理说，她现在应该解释和道歉，或者干脆直接道歉，却不知为何，她什么都说不出来。金玉辉见到她后眼放异光，嘴唇一动，说出来的话让蓝妮差点直接遁地，“怎么是你？我喊的是苏清远啊。”呃？在这一瞬间，蓝妮简直有全身都被冻住的感觉，她的大脑却也因此急速运转，她猛然想明白了：金玉辉其实是打电话找苏清远的。苏清远办公室的号码和他们大办公室的号码只差一个号，金玉辉一时激动打错了。而她又是做贼心虚，听到咆哮后认定金玉辉是来找她算账的——其实就算是电话打到大办公室来，大办公室里那么多人呢，也未必是找她的。

想明白这件事后蓝妮哭笑不得，走也不是，留也不是。而金玉辉对她忽然横插一杠子也感到哭笑不得，拿出手机检查，发现确实是自己打错了，便挥挥手叫蓝妮走，声音竟然有些虚弱和萧索——她的怒气本来鼓得很足，现在被蓝妮一掺和，竟泄了不少。

按理说蓝妮应该趁这个机会赶紧溜走，但看到金玉辉拿出手机后，她忽然有了一种冲动，冲口就说：“你要找苏清远……是因为他干预了您谈恋爱的事情么？”话刚出口的时候连她自己都觉得骇然，但心灵深处却有个声音告诉她，她应该这样做——她必须尝试以“蓝妮”的身份进入她的心田。这样一来，即使她的身份被发现了，也易于处理，而且说不定她还能以“蓝妮”的身份解决问题。

“你说什么？你怎么知道的？”察觉隐私被人发现，金玉辉简直有种高楼失足的感觉。蓝妮咬了咬牙，在心里叮嘱自己别慌，然后看向金玉辉的眼睛，“其实，苏清远对这件事很烦恼，跟我商量过。”

“什么？”金玉辉呆住了，接着怒极反笑，“好啊……这兔崽子还真行啊……”接着笑容转为冷笑，鄙夷地问蓝妮，“那你听说我这么一个老太婆谈网恋，一定觉得很可笑吧？”

在这一瞬间，蓝妮心里转过了无数个念头。苏清远可是只知道胡子强的部分啊。她该不该只就这个发表意见呢？可是光根据这个，可是一点说头都没有啊。

然而事情的发展却出乎她的意料，金玉辉恨恨地继续说：“你也一定以为，一个老太婆找不到自己网恋的对象，还被一个无赖商人耍着玩，简直可笑到极点了，对不对？”

蓝妮一惊，一时间心里乱成一团：原来苏清远已经知道邱冰的部分了……只差一点就可以抓到她的尾巴了……不过，她也可以就邱冰的事情发表意见了。

“不，我不觉得你可笑。”蓝妮在心里咬了咬牙，尽量显得镇定，“我觉得您很伟大……都六十岁了，还能如此纯真地追求爱情……好多人过了三十岁就已经变得无法再爱了。您很了不起，真的。”她一开始以为这是自己在用策略，说到最后却发现自己说的是真心话。

金玉辉一怔，原本那愤恨和酷傲的表情全部垮塌，呆了半晌后才对蓝妮说：“你……坐下吧。”说着指了指街心公园的椅子。

蓝妮坐下了。金玉辉则坐到了蓝妮的身边。也许是太需要对人倾诉，面对蓝妮，金玉辉的心里话决堤而出，几乎把自己的网恋经历一字不漏地告诉给蓝妮。蓝妮一边听一边点头，一边感到心虚一边感到罪孽深重。

“你说……他为什么迟迟不见我呢？是因为讨厌我么？”金玉辉凄然地问蓝妮。

“不是。”蓝妮语速缓慢，但是非常坚定地说，“他应该是有不能见您的原因。”

“哈。”金玉辉凄然一笑，“这不一样么？”

“不一样。”蓝妮咬了咬牙。她现在心乱如麻。她该大说邱冰的坏话么？未必，看金玉辉的样子，不亲眼看到邱冰的不是，她是不会信的。看来她就只有反过来说了，希望能奏效。“其实……他不见您，未必是因为不喜欢你。我不知道您有没有看过此类的故事。一个男人，他喜欢一个女人，却知道自己要和她在一起，会给她带来不幸。所以他就极大地克制自己，不去接触那个女人……”

“什么？”金玉辉的身体颤抖起来，“他会给我带来什么不幸？他有家室么？”

“应该不是。”蓝妮暗暗提醒自己要稳住，“我只是打比方……我只是觉得，他不见您，应该是觉得这样更好。”

“可是我觉得和他见面更好。”金玉辉凄然说，声音都嘶哑了。

“不……”蓝妮咬了咬嘴唇，“您一定听过这两句诗，‘两情若是久长时，又岂在朝朝暮暮’……就是说如果真是大爱，不见面也没有关系……我相信您对他的，也是大爱。”

金玉辉听怔了，半晌后才说：“难道说我就要下半辈子一直只想着他……这样好寂寞啊……”

“是啊，是很寂寞。”蓝妮偷看着她，心情十分微妙，“但是，其实您也可以换个思路。你们这样只在网络上交朋友，发乎情，止乎礼，也许就是正确的方式。不能做那种朝夕相伴的爱人，但是也可以做蓝颜知己和心理伴侣啊。心灵伴侣和现实中的伴侣其实不冲突。您要是觉得真的很寂寞，可以在现实生活中留心，找一个看得见、摸得着的爱人。”

金玉辉不由自主地听着，踌躇地说道：“可是……这样好么？算不算不忠实？”

“不会啊。”蓝妮端详着她，小心翼翼地下了猛料，“再说，他身边有没有人，您也不知道不是么？”

金玉辉脸色一变，抿紧嘴巴沉默不语。蓝妮觉得她已经被自己说动了，正打算继续下药。忽然听到自己的手机响了。一看，是苏清远的电话，赶紧接起来。

“喂，我说你……”苏清远的语气严厉中带有嗔怪，“你到哪里去了？怎么一个招呼不打就跑了啊？你不知道你自己现在人际关系很差吗，你想给自己惹麻烦么？”

蓝妮准备解释，却听到苏清远的声音似乎就在左近，赶紧循声望去。呵，原来苏清远已经找到了街心公园外面。“我在这里。”蓝妮赶紧招呼苏清远，一脸尴尬。

“哎哟，我说你……”苏清远急急地走进街心公园来，一看金玉辉也在这里，顿时怔住了。

“这个啊……”蓝妮犹豫了一下，觉得还是应该实话实说，便苦笑着说，“伯母本来想打电话找你的，但是不小心按错了一个号码，打到我们办公室来了……”

苏清远立即猜到了金玉辉会对蓝妮说什么，也露出了遁地无门的神情。金玉辉也感到挺尴尬。蓝妮便讪笑着从他们之间溜走。可回到办公室后，她却依然无法把心放回到工作上。金玉辉看来有点被她说动了欤。她得趁热打铁……可是怎么趁热打铁呢？她又不认识帅老头。难道她要去老年交友中心吗？那估计只能引来居心不良的怪老头，而且那些怪老头盯住的肯定是她。那怎么办？上网上的老年交友中心？靠谱么？

因为满脑子都是这种问题。蓝妮的工作出了差错，被楚裳毫不留情地训了一顿。作为一个一直不怎么出挑的人，蓝妮经常遇到这种情况，只能老起脸皮承受了。而楚裳光训人就算了，训完之后还莞尔一笑，“我这是例行职责，也是为了帮助你完成工作哈。希望你不要介意。”

对此蓝妮只有点头微笑，同时在心里不满地大叫，“对，你都是对的……"

今天可以说是折腾了个七荤八素，蓝妮下班的时候十分疲惫。而就在这时，蓝妮发现苏清远又不声不响地跟来了。不用想就知道他是要找她商议金玉辉的事情，她恨不得立即溜走。但是想到这件事必须处理妥帖，她只有强装笑脸朝苏清远走去。

"有时间么？"苏清远问她，忽然恨恨地一笑，"好吧，不客套了，你马上跟我走……"

对此蓝妮也只有苦笑。然而就在这时，楚裳出现了，佯装惊讶地说："哎哟，你们有事啊？"

"是啊，有事。"苏清远不由自主地拉下了脸，"你有什么事么？"

蓝妮却知道无论何时在楚裳面前都不可掉以轻心，他态度这么生硬恐怕会有麻烦，赶紧对着苏清远使眼色，苏清远却根本没看见。

"哦，什么事……"楚裳意味深长地看了蓝妮一眼，狡黠地眨眨眼，"不过也没什么事。只是想找苏科长随便聊聊这公司里的事，既然你们有事，就下次再聊吧。"

"那好，下次再聊。"苏清远抓着蓝妮的手就走。

"哎……"蓝妮觉得在公司里手拉手可能有点不大合适，"我们还是……"

"干吗啊？"苏清远粗暴地打断她，"拉你的手又不是非礼你！快走快走！"

蓝妮知道一定是拉她去谈金玉辉的事情，又见他一副狂躁无比的样子，便没有再多说什么。然而苏清远竟然开车把她载到了宏宇大酒店。蓝妮吓了一跳，"这是干什么？"

"能干什么？当然是找个能清静谈话的地方。"苏清远径直把蓝妮拉进了酒店大堂。站台的服务生似乎认识苏清远，向他打招呼，苏清远却挥了挥手，然后把蓝妮拉到大堂一角的一排椅子上坐着。

这排椅子的位置十分隐秘，前面又有一排酒店装饰用的摆设。而他们正好坐在摆设后面。

“这里是清静谈话的地方？”蓝妮骇然失笑。苏清远却挥挥手叫她别说话。蓝妮一怔，接着便看到楚裳急急地进来了——他们可以通过镂空的装饰物的摆设看外面，从外面却基本看不见他们。

楚裳走到站台前，低声和服务生说些什么。服务生露出了不愿的神情，楚裳便拿出了几百块钱。就在这个时候，苏清远拉着蓝妮从摆设后面转出来了，黑着脸朝楚裳一瞪，楚裳立即呆住了。而那服务生则立即向苏清远报告，“远哥，她向我们打听你们的事情呢。问你们是不是开房了，还准备收买我，叫我把房间号告诉她呢。”

苏清远朝服务生点了点头，然后冷笑着看向楚裳。楚裳脸色发白——她现在很想狡辩，但是已经无可狡辩，只能呆呆地站着。

“楚副科长。”苏清远的语气并不严厉，但听起来十分刺耳。“您从我们刚出公司就跟过来了吧。怎么，一男一女就不可以正经谈事情了么？您怎么就认定我们是出来开房的呢？您跟过来，是想给我们普及传统道德啊，还是准备给我们上思想教育课啊。”

楚裳的脸立即紫涨起来，讪讪而又自嘲地笑了笑，“对不起……苏科长，我太愚钝了……一切都在您的掌握之中，我还能说什么呢？希望苏科长看在同事的份上，放我一马，我一定知错就改。”

苏清远从鼻子里哼了一声，头扭到一边，不再看楚裳。楚裳知道这是批准她滚蛋的信号，赶紧溜走了。

蓝妮看着楚裳狼狈逃窜，感到又解恨又好笑，转头对苏清远说：“真没想到……你拉我出来竟然是特意给她设圈套的……”

“我拉你出来就是谈事情的。”苏清远一撇嘴。

“欸？”

“你‘欸’什么‘欸’啊。我是看到你的眼色才想起来的……我一看到你的眼色，就想起来楚裳这阵子一直在搞小动作，见我们出来肯定要跟踪，所以才故意耍她一下，给她个教训，让她以后再也不敢轻易跟踪我们。”

“哦……哦！”蓝妮没想到苏清远看似无知无觉，其实已经把一切都规划好了，她感到很是惊叹和佩服，却也由此更加觉得他深不可测。

“好了，我们去谈事情。”苏清远又拉了她的手要走。

“这个……到房间里谈么？”蓝妮以为他要到酒店房间去谈话——他不是要找个清净地方谈话么——自然而然有些退缩。

“什么啊？”苏清远白了她一眼，“我是要带你去酒店茶餐厅！我干吗要带你开房啊？我还怕你非礼我呢！更怕说不清楚！”

他这话说得挺冲。蓝妮不敢回嘴，只是苦笑了一下。最近他经常在类似的情况下显露情绪。

苏清远给蓝妮点了一杯热饮，自己却点了一杯加了不少冰的可乐。其实现在气温降低，不适合喝这么冷的东西。苏清远恐怕是现在心里火气冲天，需要降火。他一口气灌完了一杯可乐，然后气喘吁吁地问蓝妮：“我妈到底对你说了哪些啊？”

“只要是你知道的……大概都跟我说了。”蓝妮可小心着呢，一不小心说多了就麻烦了。

“啊？”苏清远狐疑地看着她，“她跟你说……她不是在和胡子强网恋，而是希望胡子强能够帮他找人？胡子强之前和一个退休的警察有来往，这个警察现在在作私人侦探……但是即便如此，还是没找到……这些都跟你说了么？”

“算是吧……”

“太可恶了！”苏清远把杯子往桌子上重重一顿，“这些都是我自己找人查出来的啊……我一个字都没从她嘴里挖出来……她竟然这么轻易地，一个字不漏地都跟你说了……她怎么能这样对我？还把我当儿子么？！”

“其实她是以为你都跟我说了，所以索性都说了……”蓝妮苦笑——看来她真是要十万分的小心。

“可是这也不对啊……”苏清远用力地捏着杯子，指节都有些发白，“她已经知道我查到了一切，在我问她的时候，却依然一个字都不说……对那个男人的信息瞒得结结实实……问急了就说我不该管……我怎么不该管啊？”

“也许你是不该管。”蓝妮心里开始打鼓，却强装镇静，“现在不是……连女儿大了，作父母的都不该管她恋爱的事情么……何况她还是你妈……”

“得了吧。”苏清远一撇嘴，“那只是说说。没有父母不管女儿的恋爱的。是，我是小辈，可是长辈出了问题，小辈也有义务和权力过问吧？”

“也许她是觉得自己可以搞定，不需要你插手呢？”说着说着，蓝妮忽然不慌张了。说来奇怪，她竟然已经从自己的角度跳出来了，纯以一个旁观者的角度开导苏清远和帮金玉辉解释。

“怎么没出问题啊？”苏清远不屑地打断她，“她都跟胡子强那种骗子流氓混在一起了，这还叫没出问题？”

“可是她不也没被胡子强骗走什么吗？胡子强只是背地里胡扯的时候说她是‘相好的’，恐怕当面也不敢这样喊她的。”这些信息纯属蓝妮的推测，也没有什么确实的凭据。但想到金玉辉依然痴情的样子，蓝妮觉得应该就是这样。

“这倒也是。”苏清远呆了呆，然后平静了不少，抿了抿嘴之后说，“不过……既然什么事都没出，跟我说说也是可以的吧？就算不把我当儿子，当朋友也是可以的吧？”

“也许……就因为是亲人，有的时候才无法畅所欲言吧。越是对着亲人，有些话越是说不出口。”蓝妮对此深有体会。她和她父母之间就是这样的。

苏清远被说动了，皱眉想了一会儿，苦笑着说：“这说得倒也对……我也有很多话不能对我妈说……你说我该怎么办？”

蓝妮苦笑着摇了摇头。她现在又回到自己的角色中，当然不能给苏清远出任何主意。

还好苏清远没有在意，“哈哈，我不该这样问的……想必你也不会知道。你又没遇过这样的事儿。我送你回家吧？”

苏清远开车把蓝妮送回了家。蓝妮本来心里已经够沉重了，没想到走到家门口的时候，却听到里面闹得一团乱。她非常生气和心烦，进门就大声问爸爸和妈妈吵什么，听到答案后却再也无法作声。原来今天下午妈妈闷得慌，就看了看她的电脑。因为她不会打字，就从蓝妮的收藏夹里找有趣的网址，结果看到了蓝妮收藏的老年交友中心的网址。一时好奇就看了起来。而爸爸碰巧看到了，立即误会妈妈是要另找男人，质问的口气严厉了些。妈妈是个粗豪的女汉子，自然反唇相讥，两人立即吵了起来。

见蓝妮回来，两人都问蓝妮为什么要收藏老年交友中心这种网址。蓝妮吓得骨头都发毛，只能扯谎说是自己公司要推出一个针对老年人的营销计划，她收藏这个网是为了了解老年人的心理状态。两人对此并没有在意，紧接着又自顾自大吵起来。

蓝妮本来还讶异，就这点儿小事情两人怎么吵得起来，仔细听却发现，这件小事儿只是压死骆驼的最后一根稻草：爸爸一直是个沉默的木讷人，生活上没什么情趣，在事业上也不出色，妈妈不免有些不满。妈妈是个心直口快的人，言语之中自然有些抱怨。爸爸都是默不作声地受了，蓝妮和妈妈一直以为爸爸不在意。殊不知爸爸其实很在意，而且都在心里存着呢，并因此怀疑妈妈是不是一直有抛弃他的打算。长久的隐怨导致深重的误会。在这种情况下，不管对方说什么，恐怕都会望文生义，更何况妈妈还是个缺乏语言艺术的人，一急起来就口不择言、辞不达意，两人很快就吵得宛如一团乱麻。妈妈是不是要找男人的问题倒是澄清了，但是因为积怨深重，他们简直吵得声嘶力竭。

“我的天哪……”妈妈吼道，“别看你天天闷死不吭的，肚子里乱七八糟的东西还真多……对，就是因为天天闷着，才天天闭门造车胡乱编，我能有什么外心啊？大半辈子都耗到你家了，我还能有什么外心啊？”

“你什么意思？你是说青春耗完了才没有想头了？！跟我在一起是‘耗’啊？！你的意思是，你要是还有青春，肯定还会另想主意的，对吧？！”爸爸也跟她对着吼。

“什么呀？！哎呀妈呀，气死我了……”妈妈的脸气得紫涨，双手也在不停地发抖，“我在你家辛苦操劳了一辈子，最后竟然落了这么个下场，早知道就另做打算了……”

“是啊，所以你现在想另找一个，对吧？”爸爸脸也气紫了。

蓝妮呆呆看着他们，哭笑不得：这简直是鸡同鸭讲啊。她想要解劝，但想到隔膜已经形成了，又是他们两人之间的事情，她去劝也一定只能越闹越乱。听他们吵闹又觉得刺耳刺心，只好出来散步。她在外面足足散了有一小时步，回来后发现爸爸妈妈吵是不吵了，但是开始冷战了。蓝妮哭笑不得：这还值得冷战啊？索性回自己房间蒙头睡下，心想第二天就会好了。没想到第二天爸爸妈妈还是那样子。蓝妮更加郁闷，上班时都是无精打采。到快下班时，她觉得必须找个人商量——感觉爸爸妈妈这次吵得非同小可，这样下去可不行，她必须想办法调和，但又根本没招——她之前没遇过这样的事，再说谁能知道他们老夫老妻间埋藏了这么多矛盾啊？但是想来想去，似乎也只能找苏清远商量——就他靠点谱。就算他不能提出解决的办法，能够对他倾诉点郁闷也是好的。再说她昨天开导他了，他今天就该回报她。

然而也算是邪了门了，苏清远今天随诸位中层和高层到某酒店开会，开完会直接回家了，根本没来公司。蓝妮只有闷闷地回家，到了家门又不想进去——她可不想再看着爸爸妈妈冷战。

她坐在公园里越想越闷，最后还是给苏清远打电话。怎么？没人接？蓝妮心头莫名火起，一遍一遍地打。打到第三遍有人接听，她冲口就说："喂，出来啦！我遇到麻烦了！我爸妈也闹事了……我昨天听你倾诉了，你也该听我倾诉吧！"

电话那边人呆了呆，忽然笑了。一听到她的声音蓝妮瞬间石化，差点把手机扔了。"哦，小远在洗澡，我叫他洗完澡后给你回电。不过，是你的父母之间出了什么问题么？那小远恐怕不能帮你解决呢。这样，我出来跟你聊聊如何？"

"啊，不用……"蓝妮吓得结结巴巴，"是小事情，谈不谈都无所谓的……"

"哈哈，不用隐瞒了，你都这么大了，还因为父母吵架而担心，还担心得要找人倾诉，这就证明这一定不是小事情。小远已经跟我说了，你之前帮他化解心结，说得很好。"

好吧。蓝妮暗暗苦笑。原来苏清远比她想得机灵多了，回去就跟他妈沟通了，还拿她蓝妮作了药引。

"所以呢，我欠你一个情。现在正好还，否则我还要想办法买礼物送你呢。"金玉辉的说法听起来只是在开玩笑，却也悄悄地给蓝妮下了个套：如果你不愿意跟我聊，就证明你想索要贵重礼物。这样她就没法再客气。

蓝妮不敢见她可不仅仅是因为客气。但也被她套住了，不得已答应和她见面聊聊。金玉辉约她在一个比较顺路的茶馆，她很快便开车过来了。蓝妮一开始还有些畏缩，后来一狠心，心想黑猫黄猫抓到老鼠的就是好猫，也许金玉辉能提供些有用的建议，便竹筒倒豆子般说了。说完之后，蓝妮颇有点郁闷地问金玉辉："我父母从来没有吵得这么严重……您说这会出问题么？"

“算是有问题，但是也不算有问题。”金玉辉微微一笑。

“欸？”蓝妮听她这话答得奇怪，忍不住瞪大眼睛看着她。

“吵起架来也许很吓人。”金玉辉微笑着说，“但是要吵架也得有话可吵。吵架其实也是一种交流。他们是愿意交流，并且对对方还有期待，才会吵架的。比起吵架，无话可说才是真正可怕的事情。”

这话听起来很有道理，也让蓝妮的心里舒服了不少。但是蓝妮记起金玉辉的丈夫很早就死了。因而，她是否熟谙夫妻相处之道，实在是不得而知。蓝妮下意识地朝她看了一眼。金玉辉知道她是什么意思，哈哈一笑，“也许我和我丈夫相处的时间比其他夫妻短，但我也算是经历过所有该有的麻烦，对如何维持婚姻关系还是懂一点的。”

“呃，对不起……”蓝妮的脸顿时紫涨了。

“没事。”金玉辉不以为忤，只是想起往事让她有些心酸和怅然，“当时，我脾气刚烈，我先生也是一样，虽然深爱着对方，婚后还是经常吵架，刚过几年就觉得婚姻维持不下去了……还好我们都很努力，那段婚姻才没有以离婚收场……”说到这里顿住了。

蓝妮知道，她一定想到了这场努力经营的婚姻最后却遭遇了生死离别，便抓耳挠腮地想安慰她，却总是找不出合适的词。

还好金玉辉并没有在这件事纠结，凄然一笑后转变了话题，“其实你父母过了半辈子，一定比你更懂分寸。这次吵架虽然吵得激烈，但是彼此把心里话都说出来了，说不定还能促进相互理解，促使他们认识问题和解决问题。”这些话说得蓝妮心里越来越妥帖，金王辉却忽然话锋一转，“不过也不能一味地以为事情会往好的方向发展。他们现在不是在冷战么，如果彼此都想错了方向，也可能导致夫妻感情出现无法弥补的裂痕，甚至离婚。”

“那怎么办？”蓝妮的心又揪了起来。

“那就需要在一个适当的点上，提醒他们还互相爱着对方，并提醒他们，这么多年的婚姻不容易。”金玉辉见蓝妮还是懵懂一片，便微笑着教她该如何如何。蓝妮认真地听着，然后用力点头。

蓝妮回到家后，父母间的气氛依旧冰冷，但家庭基本运转已经恢复。妈妈早早地做好了饭，还炒了两个不错的菜。蓝妮坐下吃饭，忽然提起一件新鲜事——其实是她编的，“今天我回家的路上，看到一个小孩摔倒了，手和额头都磕破了，挺可怜的。”她知道爸爸妈妈都挺喜欢小孩，一定会被这个话题吸引。

“欸？”妈妈果然靠了过来，“怎么摔得这么重啊。她妈妈呢？”

爸爸也抬起了头。

“不知道他妈妈在什么地方。”蓝妮耸了耸肩，“后来他哭着自己爬起来，抹了抹额头上的血走了……真可怜啊。我就想起来小时候我有一次也摔倒了，当时你们慌得跟什么什么似的，立即送我去了医院。”

“是啊。”妈妈立即想起了那段往事，“当时还不是因为你淘气，一头撞到了门闩上，血顺着脸往下淌，把我和你爸都吓坏了……当时你爸背着你，我一边帮你捂着头上的伤口，一边想办法拦出租。好不容易赶到医院，医生说你可能有脑震荡，还要住院观察一晚，把我和你爸吓的……”

说到这里，妈妈的语速开始放缓，和爸爸脸上都露出了复杂的神色。共同应对危机，往往是夫妻记忆中最深刻也最甜蜜的部分。妈妈一定还记得，当时爸爸一直轻声安慰她。爸爸一定还记得，妈妈在他趴在床边睡着后，脱下自己的外套给他盖上。

“当时你们多好，对吧。”蓝妮不失时机地开口了，眼圈也有点发红，“你们在一起也过了三十年了，这是很不容易也很了不起的事情……夫妻之间总会有点吵闹，彼此也会失去一些东西……哦，对了，你们知道么，国外现在有种新型的结婚戒指，是黄金外面镀着银子的，顺着时间的推移，银子会被渐渐磨掉，露出里面的金子。证明夫妻在一起的时间越久，这份婚姻就越珍贵……如果没有摩擦，怎么能磨掉银子露出金子呢？”

妈妈和爸爸都动容了，有种恍然大悟、感动和后悔的感觉。接着，两人都陷入了沉默。

“喂，你给我盛点汤。”爸爸忽然开口了。

“你不会自己盛啊？”妈妈嗔怪地说，嘴边却浮起了笑意，给爸爸盛了满满一大碗汤。蓝妮看着他们，从心里笑了：这就代表他们和好了啊！太棒了！

在高兴之余，她还有些羞惭。说真的，这些东西几乎全是金玉辉教给她的。由此她更加佩服金玉辉，更加感到羞惭，也更加觉得金玉辉孤零零地过下半辈子太可惜了。于是她觉得自己得加劲为金玉辉介绍个好对象。

说来也巧，几天后，蓝妮的大学同学打来电话，说她大学的一个教授开生日会，叫她去。这个教授叫李伯明，儒雅英俊，举止翩翩，只教过他们一门课。当时有些女同学痴人说梦要和他私奔，却也都知道自己根本没机会。人家和自己老婆好着呢。蓝妮对他印象不深，也没有什么特别的交情，不知道他干吗要连她都请。一问才知道，李伯明的妻子去年死了，李伯明郁闷了一年，近来决定从悲哀中走出来，所以准备开个热热闹闹的生日会，作为新生活开始的标志。

这个生日会的举办方式也很别致，是以野餐的方式，并由宾客自带一部分食物，由李伯明为大家拉大提琴助兴，又环保又新颖。蓝妮带了些自制的三明治和一瓶可乐，一边吃一边听李伯明表演。李伯明可谓风采依旧，大提琴甚至比之前拉得还好些。蓝妮闭着眼欣赏，忽然脑中冒出一个点子，赶紧睁开眼来。她怎么忘了……她可以撮合李伯明和金玉辉啊！

蓝妮赶紧向留校的学生打听李伯明的感情状况——有没有女友。同学十分讶异，甚至有了不好的猜测。蓝妮看出来了，但因为没空和她解释，干脆装看不见。

蓝妮找了个机会，跟李伯明说了金玉辉的情况。李伯明对金玉辉很感兴趣。而金玉辉那边，蓝妮却不能贸然去说。女人总是尊贵的。如果金玉辉知道她先找李伯明说她的情况，肯定会觉得受辱——这看起来不像金玉辉着急找老伴一样么？仔细想了之后，她找到了金玉辉发表在诗歌网站上的，被网站重点推荐的诗歌——这是金玉辉当初发给“邱冰”看的。先交给李伯明拜读。然后就跟金玉辉说，李伯明“偶然”在网上发现了她的诗歌，觉得她很有才华，又“碰巧”知道金玉辉是蓝妮认识的人，所以想跟金玉辉认识认识。

历来千金易得，知音难寻。金玉辉听了后也对这位李伯明很感兴趣，想和他见面聊聊。蓝妮便撮合他们见面。看起来他们相谈甚欢，但金玉辉回来之后便笑蓝妮傻，拍拍她的肩膀说她还是个孩子，什么都不懂，不过谢谢她的好意。蓝妮不是很懂她的意思，但是知道自己这次的红线肯定是牵失败了。

蓝妮闷闷地回到家里，结果又看到妈妈在楼道里和几个三姑六婆说话。蓝妮本能地觉得没好事，赶紧躲到一边。仔细一听，果然不是好事。原来今天妈妈在楼道里又和这几个多嘴驴相遇，她们立即七嘴八舌地问起蓝妮的婚事来。

蓝妮一边听一边暗暗撇嘴，心想李三姑你女儿不停换男朋友，换来换去就是不能结婚；张二嫂你女儿都三婚了，听说还不稳定；徐二婶你女儿未婚先孕打了胎，全楼都知道。怎么看你们都不像是有资格管别人闲事的人，还恬不知耻地追着别人问东问西干什么？

然而妈妈并不因为她们的可鄙而对这件事不以为然。虽然话说得很漂亮，但仍能看出她心里不太爽，语气也有点酸。正在这时，忽然听到楼下一声大喊，“蓝妮——”

妈妈和三姑六婆们全都住了口，蓝妮也吓得一激灵。妈妈和三姑六婆们很快就反应过来——这是个年轻男人的声音，立即冲到窗户边围观。蓝妮却苦笑着没有动。她已经听出来了，是苏清远的声音。

苏清远站在楼下一声一声地喊，不像是有好事。三姑六婆们则想象力丰富，立即怪笑着问蓝妮妈妈：“是你女儿男朋友？怎么，和你女儿吵架了？”

蓝妮妈妈骇然失笑外加茫然不解。

因为觉着不会有好事，蓝妮本能地有些畏缩。但听他在下面一声声喊得凄厉，只有溜下去见他。苏清远二话不说拉着她就走。三姑六婆们大为兴奋，跟在后面想继续围观，却因为慢了一步，没能追上他们。

苏清远径直把蓝妮拉到了僻静的地方，对着她就吼：“你到底在搞什么名堂啊？你疯了么？”

“我怎么了？”蓝妮被他吼得直愣眼。

“你还装蒜……”苏清远一副气得话都说不好的样子，咬了咬牙后才放低声音说，“你给我妈找什么对象啊？你这不是没事找事么？”

蓝妮立即有种地下没缝儿也要敲开一条钻进去的感觉，但是事到如今也只有解释，“我不是想帮忙么？她要是现实生活中有了奔头，不就不再执迷网恋了么？不再执迷网恋，所有的事情不就都解决了么？”

“天哪，我简直是对牛弹琴，”一听这话，苏清远气得脸色紫涨，“你的头脑太简单了吧？这是饮鸩止渴！”

“怎么是饮鸩止渴？李教授是个很好的人啊。”

“这不是人好不好的问题！问题在于我妈！在我看来，只有在没有受到外力扰乱，完全忠于本心时做出的选择才会是正确的选择……就算是两个顶级优秀的人，在一起难以协调的也多了去了。虽然我不是很清楚，但知道我妈心里一定很乱。在这种状态下，她怎么能做出正确的判断？如果我妈再走入一段错误的恋情，那受的伤就大了！其实我妈内心是个很传统的人，如果在六十岁时两次恋爱失败……恐怕她自己都会觉得自己没脸再在人前了吧！”

蓝妮听得呆呆地张大了嘴巴，又羞又愧。她的确没想到这一点。苏清远的确比她有见识。

苏清远看着她，余怒未消，但也不想再斥责她，只恨恨地丢下了一句“总而言之……这事你别管了”就转身而去。蓝妮又羞愧又后悔又委屈，闷闷地回到家里，却还要应付妈妈的“提审”。

蓝妮现在不想啰嗦，逃到卧室，把头蒙上，妈妈却追到了卧室，坐在床边——这一招很厉害，虽然不声不响，但是能在心理上给你巨大的压力。蓝妮很快便受不了了，想再编点谎言蒙过去，忽然觉得自己也许该对妈妈说实话——她不是还叫苏清远去跟金玉辉沟通的么，自己怎么能作缩头乌龟？而且妈妈怎么说经历都比她多，也许能为她出点好主意。

蓝妮便把被子一掀，对妈妈来了个竹筒倒豆子。妈妈听得双眼发直，听到最后眼睛更是直得像被钉子钉了一样。

“这个……”蓝妮有点发怵，小心翼翼问妈妈，“这个……您怎么看？”

“怎么看？”妈妈忽然爆发，把蓝妮吓了一跳，“我早就跟你说，没事别在网上乱鼓捣，即使在网上，也能鼓捣出事来……”说着又重重地一拍手，“哎哟……我真没想到，你在网上也能鼓捣出事来……”

妈妈如此语无伦次，使蓝妮明白事态真的很严重，结结巴巴地问：“那……那我该怎么办？”

“怎么办？”妈妈用力地挠了挠头，相当苦恼的样子，然后用手指着蓝妮，“其实，世上没有不透风的墙，出来混的总是要还的……”

“哈？”蓝妮不知道妈妈要说什么，惊恐地傻笑。

“你别管我用什么表达方式！”妈妈用力地挥了下手，“我是说……我不是说因果报应，而是以我的人生经验说话，一个人做下的任何坏事，最终都会暴露，很难有不暴露的……”

“啊？”蓝妮吓得心头悚然而颤，“那我是不是该去讲明事实，然后赔礼道歉？”

“哎呀！”妈妈用力拍了一下大腿，“如果是一般的事，我会建议你这样做……但是，这破事儿……”说着又用手指着蓝妮，“我虽然不懂网络，但是我问你，金玉辉有没有能直接找到你的方法？”

“没有直接的，但是也许间接可以猜到……”

“没有直接的就行了！你不要胡乱害怕，只要她不能直接找到你，你就可以赖掉！而且就算能直接找到你，没有什么证据的话，也可以抵赖……有证据吗？”

“没有什么证据……我可以把网上的记录全部删掉，除非她找警察，查到我家的 IP 地址……但是我一没骗她财，二没骗她色，警察根本不为这件事……”

“那就没关系了！你从今天开始起，全部停止……就是全部停止，别想着掩盖啊、弥补啊这些乱七八糟的事情，只要装憨就行了！我跟你说，我是有经历的人，别看言情小说里写的一朝动情永生难忘什么的，那都是些矫情人瞎想出来的事情！就算当时爱得要死要活的，只要后来不见面了，都会渐渐地淡了……你这破网恋又没见面，顶多是笔谈，她过不了多久就会忘了……你怎么不早告诉我……要是我早知道了，肯定会叫你那个时候就停止折腾，说不定这事现在就了了！”

妈妈此时就像一个威严的导师，每一话都很有道理而且不容置疑。蓝妮只能心悦诚服，拼命点头，然后说："那我就把一切事情都停掉……然后再若无其事地跟他们往来……"

"不能往来！"妈妈忽然加重了语气，就像一把小锤子一样砸了过来，"就此和他们疏远！就当他们不存在，而且也要他们当你不存在！套用网络上的一句流行语，不作死就不会死！你现在的情况，还是远离他们为妙，要是还和他们混在一起，说定哪天就会露出什么信息……如果是你自已不小心露了，那没有直接证据也能坐实是你了！"

蓝妮只得点头叹服。但是叹服归叹服，心里还是很不情愿。不因为别的，就是因为妈妈那句话：再浓的情，过了一段时间都会淡。她要是有一段时间不和苏清远接触，那苏清远会不会就此把她当成路人呢？

但是即便再不服气，她也得在苏清远面前装透明，还是那句话，不作死就不会死。而苏清远不知道是被之前的事情气着了还是怎么的，一直都没有和她说话。蓝妮松了口气，但心里也不大舒服，就这样别别扭扭地过了好几天。

这一天，中午去吃饭的时候，蓝妮忽然感到有人在跟着她。她赶紧回头，发现是白朵朵，她又失望又惊骇，赶紧加速快走。

"你干吗啊？"白朵朵赶紧拦住她，因为动作过猛，还差点扭伤脚踝，"我是有正事——是有重要的事情来跟你谈。"

就是重要的事情才要躲你啊。蓝妮暗暗冷笑，一边说一边继续闪，"我是平民不管皇家事！"

"好吧……和苏清远有关的事情你也不管么？"

"呃？"蓝妮不由自主地站住了，再想溜已经来不及了。

"我们找个僻静的地方好好聊聊吧。"白朵朵特务般地朝四面看看，"是很要紧的事情！"

虽然心里一直有个声音提醒自己，自己这样做是自找倒霉，蓝妮还是跟着白朵朵去了楼顶。再次确认四周没人之后，白朵朵附在蓝妮的耳边，压低声音说：“我已经打听到了……当初，咱公司是和……楚裳有关联的公司合作了一个大项目。当时是由公司的前总经理、现在已经离开公司决策层的王初实王总一力促成的。殊不知当时这个公司在合同里埋藏了一个陷阱，对方公司不仅卷走了我们公司一大笔钱，这个项目最终也没有办成。董事长很生气，调查和追究责任，发现企划科内部有人存在吃对方回扣、坑害公司的嫌疑，而追查到最后，发现这件事的背后主使人竟然可能是王总。于是董事长很生气，把王总和那个人都开了——那个人具体是谁，还不是很清楚——但是当时企划科全科都受到牵连，虽然嫌疑人已经被确定，但其他人有没有沾腥，是不得而知的事情，因此有的人被借故辞退，有的人因为待不下去自己辞职了，还有人被调往了其他部门。然而事情过去之后，却有另外一种版本浮出水面，而且这个更像是真相——这个卷钱事件，其实是当时的副总经理张春华定下的连环计。他当初定下这个计划，一是为了卷走公司的钱中饱私囊，二是为了借此诬陷王总，搞掉王总和他的亲信——当初被搞掉的可不止是企划科，还有王总的其他亲信，只是搞得不像企划科这么明显，没怎么被注意而已。而之前和我们公司合作的那个公司，也在不久后注销了……这样就等同于死无对证，王总很难再自证清白。但是张副总虽然成功搞掉了王总，却依然不能坐上总经理的位置。董事长早就冷眼旁观，看中现在的总经理吴新怀。吴总当时还是个副总，董事长提拔他当了总经理。张总没有达到目的，十分愤怒，还想找机会搞掉吴总。然而吴总是个非常有内敛且有谋略的人，对张副总进行的各项阴谋其实早有知觉，一直在不动声色地搜寻证据。张副总也感觉到吴总在对付他，便也留神收集信息。收集信息历来是拔出萝卜带出泥的事情。他收集信息的时候，意外听说王总想要为自己洗冤，并重回公司高层——不管怎么说，他依然是公司股东，还是有回来掌权的可能。王总为了帮自己洗冤，暗暗把他的人再安插进公司。张副总得到消息后，怀疑那个人进入的依然是企划科——最危险的地方也是最安全的地方，便派楚裳来调查。现在楚裳怀疑苏清远就是王总的人，而且觉得他即使不是王总派进公司的人，也可能已经倒向了王总，为王总效力。所以他近期可能对苏清远不利。所以你要赶紧提醒他防备！”

蓝妮听得心头发紧，觉得这的确是紧急情况，但是看了看白朵朵，又觉得不可以充分信任她，“你自己干吗不去说啊？”

白朵朵脸上漫起一丝怨愤的神情，“没办法，他不信任我。想来真是莫名其妙……”

“老实说，我也不信任你。”蓝妮冷笑着一拉脸。

“我的天哪……”白朵朵的脸立即涨红了，“你们还真……怎么都风声鹤唳起来了啊？”

“我觉得这不是风声鹤唳。”蓝妮冷笑着说，“你敢说你透露这个信息不是另有所图？再说你也不是自己打探到这些信息的吧？”

白朵朵噎住了，悻悻地说：“好吧，既然你们这么想……不过就算我是另有所图，我也只是叫你们多加提防而已，又没有叫你们做什么事儿，你们怕什么？如果我是叫你们做什么事么，你怀疑我想挖坑给你们跳是正常的，只是让你们自己提高警惕，我能怎么从中牟利，坑害你们啊？”

蓝妮想想也是，紧紧地抿住了嘴唇。她觉得自己有必要对苏清远说这件事，但是如果跟他说了，势必是自找麻烦的开始。但是她又不能对白朵朵说自己不能对苏清远说这件事。白朵朵曾经喜欢过苏清远，她是知道的。要是她这样说了，白朵朵肯定会嘲笑她，而且说不定白朵朵还会以为她依然在推脱……

她的犹豫让白朵朵以为她答应了，对她说了声“就这么办”

便匆匆离开。看着白朵朵的背影，蓝妮只有咬牙苦笑，这可怎么办啊？

直接跟苏清远说肯定是不行的，但是不说也不行。蓝妮思前想后，决定还是走“自己最熟悉的路”——网络。她先是注册了一个马甲，把这件事一五一十地写在邮件里，发到了苏清远的邮箱，署名是“一个知情人”，并说明自己不会骗他，理由就是白朵朵那理由——只是叫你多加小心，能利用到你什么。然而不知是她关心则乱还是怎么的，总觉得，此后苏清远的样子，就像没有收到邮件一样。待楚裳一应如常，还好像更热情亲切了。

蓝妮很是愤懑和迷惑，心想是苏清远没看邮箱么？于是又注册了一个QQ号，加上苏清远后说了这些话，然后再迅速删除好友。即便如此，苏清远好像还是没有什么反应。蓝妮没办法——现在看来她必须得表露身份了，否则苏清远可能永远都无法相信。但是主意打定后，她发现自己竟无法跟苏清远搭话，一靠近就慌张，一慌张就歇菜。她不知道自己出了什么问题，但就是无法突破藩篱。

第十章　阴谋和爱情

蓝妮没有办法，只好用一种近乎于昏招，但是可能最管用的间接交谈法——递纸条。于是便写了一封信，落款上用自己的名字，因为怕别人“无意”中看到信的内容，还把信封上了。她打算溜到办公室，把信往苏清远的桌上一放就跑。这可够傻的，但也没有办法。她鼓足勇气溜到苏清远办公室的时候，发现苏清远正背对着门打手机。这真是好机会。蓝妮赶紧把信放在他一转过来就会看到的位置，然而她还没来及放开手，苏清远就转了过来，一脸揶揄和嗔怪地看着她。

蓝妮立即石化。

“你干吗啊你？”苏清远一副哭笑不得的样子，“递道歉信么？你多大年龄了啊你？”

“你怎么知道我过来了？你后脑长眼了么？”被发现行踪后她十分惊诧和懊恼，反倒因此能和苏清远正常说话了。

“怎么可能看不见你？”苏清远一撇嘴，“窗玻璃上已经映出你来了……”

“哦。”蓝妮悻悻地说，脸孔顿时紫涨起来。

苏清远朝桌子上指了指，“这个是道歉信么？”

蓝妮没有回答。

苏清远立即想到了什么，把信拆开来一看，表情立即微妙起来，“好吧……原来是说这事的……原来那个在网络上神出鬼没的家伙是你啊。”

蓝妮的脸涨得都要滴血了。苏清远走到门外看了看，把门关上，然后压低声音对蓝妮说："其实这些事情我也都有所耳闻。早就在提防着。"

"欸？"他这种说法有点惹人怀疑，蓝妮小心翼翼地问，"难道你真的和王总有关？"

"怎么可能啊。"苏清远笑了笑，"那是张春华那家伙自己胡乱怀疑。不过我一直和那家伙不怎么对付倒是真的。他这个人心胸狭隘卑鄙无耻，专喜欢搞阴谋诡计。对自己人也是用过了便丢，没有真心体恤过任何一个下属。当然了，和他面对面的时候我还是很客气的，基本上不得罪他。但他还是能觉出我'不是他一国'的。所以才会怀疑我吧。"

"那怎么办？"蓝妮没什么社会经验，自然以为一被老总讨厌就完蛋了。

"不用怎么办啊。"苏清远笑着耸耸肩，"现在他是自身难保，有几股势力要对付他。而且他自己风声鹤唳，阵脚大乱，很快就要完蛋了——怀疑错方向证明他已经难以冷静地思考问题。而且他朝错误的方面使劲，必然导致他在其他方面出现漏洞，他真正的敌人就能趁虚而入。只是楚裳盯在这里确实有点不太好。"

"我就是想问你准备怎么对付她啊。"

"不用怎么对付她。"苏清远深不可测地一笑，"我现在处于优势——她忙着找我当奸细的证据，主动行动的人总会担负更大的风险，也更容易露出破绽。我现在只要以静制动，等着她出现破绽，再给她致命一击就好了，完全不需要为她担心。"

他说得很轻松，蓝妮却一点都没办法轻松。每天都不由自主地、提心吊胆地注意他那边的动静，生怕哪一天会"忽然出现极大的变故"。

几天后变故终于来到，不过是楚裳倒了霉——吴总忽然直接把她给开了。那天，保卫科的人惊骇地发现，楚裳贴着墙壁挪到苏清远办公室门口，然后贴着门框溜了进去。虽然苏清远办公室的门是开着的，但楚裳的行为实在太怪，保卫科的人便知会苏清远，让他看看自己办公室里是不是少了什么东西。结果，苏清远没发现少东西，倒发现多了东西——从桌子的缝隙里发现了一个无线窃听器。吴总大怒，立即把楚裳开了——想必他也隐约知道楚裳的来头和目的，趁这个机会正好行动。

大家听到这个消息后惊骇万分，只有蓝妮不出所料暗自偷笑。苏清远这个以静制动玩得真漂亮。她大概能猜到是怎么回事了。因为角度问题，摄影机是很难拍到全景的。楚裳之所以要贴着门框挪动，肯定是因为她知道那些地方摄影机照不到。但她不知道的是，有人在她不知情的情况下挪动了摄影机的位置。如此推测，苏清远肯定曾假装在无意间向她透露了什么消息，引她行动。这样一来，不用他自己做太多事情，就能借助别人的手除掉楚裳。苏清远这一手玩得实在是太漂亮了。

当然了，表面上，苏清远还是一副“懵然不知”的受害者，暗地里却在QQ上对蓝妮说了一切——果然和蓝妮想得差不多——有种共同庆贺和寻求夸奖的意思。蓝妮当然很高兴，对他大为夸赞。不过苏清远并没有冒领功勋。他告诉她其实是金玉辉帮他分析的形势，指明的道路，只有具体的计策是他们共同商议。苏清远在QQ里对金玉辉大夸特夸，说她还是颇有阅历和见识的——他这样说除了因为他真是这样想之外，还希望蓝妮能对金玉辉改观。毕竟金玉辉的网恋窘事被蓝妮知道了。他可不想让蓝妮认为金玉辉是个傻傻想男人的脑残老女人。

蓝妮可不认为金玉辉是个傻傻想男人的脑残老女人。她一直对金玉辉评价颇高。这次只不过是又加深了认识而已。然而这一加深认识，就使量变引起了质变。

蓝妮准备向金玉辉坦白一切了。因为她现在觉得金玉辉有能力承受真相曝光后的打击，并能很快整理好心绪，就像什么事都没发生一样继续过日子。就像妈妈说的，不管是什么样的坏事，最终都会曝光的。既然如此，晚曝光还不如早曝光。当然了，这依然很有风险，但她觉得这个风险自己必须冒。因为她发现自己是真的爱苏清远。以前她一直质疑这一点，觉得这可能是年龄到了、不作数的思春的产物。但通过这件事，她发现自己是真的爱他。这几天里，她感觉自己的五脏六腑都是被拎着的。在这一生中，她从没有为其他任何人这么担心过。而知道他成功地打击了楚裳后，她又是前所未有的开心。能够不受控制地把别人的安危放在自己之上，然后不由自主地日夜悬心，这绝对是爱。既然是爱，她就必须结束自己所有的错误。当然了，坦白一切可能会造成破坏性的后果。但是她觉得她必须破而后立。这样她和苏清远的关系才能真正健康地发展。否则，即便她嫁了他，在金玉辉面前，她心里恐怕都会有块阴影梗着。

蓝妮郑重地挑了个日子，给金玉辉打电话。

“您好，我是蓝妮，请问您有时间么？有件事想跟您谈一谈。”

“哦，是蓝妮啊。具体是什么事情？可以在电话里先说一说么？”

“呃……还是等到见面时吧。这件事很复杂……需要慢慢说。”

“哈，没有用的哦。我可不是那种会被轻易说服的人哦。”

“欸？”

“哈哈，我知道，你是希望我能准许你和小远谈恋爱。”

“啊？！不，不是这个……”

“哈哈，想通过旁敲侧击说服我也是不行的哦。要想获得我的准许，可不是那么容易的事情。我有事，先挂了啊。”

蓝妮哭笑不得。没想到金玉辉能想到那方面。她虽然用的是种半开玩笑的语气，但是听起来她很认真，但是既然用了半开玩笑的语气，证明她表示自己在这个问题上还可以变通……算了，不管这个了。她感到自己临阵退缩的基因又在活动，赶紧打开电脑，用邱冰的名义约金玉辉见面。见面的地点就是那块河滩地，具体的地点就是那株花树下。金玉辉满口答应。之后蓝妮喝了一杯牛奶——据说这是令人镇定的，又对着镜子进行各种积极的心理暗示，然后才敢去河滩地。刚到地点，就看到金玉辉已经穿戴一新站在那里，穿的、戴的全是她之前建议金玉辉用的，头上那根檀木簪尤其醒目。

蓝妮暗暗苦笑，深吸了一口气，走到金玉辉面前，“您好。”

“啊？”金玉辉大惊，接着满脸通红，“你来这里干什么？”看来，她还以为蓝妮是碰巧误入了她和情郎幽会的地点。

“哈。”蓝妮苦笑，虽然心头有个声音尖叫着让她就此退缩，但还是坚定地说了出来，“我知道您一定很意外……其实我是来见您的。因为，我就是邱冰。”

“什么？！”金玉辉惊得瞪大了眼睛，那样子活像被人强迫吞下了一整个鸡蛋，之后却哈哈大笑起来，“你胡扯什么啊，小姑娘，玩笑可不是这样开的……”

蓝妮渐渐感到不妙，但还是督促自己继续说下去，“我知道您仓促间肯定无法相信……一缕春风绿。我相信你应该记得这句话。”

金玉辉呆住了——那是真的呆，连根头发丝都不动了。这是邱冰建议她用绿檀木发簪时，随口吟的一句诗。她就这样一动不动地呆了半晌，再开口时声音低得就像从地底下发出来的。

“这到底是怎么回事？”

她没有显得很躁狂，让蓝妮觉得“冷静地解决事情”不是没有“门儿”的事情。蓝妮心虚而又心慌地苦笑了一下，“我可以从头到尾，细细地告诉你……但是希望你答应我，一定要保持冷静。”

金玉辉缓缓地点了点头，如钉的目光让人觉得她可以承受所有的打击。

蓝妮便从头到尾地说了一遍——当然了，还是有所过滤的。她说自己一开始只是为了好玩才假装老绅士上网泡妞，并且认为金玉辉用的也是虚拟的身份。之后发现金玉辉是真心的，她感到很惊慌害怕，便想断绝来往。但看到她真的很痴心，又怕会给她造成打击，于是便拖泥带水地把事情拖到现在。但最终还是觉得该完全地结束自己的错误，否则绝对会让错误继续累加，以致不可收拾。她在叙述中竭力暗示自己一开始是无意，后来很后悔也很抱歉，说完后更是尽力地表示了自己的歉疚之情，然后心虚地看着金玉辉。

金玉辉的表情依旧很呆滞，半晌没有说话，过了一会儿像是要大怒，最后却大笑起来，“好，好，好……想我金玉辉，叱咤风云一辈子，历来都是算计别人，结果却被你这个小黄毛丫头算计了……还是在情场上……天哪，我竟是对你这个黄毛丫头倾吐衷肠，情意绵绵……你一定在偷偷笑我……我……”忽然拔出头上的檀木簪子，把簪尾对准蓝妮，一副全身都要炸裂的样子，“我跟你拼了我！”

欸？蓝妮万万没想到会变成这个样子，想都没想撒腿就跑。她虽然宅，但毕竟年轻，把金玉辉甩开了一段距离，但就是无法甩掉她。蓝妮一边跑一边回头看，只见金玉辉简直是一副鬼附身的样子，不由得魂飞魄散，忍不住大声叫：“你说话不算话啊你……你说过不激动的……”

“我有说过不激动吗？！我……我今天非跟你拼了……”金玉辉嗓音也是破的，听起来就像换了一个人。

蓝妮仔细想想她是没说过，只是自己误会她“无声等于默许”。蓝妮不由得暗暗叫苦，只有玩命逃跑。然而歹运总是一起来，她不小心一脚踩进一个小土坑，差点绊倒。虽然没有绊倒，但是扭到了脚踝，速度极大地慢了下来，转眼就要被金玉辉追上。

就在这千钧一发的时候，苏清远忽然冒了出来，挡在蓝妮和金玉辉中间，“天哪，你们这是干什么啊？”

一看苏清远来了，蓝妮简直要晕倒：天哪，同时审判么？与此同时苏清远对金玉辉大吼，但吼得却完全不是这么回事，“天哪，妈，我虽然不知道你和蓝妮谈了什么，但这样也太夸张了吧？不就是谈论能不能让她和我谈恋爱的事情么，你搞成这样算什么啊？！”

欸？蓝妮和金玉辉都愣了。

原来，金玉辉接蓝妮第一个电话的时候，苏清远无意中听到了。他只能听见金玉辉这半边的话，自然认为金玉辉是在和蓝妮聊“他和她是否能恋爱”的事情。后来金玉辉上网和人聊的啥，他没有看到，但是看到金玉辉出去了，便认定她是和蓝妮出去谈“他和她是否能恋爱”的事情，怕她们谈出问题来，他便跟在后面监视。一来是怕金玉辉发现，二来是有些忸怩，所以他不敢盯得太紧，结果导致在金玉辉进入河滩地后跟丢了她。到现在才发现她们，见她们这幅模样，不由得万分惊诧和茫然不解——不就是他谈恋爱的事情么？怎么能闹成这样啊？

“谈恋爱？！”一听苏清远的话，金玉辉气不打一处来，又像是全身都要气炸，“你还想跟这丫头谈恋爱？我告诉你……除非我死了，不，即使我死了，我的魂儿也要阻止你……除非我连魂也散了……”

“你干吗说得这么歇斯底里啊？”苏清远又惊又怒，“她做了什么啊？不就是因为她不优秀么？你犯得着这样么？再说谈恋爱是我自己的事情，你在这里死啊活啊发誓干预，成什么话啊？”

“啊，不是！”金玉辉意识到话题跑偏，赶紧转回正题，一转回正题就不由自主地全身发抖，“不是因为她不优秀……啊，呸！今天谈的根本就不是你和她恋爱的事情！你、你知道嘛，我网恋的、网恋的那老头儿，其实是她，她！她一直在耍我玩呢！”

“啊？！”苏清远如遭焦雷轰顶，猛地扭头看向蓝妮。蓝妮却双目一直，“没这回事啊。我是个小女生，干吗要骗伯母网恋啊？”

苏清远一呆——何止是表情呆了，整个脑子都呆了，木木地转向金玉辉，“她说她没有啊……您不会是误会了吧？”没办法，这件事太奇葩，放到谁面前谁都不能轻易相信。

“好啊……好啊……你……”金玉辉气得面如土色，再也说不出一句囫囵话。蓝妮则是面容紫涨，一脸不知所措的骇笑。她为什么临阵扯谎，她也说不清楚，只是觉得看到苏清远的脸朝她转来的时候，无论如何都没法向他直陈其事。

“我跟你拼了我！”金玉辉又朝蓝妮冲来，苏清远赶紧拦住。两人乱成了一团。蓝妮则趁乱逃走。虽然逃走了，蓝妮依然知道自己完蛋了，根本不知道自己是怎么回到家的。苏清远暂时无法相信，那是因为事出突然。事后等金玉辉冷静下来，慢慢地跟他说，他一定会相信的。相信的结果肯定是对她蓝妮义愤填膺和仇恨入骨。唉。她本来想完满地解决这件事，结果却促成了最坏的结果。真是瞎透了。

虽然知道自己肯定完蛋了，但是她还是怀有一丝侥幸，把自己骗金玉辉的前因后果、过程、自己所作的补救，以及自己愧疚的心情都详详细细地写在了电子邮件里——尤其强调自己努力补救过——发给了苏清远。蓝妮真心希望能获得他的谅解——当然了，她希望这封电邮也能被金玉辉看到，顺便获得她的“一点”谅解。而要等结果，就只能等第二天上班了——这活像在等待审判啊。

蓝妮忐忑不安地盼着第二天上班时间的到来，却又不希望它到来。然而它还是到来了。她怀着忐忑的心情和苏清远见面，结果苏清远一见到她就跑——就算因为某些限制而不能走人，也会把目光迅速移开。

蓝妮的心彻底凉透了。如果苏清远对她破口大骂，或者“用目光杀死她”，让她还能好受些，那样起码还代表他愿意搭理她。现在他一见到她就闪，证明对她已经愤怒、失望、厌恶到了极点，以至于无法面对她。蓝妮简直有种万念俱灰的感觉，脑子里变得一团混沌，做事也颠三倒四。下班后晕乎乎地回到家，发现铁将军把门，这才想起爸妈晚上都有活动——已婚的老年人也会有社交的，晚饭得自己对付。她暗骂自己记性差，掏钥匙，却发现钥匙不在，糟了，现在想来，肯定是忘在公司的收纳盒里去了——她今天把钥匙从包里拿出来锁公司的抽屉，在把它放回包里之前上了趟厕所，肯定是那个时候把它扔到收纳盒里去了。她感到怒火上扬，掏出手机准备找爸妈求助，结果发现手机没电——这两天失魂落魄，几乎没记起来给手机充电。她对自己的怒火冲到顶点，一跺脚下了楼，在各居民楼间乱走乱冲。

无头苍蝇般乱转了一会儿之后，蓝妮感到自己的心稍稍地平定了。她深深地叹了一口气，准备在口袋里找几枚零钱，到报亭给爸爸或者妈妈打个电话，看他们谁比较近，开门放她进去。然而她刚把手伸进口袋，就感到头顶一凉。她本能地向前冲了两步，听到身后“啪”的一声大响。

她回头一看，发现身后地面上好大一摊水渍。自己的头上也有水一道一道地流下，一摸发现里面混着泥沙和菜叶残片，有股臭臭的怪味。好啊，原来是有人从楼上往下泼洗菜水，要不是她躲得及时，势必一盆水都浇到她的头上。即便如此，她的头上也被浇了不少。脏水顺着头发往下流，也早已把她外套沾湿。

“这到底是哪个死全家的这么不道德？”蓝妮忍不住破口大骂。

“别骂了，骂也没用。”李罡忽然冒了出来。“那个老婆婆精神有问题，经常往楼下扔东西和泼水，大家都任她去了。”

“欸？”蓝妮赶紧住口，感到很不好意思——她可是从来没有在人前如此泼辣地骂过谁。接着便感到头上嗖嗖发冷，又想到满头脏水，顿时困窘和恶心到了极点。

“到我家整理一下吧。”李罡不失时机地提议。

“不……”蓝妮本想婉拒，但想到自己的境况也只能尴尬地笑笑。

到李罡家后，蓝妮先把外套脱下，然后洗头。洗着洗着却觉出问题来了。那个怪谈啊。不是说那女人是吊死在这个卫生间里的么？会不会闹鬼啊？想到这里蓝妮不由得背后发毛，下意识地朝上四顾。

“啊！”窗外竟然有一个黑黑的像头顶一样的东西！蓝妮脑中一麻，本能地夺路而逃，却因为踩到水渍“砰”地一声扑倒在地。

李罡赶紧冲过来，骇然发现蓝妮倒在地上，下半身在卫生间的砖地上，上半身在客厅的地面上。

“鬼！卫生间、卫生间窗户外面……”蓝妮还在完全失态的状态中。

李罡又惊骇又狐疑，赶紧冲出去，回来一脸怪异的笑容，“你是看到一团黑黑的东西么？那是一个黑色塑料袋做的降落伞，大概是这楼里的小孩做来玩的，挂到窗户边的钉子上了……真的很像鬼么？你怎么能被吓成这样？”

“啊？”蓝妮对此哭笑不得，只能打掉牙齿往肚里咽。

李罡见蓝妮还趴在地上——因为摔得过猛，她短时间动不得。赶紧把她扶到沙发上坐着。蓝妮心神稍定后羞愧爆棚。一开始怕李罡笑，但后来又怕他不笑——被人偷着笑的感觉更糟，便悻悻地说：“你想笑就笑吧。”

“不，我不想笑。”李罡竟然一本正经。

“不是吧？你难道不觉得好笑？”

“我就是不觉得好笑。”

蓝妮哭笑不得——这是什么奇葩的节奏啊？呆了呆后只好转换话题，“好吧，不谈这个了……你今天怎么能这么巧遇到我啊？之前我怎么从来没遇到你啊？”

李罡的脸猛地红了——真的是猛地红了，一下就面红过耳，露出畏缩的神情，忽然又露出激动的神情。这些怪异的神情搅合在一起后一闪而逝。

“其实……我经常碰到你……你吃完晚饭后经常下来散步，喜欢到书报亭和绿化带之间遛遛，有时还会悄悄地欺负一下一楼的小猫小狗们……”

他虽然说得有点不清不楚，但是蓝妮还是听出了他的暗示。他肯定是每天都在关注她的行踪，不过只是在一旁悄悄地看着，其中意味不言而喻。她感到十分意外，脸也不由自主地红了，“那你为什么不跟我打招呼？”

“这个啊。”李罡苦笑了一下，“我怕你误会，搞得就像我搬来这里是要……有点像变态啊。”

蓝妮讪讪地笑了——她不明白自己为什么要讪笑，只觉得心里和脸上都发烫。这还真有种言情小说里的感觉呢。静静地守护……

李罡一直在偷看蓝妮的神情，看到她脸红了，心里立即起了化学反应，感到身上和心里都热得烫人。再加上看到蓝妮现在穿的只是件黑色打底衫，把身材衬托得更加玲珑有致和窈窕，不禁感到火流上脑，忍不住朝蓝妮扑了过去，一把把她紧紧地搂在怀里。

蓝妮吓了一跳，问他要干什么，别开玩笑，同时猛力挣扎，却一点都挣扎不开。李罡现在和平时判若两人，满脸的情欲和疯狂，甚至还有些凶狠，看起来简直可怕。蓝妮吓得魂飞魄散，简直有种要被强暴了的感觉，狠狠咬了李罡一口——慌乱之中也不知道咬在了那里，反正咬得很狠。

李罡吓了一跳，不由自主地松开手，蓝妮跳起来夺门而逃，一直跑到离家不远的地方才敢放慢脚步。天哪，这还真是人不可貌相。什么叫“小白兔的心里也可能藏着一头大野兽”，她算是知道了。虽然看惯言情小说的她知道李罡这种冲动算是“情有可原”，但对他的那点好感还是不可避免地烟消云散了。她还是单纯啊。以前以为就苏清远比较复杂，其实复杂的人多了。

蓝妮没把这件事告诉爸妈。以爸妈的性子，肯定一个要找李罡打架，一个要堵在李罡门口骂街。她不想把这件事闹大，闹大也没意思。以后对李罡敬而远之就行了。

一连两件破事让蓝妮很是精疲力竭，再加上公司一下子有两个见面尴尬的人，使她在上班的时候极不自在。然而人在极不自在的时候反而会观察力敏锐，结果让她发现李新兰有些古怪。自从上次她拒绝为李新兰找相似的戒指之后，她就没有再注意过李新兰——不过也是因为李新兰那边没出什么事儿。现在想来，李新兰没出什么事儿就是奇怪。当时听李新兰说，找相似的戒指是件十万火急的事情，听她之前的时间安排，现在她该结婚了，可事实是，她现在还没动静……是分了还是怎么的？

按理说蓝妮现在焦头烂额，不该管别人闲事。殊不知，人就是在走背运的时候喜欢管闲事——转移自己注意力。蓝妮朝李新兰望了望，发现她的左手无名指上戴了一枚戒指，是黄金圈配红宝石，便在 QQ 上问她，“你的戒指是你男友新买给你的么？”

“哦，是的。”李新兰很快就回复了。

“哦，现在看来你男朋友还是不错的。虽然你丢了戒指，也没有朝你发脾气，还迅速给你再买了一个。”

“什么啊……那个早分了。”

“分了？是因为戒指的事情么？”蓝妮有些惊诧，也稍稍有些自责。如果是因为戒指分了，她绝对有些责任。虽然她曾经认定李新兰不应该和那男人好，但别人的事情她未必懂。

“不是。”李新兰那边停了一会儿，可见她情绪激动，“我……当时是想就戒指的事情给他道歉的……就买了个大蛋糕，这狗崽子，都快三十了还最喜欢蛋糕，小屁孩一样……跑上门给他道歉……结果竟逮到他和一个发廊女在床上……操他妈的，断子绝孙的混蛋……我立即把蛋糕拍他脸上，还对他说我已经把戒指扔了。这王八蛋还想打我，结果听说我要喊我亲戚家的男人来揍他，就立即软了……真他妈的混蛋，我真是瞎了眼，白瞎了那么多时间！”

蓝妮哭笑不得。有时候人生就是这样，你在这边因为爱情纠结万分、挖心掏肺，那边的实情却完全不像你想得那样。

“不过还好啦，你及时地认清了他的真面目，没和他结婚。现在又有了新男友，也算是因祸得福吧。你新男友人怎么样，哪天带来给我们看看？”蓝妮最后一句说的只是客套话，李新兰却沉默了，半晌才说：“可以的，不过现在还不是时候……等到时候了再跟你说。”

蓝妮看到后窃笑，心想李新兰也太扭捏了，但也没有在意。出乎她意料的是，几天后，李新兰忽然从QQ上发来了一条没头没脑的信息，“你发现了么？”

“啊？”蓝妮丈二和尚摸不着头脑。

“是你在点醒我是不是？”李新兰下一条信息更怪。

“什么跟什么啊？”蓝妮骇然失笑，“你是说……我上午说你衣服颜色搭配的事？不就是开玩笑么，还值得专门来说？”

李新兰沉默了，过了许久又发来一条信息，“那看来不是你了……”

蓝妮不知道她在犯什么毛病，也没空和她纠结，正准备关窗口，忽然李新兰又发来了一条信息，“算了……我也不瞒你了……帮帮我……我又遇到麻烦了？”

麻烦？一看到这个词蓝妮就想，不会又是因为男人惹上了麻烦吧，没想到还就是。

“我……找的那个新男朋友，是个生意人，年纪有点大，四十多岁了……但绝对帅气儒雅，看起来只像三十多岁……他对我说是单身，但是我有点怕。你也知道，按照现在的形势，像他这样的男人很少有单身的，我怕他有老婆，或者是有女友……”

“这个啊……”蓝妮哭笑不得，“那你哪天跟踪他，上他家去看看就是了。”

“我去了……家里只有他一个人。但是他曾经在我面前跟人打电话，说话中露出他有好几套房产……我在想，会不会那只是他其中一套房产呢？他的正牌女人住在另一套房子里，也许在另一个城市？”

蓝妮想说李新兰你真是纠结太过，但仔细想想李新兰考虑得也对。女人的确要谨慎一些。“说得也是……要么你找个人盗他的QQ？看他的QQ里有没有可疑的女人？”

“那行啊？你能盗么？”李新兰立即兴奋起来，字打得飞快。

“啊，不……我不会。”蓝妮偷偷骂了自己一句：你这大嘴巴的毛病什么时候能改啊？

“哎呀，你真是……啊，不对，不说废话了……我来找你商量，其实是因为有人给我的QQ空间里留言，很可疑……让我怀疑这是不是他的其他女人……我复制来给你看看！”

“欸？”蓝妮一惊。

李新兰很快就把那些留言复制过来了，都是一天之内发来的。

“玩火是需要本事的。”

“你知道么，我对你的一切了如指掌。”

“你害怕了么？惊慌了么？想要收手了么？有想过及时收手也来不及了么？”

蓝妮一开始还怀疑李新兰是不是误会了，看了之后却觉得心头发紧。这看起来的确有些文章。不过想起之前李新兰竟然怀疑是她发的，不禁感到又好奇又好笑又想不通，“哎哟，这种话……你怎么能以为是我发的啊？”

“我这不是……风声鹤唳了么？因为你之前主动问我戒指的事情，让我觉得有些蹊跷……当然了，我不是怀疑你是我的情敌，只是怀疑你是不是知道了什么，比如知道我男友是有妇之夫什么的，来点醒我……”

“天哪，我怎么会知道你男友的事情……你还真会联想……”

“哎哟，我不就是风声鹤唳了么？你也知道的，女人一沾上情字就会变傻……哎哟，过会儿我再跟你道歉……你先帮我看看这会不会是其他女人发的！”

“这个啊，我看……”蓝妮正要对李新兰说有点像是其他女人发来的，第三条留言里频繁出现的“了”和“么”字却引起了她的警觉。在文句里把“了”和“么”字一起用，虽然不算是语法错误，但是有些累赘。而这么多“了”和“么”一起用，就很累赘了。特意而为之？不像是。而且就算是特意而为之，又能表达什么意思呢？唯一的解释，就是这只是习惯。

她记得楚裳小的时候，曾被老师喊上去，在黑板上造句。她造得都还不错，就是爱把“了”和“么”字叠用，结果被老师训斥了，也被全班嘲笑了。蓝妮当时也笑了——大家都笑了。但是楚裳当时恨恨地瞪了她。大家都笑她了，楚裳却单独瞪她，这让蓝妮有些诧异和不舒服，所以记到了现在……难道在李新兰空间留言的是楚裳？她会是李新兰的情敌么？不会这么狗血吧？

啊！蓝妮忽然想起一件事来，全身的毛孔都缩紧了：楚裳不是张副总的探子么？她到企划部来不就是想找王总在企划部里的内应么？如果是她盯上了李新兰，那李新兰……

“怎么了？”李新兰非常讶异蓝妮怎么话说了一半就没动静了。

“哦，这个啊。”蓝妮如梦方醒，“现在下结论为时过早……再观望一阵子吧。”

“嗯。”李新兰应了。接着蓝妮便听到“啪啪啪”打键盘的声音。看来李新兰已经通过那个留言的QQ号，追查那个留言的人去了。蓝妮当然也要追查。不过楚裳（如果那个人是楚裳的话）十分谨慎，那个号里的东西很干净，根本查不出蛛丝马迹。

很快又过去三天。虽然苏清远表面上一应如常，但蓝妮能看出他其实心事重重，而且是心事越来越重。蓝妮不知道是不是因为自己的问题，也不敢仔细想，仔细想了笃定会被苦恼和愧疚压死。

李罡辞职了。这倒让蓝妮挺意外。不过这也没什么意外的。宅人就是这样的，在现实生活中一般都会小心翼翼，如果做出什么夸张的事情，首先对他自己就很难。而如果这夸张的事情引发了糟糕的后果，他自己第一个受不了打击。可以肯定的是，李罡天天看着蓝妮，比蓝妮天天看着他还难受，煎熬之下他决定辞职。对此，蓝妮只有偷偷苦笑，在李罡走后对着他的空座位暗暗祝祷：小朋友，你成人还早呢。去历练吧。好自为之。

又过了三天。蓝妮惊诧地发现自己最近在清楚地为日子计数。日子就变得这么难熬了么？蓝妮呆然苦笑。她知道，这种状态可不行，必须得调整。于是她下了一款最潮的电子游戏，准备晚上打个昏天黑地，却在这时接到了一个电话。手机号码并不熟悉，听清里面的声音后，蓝妮顿时惊得呼吸暂停了三秒。

竟然是金玉辉的声音？！

“我有事跟你谈。”金玉辉的声音很低，也挺含混，似乎还带了几分不情愿。

“不用谈了……我知道您很生气，我也很抱歉，真的非常抱歉……我也知道道歉无法让您消气，但是我除了道歉也做不了别的……”

“我不是来找你后账的！”金玉辉大声打断她，“是有正事！”

正事？蓝妮才无法相信呢，“那请问是什么事？”

“在电话里不好说，我们还是见面说吧。”金玉辉的声音又变得低沉而晦涩。

“还是在电话里说吧。”

“我的天，你怕什么啊？怕我把你吃了么？”

“我不怕您吃我，但是怕您找人埋伏在那里，等我去了就把我装麻袋里扔下河。”反正蓝妮知道现在她和金玉辉的关系不可能更糟了，所以想到什么说什么。

“哎呀天哪……那地方你选，你还怕么？”

“我还怕。”

“我的天哪，你还真……我告诉你，我也不想见你……我是……算了算了，不啰嗦了，在网上说，这样总可以了吧？你上邱冰那号，我跟你说……”

蓝妮只好上了邱冰那号。在网上，金玉辉也不想多说什么话，劈头就问：“最近你有没有和我家小远见面？”

“见面？你是说上班的时候？”

“什么上班的时候啊？我是说私下里。”

“私下里？”蓝妮一时说不出心里是什么滋味，苦笑着打字，“他干吗要跟我私下里联系？他都恨死我了！”

“啊！”金玉辉那边沉默了。

“出了什么事么？”蓝妮有了不祥的预感。

金玉辉那边足足沉默了有一分钟，最后还是发来了信息，“说就说吧……最近我觉得小远怪怪的……晚上总是出去，还不说自己去了哪里。”

“啊？您禁止他晚上出去么？或者是叫他汇报行踪的？”蓝妮吃了一惊：她记得金玉辉管苏清远好像没这么严啊。新加的禁令？因为她？

“什么啊……当然不是……是我的一个朋友，一天晚上看到小远，跟他打了个招呼。而小远虽然也回了个招呼，但是看起来很不想遇到她的样子。之后更是快步离开，有种特意想甩开她的样子……我朋友就觉得有些奇怪……她是我多年的老朋友了，也算看着小远长大的，小远有任何异常都能觉出来……知道这事后，我才注意到，小远现在每天都不回家吃饭，回来的时间也挺晚。于是我就问小远干什么去了，小远却只是含混地说去找朋友玩，再问得细一点就不说了……唉，这真是……”

对此蓝妮也是呆然。不知为何，她心里涌起一股难以言喻的不安，其中还有一股酸意蛇一样扭动。她一开始以为自己也是在担心苏清远的安全，仔细想想却不是。她是担心苏清远遇到了什么女人吧。而且从这每晚晚归还不愿让人知道去向的行为来看，非常像某些言情小说里写的狗血情节：富家乖宝宝因为心情不顺到夜店消遣，一不小心被欢场女子迷惑并泥足深陷。然后因怕欢场女子身份低下不受家里承认，所以只悄悄地和她交往，最终卷了家里的钱财和欢场女子私奔。而那欢场女子其实只是想欺骗他的钱财，钱财到手后就把他抛弃。他感到异常愤怒，和欢场女子理论，结果被欢场女子道上的朋友杀害……想到这里，蓝妮心里翻江倒海，感觉就像苏清远真的死了一样难过得不能自持。

猛然清醒过来，接着骇然失笑：天哪，她怎么想象力这么丰富啊，想的这么远，这么没谱……

“唉，你怎么了？怎么半天不说话啊？”那边金玉辉见蓝妮不吭声，以为她想到了什么要紧的事情，不由得忐忑起来。

“啊，不是。”蓝妮如梦方醒，接着骇然失笑：天哪，她怎么想象力这么丰富啊，想得这么远，这么没谱，“我是想说……苏科长他已经是成年人了，为人处事也很有分寸，您应该相信他的。”

“要是以前我一定相信他。”金玉辉一个顿都没打。“但是他最近刚刚被你祸害过，晕头晕脑的，对坏东西的抵抗能力差，我真怕他一时昏头走上歧途！”

金玉辉可真够直接的。蓝妮一时间哑口无言，感觉就像被塞了一口马粪。老实说，一开始她还想争辩，说她主要是欺骗金玉辉，而没有欺骗苏清远。但仔细想想她欺骗金玉辉就等于欺骗苏清远，说不定比欺骗苏清远本人还严重点，所以便一蔫到底。

“哎，他到底是在干什么啊？和谁混在一起啊，真是让人担心啊。”金玉辉的话看起来像是在问蓝妮问题，其实却是在自言自语。

“这个啊。”蓝妮苦笑着回答，“这就需要您多加留心了呢……现在的确是他的非常时期，您的担心是对的……要么您还是静下心来，好好地跟他聊聊。你们是母子，还是比较容易交流的。”

“这个啊，”金玉辉似乎有些为难，欲言又止，最终默默地下了线。看到她的头像灰了，蓝妮感到轻松了不少，却也感到心“嗖”地一下落到了谷底，躺到床上，心乱如麻。

第二天上班的时候，蓝妮更加无法面对苏清远，而苏清远也根本没想“面对”她。不是特意躲着她，而是根本眼中无她。不知道在想些什么。蓝妮顿时感到心和眼睛都被刺痛了，心乱如麻外加浮想联翩。虽然不像之前想得那么离谱，但总是怀疑他去见了什么女人。

然而现在不管苏清远是去见哪个女人，显然都是和她无关的。蓝妮不停地提醒自己这一点，并试图不去想苏清远的事情。然而又过了一天，金玉辉又打电话来，不仅把她的努力全部粉碎，还给她带来了她最不愿意听到的消息。

“不得了了！小远果然是被坏女人缠上了！”

“什、什么？”蓝妮的感觉不亚于被人兜头抽了一鞭，吓得结巴起来了，“怎，怎么回事？”

“哎呀，你听我说……”

原来金玉辉今天偷偷检查苏清远的衣服，发现上面有股淡淡的香水味。俗话说“闻香识女人”，通过一个女人身上的香水就能知道她是什么品性的人。金玉辉对香水涉猎并不广，便把衣服拿给自己的朋友鉴别（一群老女人围在一起闻衣服，那场面可真怪异。没办法，母亲就是这样，为了孩子，什么事情都能做出来，也愿意做）。一个朋友仔细闻了之后，非常肯定地告诉金玉辉说，这个香水叫作‘西班牙女魔”，小品牌，但是香味十分霸道浓烈，即使挨得不近也会沾染在身上。据她所知都是欢场女子使用，而且都是有些年龄的欢场女人。

“什、什么？”一听这话，蓝妮差点晕过去，“真和坏女人勾搭上了？还是欢场的老女人？”

“是啊！”金玉辉在那边一副快要吐血的样子，“我万万没想到他会这么……你说怎么办啊？”

“我说……我们现在应该跟踪……呃？”蓝妮忽然如遭雷击般怔住了，“等一下……好奇怪啊这个！”

“什么奇怪？”

“你干吗要找我商量啊？”

“我怎么不能找你商量？小远变成这个样子全是你的责任，你有义务帮我解决问题……”

“不是！”蓝妮大喘了一口气，“我是说……其实是我欺骗的你啊……你不应该非常恨我么？怎么遇事还会找我商量啊？”

金玉辉呆住了。

“怎么回事啊？”蓝妮又追了一句。

“好吧。”金玉辉再开口时嗓子已经沙哑，“我……的确很恨你，现在也没有原谅你……只是现在我找不到其他人商量……虽然你是在骗我，但也只是身份有假而已……那些智慧是真的……我提醒你啊，我这可不是跟你和好，更不是让你将功折罪……你的罪折不了的我告诉你！”

蓝妮听得骇然——金玉辉的话让她的脑子变成了一团浆糊，并且感到心头盐渍般的痛，“对不起……我知道我对你造成了伤害，我向你道歉……我也没想过将功折罪……对不起，你们的事情我真的管不了，也不想管……我很累……你要恨我就恨吧！”说着就挂断了电话。挂断前隐约听到金玉辉在着急地吼什么，她却假装没有听到，决然地挂断了电话。

蓝妮认为自己不管苏清远的事情这一决定是非常正确的。然而这个正确的决定却根本无法施行。第二天一看到苏清远的脸，想到“他可能在和一个上了年纪的欢场女子交往”，她就感到心里像被毒蛇咬噬，下班后竟不知不觉地跟在了他的后面。她觉得自己这简直是疯掉了，却决然地决定继续——之前她做的那些事绝对是疯子做的事情，既然一直都是疯的，那不如疯到底。

苏清远进入一家餐厅，看起来像在等人。蓝妮趁他不注意也溜了进去，在一个角落里坐着，用菜单挡着脸。服务生过来问她点什么菜，她就胡乱点了一个，怕服务生骚扰她，还提前把钱付了。不久之后，果然看到一个四十岁左右的女人走了过来——和她想象的不同，不是什么打扮风骚的女人，而是一个穿得很端庄的女人，只是脸上的妆稍浓。不过这不能动摇蓝妮对她是欢场女人的界定。电视剧里不是说了么，有的欢场女人在非工作场合会特意打扮得端庄。

那个女人在苏清远面前坐下了，和他相谈甚欢。蓝妮不知道他们在谈些什么，又感到非常不安，便铤而走险，悄悄地朝他们接近。苏清远背对着她，应该不会知觉。而那女人虽然面对着她，但因为不认识她，相信也不会注意她。

苏清远和那个女人似乎正在为某件事情达成共识，具体在说什么却听不清，蓝妮佯装无意地慢慢接近，终于进入了可以听清的范围……

“哎呀，对不起！”蓝妮忽然感到左肩被用力地撞了一下。原来是一个服务生赶着去收费，不小心撞了她一下。被这一打岔，该听见的就没听见，只听到那女人对苏清远说，“就这么说定了。28 号 9 点，你到我那里去，记住要悄悄的……”

什么？一听这话蓝妮惊骇万分，接着火冒三丈，顿时什么都不顾了，冲到苏清远面前就吼：“不行！你不能和她私奔！”

苏清远活活地被她吼愣了，半天才吐血般说：“你胡说什么啊？什么私奔？”

“你不要装糊涂！”蓝妮感觉也要喷血了，“这个女人是你在娱乐场所认识的吧？那香水味就能证明！她是要带你私奔是不是？她怎么可能对你真心？你怎么这么傻？”

本来苏清远听得面孔都紫涨了，即将发作的时候听到蓝妮提到了香水，却怔住了。那女人也听得张口结舌，回过神后拔腿就走。

“哎，你别走……”蓝妮对这女人充满愤恨，不想就这样放她走，还打算追她，却被苏清远一把拉住。

“你怎么知道这件事的？香水的事情是我妈告诉你的？你们俩还能通话啊！”

“你管我怎么知道的！”蓝妮依旧在盛怒之中，本能地挣扎着，“你怎么能这么糊涂啊……怎么愿意和这种人私奔……”

“私奔你个头！”苏清远铁青着脸说，“我这是在面试！”

“面试个鬼啊你，你这谎也撒得……”蓝妮根本不相信，本想痛斥他，却想到应该没人撒这种谎，顿时像被人猛然塞住嘴巴一样住了嘴——感觉不仅是嘴巴被塞住了，脑子也被塞住了。

苏清远恨恨而又悻悻地笑了笑，朝四周看了看。饭店的人已经全被惊动了，呆呆地盯着他们看。他假装看不见他们的目光，快速付账走人，然后把蓝妮拉到僻静的地方盘问。

“我妈找你了么？她怎么会去找你啊？”苏清远劈头就问。

“你在面试？这到底是怎么回事啊？”蓝妮却根本没心思回答他。

“我当然是在面试。”苏清远冷冷一笑，刚才的怒意又回来了，“我想跳槽。刚才被你骂作欢场女子的，是A公司的人事科副经理。”

“人事科副经理？扯吧！要是人事科副经理，干吗叫你‘偷偷’地去她哪里？”

“我应征的可是管理人员职位，当然要挑时间去见他们老总！另外我还没在这边辞职呢，当然要偷偷地去那边！我现在可是骑驴找马，如果下了驴，还没骑上马，你负责我就业啊？”

“欸？”蓝妮呆了：苏清远这话合情合理啊。仔细回想了一下，顿时哭笑不得：是啊。那女人的确从头到脚都不像欢场女子，身上的香水味也不像。只是她被嫉妒和猜疑蒙住了眼睛，一门心思认定她就是欢场女子……啊！香水味！既然香水味不同，那金玉辉发现的“西班牙女魔”应该是其他女人身上的。

“你还和其他女人见面了对不对？另外的那个是欢场女人？”

“哼，我妈不仅和你通电话，还去找你了，对吧？”苏清远笑得更怒，“之前还拿着衣服质问我……那个女人是B公司的人事总监！我见她，也是因为面试而已！”

“不是吧……她既然是企业高管，怎么可能用那种香水？”蓝妮虽然不相信，但听他这样说，心里还是轻松了许多——真是个乐于受骗的笨蛋。

“你别把企业高管的品味看得太高了。那位女性就喜欢胡乱打扮，香水妆容都捡猛的来。身上的香水味儿浓得呛人，简直像拿香水洗澡一样！只是拍了拍我的肩膀而已，香水味就沾到我身上这么多……”说道这里忽然“扑哧”一笑，“其实关于她有更猛的八卦……据说她之前陪企业老总去谈一项国际合作，结果那外国公司的保安不让她进去……因为啥？因为她爱漂亮，穿了皮裙。殊不知在西方国家，皮裙只有性工作者才穿。保安以为她是性工作者，坚决不让她进，心里还疑惑中国公司谈生意怎么还带着性工作者来，而且还这么老……”

“天……”蓝妮忍俊不禁，却见苏清远依旧绷着脸——他自己刚才是笑的，现在却绷着脸——又赶紧把笑容收回去。

苏清远冷冷地看着她，从鼻子里哼了一声，“如果你还有疑虑，想问我为什么总是见女性高管，我只能告诉，这些天我见了很多公司的人事管理人员，有男有女。你是碰巧逮到一个女的。还有疑问么？”

“没……没有了……”见苏清远这样，蓝妮哪里还敢有疑问，再说也不需要有了。然而这个疑问消解后另一个疑问又出现，也是十分揪心，“听起来，你很急着换工作？为什么？”

“哼。”苏清远有些犹豫，却还是开了口——他开口的过程有些微妙，看起来先是有激烈的思想斗争，然后就是一副豁出去解除伪装的样子，“当然是无法面对你啊！”

一听这话蓝妮从头凉到脚，心里更是针刺般的痛，“对不起……我欺骗了伯母……真的是很恶劣……虽然我一开始是无心的……但是也是不可原谅的，我知道……”

“光是欺骗我妈吗？你也欺骗我了好不好！”苏清远生气地打断她。

“欸？”蓝妮一惊，冰冷的心里陡然升起一股莫名的热度：难道主要是因为她？她在他心中……难道很重要？

“我看你一点自觉都没有……”苏清远恨恨地看着她，“我因为你啊，都去看心理医生了！你知道吗？还真是倒霉……一次去心理诊所的路上还被我妈的一个朋友发现了……我怕我妈胡乱怀疑……在我妈看来，看心理医生等同于患上了精神病，所以就没说……真是倒霉死了！”

蓝妮听得直愣神——因为她，苏清远竟然被刺激得去看心理医生？她对他来说这么重要？发现这一点后，她固然十分愧疚，而十分邪恶的，她竟然也有些惊喜和骄傲——之前她不是因为苏清远伪装重重，不知道他对她是真心还是假意而忧愁和不安么？现在他虽然是在控诉她，但也去掉了所有的伪装，以真正的面目面对她，以及真心实意地在乎她了。于是，她忍不住问他："因为我……你竟然去看心理医生？有这么严重么？"

"当然了！"苏清远狠狠地瞪了她一眼，"这种奇葩的事情还有别人能做得出么？"说到这里犹豫了一下，声音也变得含混起来，"当然了，还有我妈……知道实情后，我们大吵了一架……我只是责怪我妈为什么这么容易受骗，结果才知道我妈有那么多不满……竟然都是因为我……说她因为我吃了很多苦，也受了很多年的孤寂……都是咬着牙一声不吭……恨我不能体恤她……真是的，有什么不满就坦白说啊！我也不会坚决地阻碍她获得幸福……现在搞得怨妇一样向我咆哮，算什么啊？！"

蓝妮静静地听着，起初大气也不敢出——不用说，这乱子也是她惹出来的。但是之后想想，这件事也许还是好事。金玉辉和苏清远的矛盾是本来就有的，现在打开窗户说亮话，也许还能促进矛盾的解决。就像金玉辉所说的，人只有在愿意沟通的时候才会吵架。吵架也是解决问题的一种方式。

"你在想什么？"苏清远从鼻子里哼了一声。

"啊，没有……我只是在想，你和伯母也许能……"

"我知道你想干吗。"苏清远大声冷笑，"你打算把我告诉你的一切再告诉我妈对么？好吧，真是难以置信，我妈竟然还能原谅你，还能和你联盟……真不知道你们女人是怎么回事……我告诉你，如果你把这些告诉我妈，我就永远不原谅你！"

蓝妮本来想辩解说金玉辉并没有原谅她，也没有和她结盟，听到他最后一句话后却一个字都不敢说。她现在不敢再惹任何麻烦。至于金玉辉那边，也对不起了——虽然她很想获得她的原谅，但更怕被苏清远讨厌。

“好了，就这样。再见。”苏清远冷冷地看着她。忽然告辞走人。蓝妮呆呆地看着他，不禁痴了：他这到底是什么意思啊？

第二天，苏清远对她依旧是冷若冰霜，能闪就闪。蓝妮这才真正明白事态的严重。就算苏清远现在以真正面目面对她，真心实意地在乎她，但并不代表他原谅她。恨也是在乎，而恨的结果就是诀别。苏清远一定还在积极寻找可跳槽的公司。一想到这里，她的心就像被几千万只手一起拉扯一样，几乎要窒息。俗话说穷极思变，她在纠结了两天，快要难过到极点的时候，忽然有了一个点子，接着觉得眼前又出现了一片天地。

苏清远要是走了，她也跟着苏清远走。她就算不能在那个公司谋得什么重要职位，干个临时工总是可以的吧——至少可以当临时工。虽然这有点愚蠢而且无耻，但她已经顾不了这么多了。喜欢就是喜欢，舍不得就是舍不得，管它看起来是怎样呢。

有了这个主意后，蓝妮感到心头大畅，想法也全面了许多——还是把自己知道的告诉金玉辉吧。母子怄气是小事，金玉辉因为担心过度，生了什么病或是惹出什么麻烦来才是大事。而且说不定这还是消解他们母子怄气的灵丹妙药呢。

主意打定之后，蓝妮就准备打电话，却怎么都下定不了决心。没办法，她现在和金玉辉的关系真是太微妙了。

手机掏出来又放回去，放回去又掏出来。然而就在她的勇气值即将到达百分之八十的时候，金玉辉打电话来了，“好啊！你已经知道真相了，还故意不告诉我是吧？你以为不可以将功折罪，干脆就胡乱搅了是不是？你这臭丫头真是坏透了！”

原来，金玉辉和苏清远又吵架了。苏清远回到家后，依然蒙在鼓里的金玉辉又逼问苏清远到底是“和哪个欢场女人来往”。苏清远依然满腹怒气，忍不住顶撞起她来，也因为冲动过度对她进行了冷嘲热讽。人在情绪激动的时候就容易说漏嘴。他一不小心透露了蓝妮已经知道实情。金玉辉没想到他宁愿告诉蓝妮都不告诉自己，又是生气又是伤心，更怀疑他对她火气这么大，蓝妮是不是有份教唆。她和苏清远吵了个天翻地覆，然后在家里生闷气。实在气不过，便打电话来找蓝妮算账。说完这几句话后，金玉辉就进入了怒吼状态，乱吼了一阵后便把电话挂了。在她怒吼期间，蓝妮曾试图解释自己是因为苏清远的意愿才没告诉她实情的，更没有从中教唆，但就是插不了口。最后听金玉辉恨恨地挂断电话，那“咔”的一声就像一把刀一样砍在她的心上，感到十分冤屈，却又无可奈何。

虽然知道金玉辉一定恨死她了，但她打算先把这个事情放一边。她现在竖着耳朵捕捉有关苏清远的所有消息，更是时时关注苏清远的空间和微博。紧张了几天后，她发现苏清远更新了一个意味可疑的微博。

New time.

新的时间？应该不会这么直吧。新的时代？这代表他找到新的公司，准备开启新的职业篇章了么？发现了这个后，蓝妮紧张得毛发都要竖起来，正要搜罗其他信息。忽然听见手机响了。蓝妮正没好气儿，也没看是谁就拿起来接通，听到是谁后惊得差点把手机扔了。

“快上线！用邱冰的那个号！”

天哪，金玉辉？她怎么还找自己啊？找自己干吗啊？

上线后，金玉辉也没有任何开场白，直接问她：“你们公司最近出了什么事情么？”

“你是说……哪方面的事情？”蓝妮猝不及防，一边打字一边卖力地开动脑筋。

“当然是苏清远的事情啊！”

“没……没啊。”蓝妮一时不知道该不该把苏清远准备跳槽的事情告诉她。

“怎么可能没有！给你看看这张照片！”金玉辉以最快的速度给她发来了一张照片。蓝妮一看，顿时哭笑不得。那赫然是苏清远和一个浓妆艳抹的中年妇女走出饭店门的照片。从那女人的装束来看，应该就是“用西班牙魔女香水、参加国际会议时穿皮裙”的那位。看来苏清远和这位女性面谈了不止一次。这也不奇怪，聘任管理人员总要多面谈几次的。蓝妮惊诧的不是这个。她惊诧的是这个照片的角度怎么看都像是偷拍。金玉辉显然不可能亲自去偷拍。唯一的解释就是金玉辉找了私人侦探。金玉辉竟然找私人侦探去监视苏清远……怪不得苏清远会大发其飙。

“您这是找私人侦探拍的吧？这也太夸张了吧？”

“没办法……我怕他出事，他……你先别纠结这事儿……”

“你既然已经派私人侦探调查他了，那一定也知道他们是在面试了吧？那既然已经知道了，干吗还质问我，怪我不告诉你啊？”

“那个私人侦探是个二把刀，只敢远远地拍，根本没听清楚他们在说什么，再加上这女人穿戴成这样，他也想不到他们是在面试……哎，我说过别纠结这事儿……你快看左边拐角！”

蓝妮苦笑着看左边拐角，却被惊得立即收起了笑容。左边拐角处赫然是个女人，戴着墨镜，藏在角落里朝苏清远看。虽然她戴着墨镜，但蓝妮从她的形貌特征还是看出，她就是楚裳！

蓝妮感到头皮猛地一紧，接着感到凉意裂纹般往上爬。楚裳还在调查苏清远么？是认定他是内奸了？那苏清远要跳槽，岂不是又会被她怀疑了？

“这个女人我好像有印象，就是苏清远公司的同事啊。看她这样子是在监视苏清远……她干吗要监视苏清远啊？”

第十一章　谁都没想到

蓝妮感到一股火流直冲头顶，立即去找楚裳算账——虽然也许她应该先告诉苏清远，但楚裳对苏清远带有偏见般的死缠烂打极大地激怒了她，再加上她们之前的积怨，使她的愤怒难以抑制，使她不能稍停一刻。

蓝妮立即找到楚裳的号，给她留言。虽然没有加她为好友，但是现在的QQ有打招呼的功能———开始是强调苏清远绝对不是她要找的内奸，然后斥责她干吗如此愚蠢和偏执，最后则发展到大骂她干吗要作商业间谍，做这些阴损无耻的事情。

蓝妮本以为楚裳不会这么巧在线，没想到刚刚骂完就看到那个号加她好友，加上之后对她说的第一句话就是，“好个义正辞严的样子啊。你以为你是道德的示范者么？自我感觉真是良好啊。”

一看这话，蓝妮摸不着头脑，也气得发晕，“我不是说我是什么道德的模范者……但是我从没有有意做过什么亏心事！”

“哎哟，是么？你的记忆力可真是差呢。”

光看这句话，蓝妮就能觉出楚裳现在一定是一副冷嘲热讽的表情，而且这句话感觉事出有因。连忙问她：“你这话什么意思？就像我亏欠了你什么的……我在你面前也是行得正走得直的好不好？”

“是么？你还抵赖啊。我就不再绕弯子了。人人都说三岁看老。你那时虽然不是三岁，但表现也足以揭露你的本质了！狡猾！伪善！残忍！喜欢耍弄人！”

“什、什么……”蓝妮摸不着头脑，正要质问她在说些什么，却发现根本没有必要了。楚裳也许是愤怒过度，滔滔不绝地说了下去，“你别告诉我你忘了……哈，你当然可能忘了，因为你就是个邪恶的家伙。我和你同班的时候，我没有朋友，老是被人欺负。你也没有朋友，但是不怎么被人欺负……就这个你比我好一点，没想到光凭这一点你都瞧不起和排挤我……那时候我看你和我一样没有朋友，以为我们可以做朋友，但是因为自卑，迟迟不敢开口。而有一天，我不小心碰歪了桌子，书掉在了地上，正好赶上打上课铃，同学们进教室……那些趾高气扬的臭丫头全从我的书上踩过去，只有你小心翼翼地从我的书边绕过去，还帮我捡起了一个小册子……我以为你这是对我示好，便鼓起勇气给你写了一个小纸条，包上我最喜欢的橡皮，扔到你的桌子上……结果你竟然看都没看就把橡皮扔回到我的桌子上了……这件事被我那个促狭的同桌发现了，结果嘲笑了我很久……你是故意耍我，是么？先让我以为你愿意和我做朋友，然后再这样羞辱我，对么？”

蓝妮呆住了。久远的记忆“唰”地一下全都回来了，冷雨一样淋了她满脸满心。

“你就是羞辱我，对不对？”

蓝妮看了看她的信息，从心底叹了口气，开始回复她，所有的字都是从她心底最深处流淌出来的，全都带着心酸的热度，“对不起，你误会了……其实我根本没有瞧不起你的意思。这是真心实意的帮助你……你不知道吧，其实在幼儿园的时候，我也是被人排挤的沉默怪小孩。到了小学之后，因为怕再被排挤，我竭力装得不再那么讨人厌，在表面上看不出，心里依旧是如履薄冰……那天我真的不知道是你扔给我的橡皮，我以为是你的同桌。你应该还记得吧，你的同桌是个促狭大王……我当时不认为我帮你拾本子有什么了不起，也没想到你会专门给我扔纸条。我以为是你的同桌扔给我的纸条，上面写的是捉弄我的话……当时男生们喜欢作这种恶作剧，写个纸条传给女生，假意说要交朋友。如果女生同意了，男生就会没完没了地嘲笑她，说女生暗恋他，不要脸不要皮什么的。我怕是那样的，所以就看都没看就扔回去了……如果知道是你扔过给我的，我一定会打开看，并且愿意和你做朋友的……其实当时我也需要朋友。真的……”

楚裳沉默了，一沉默就沉默了好久——也许是万万没想到会是这种结果。蓝妮等了半天，忽然想起一件事来，顿时骇然失笑，“你别告诉我就是这件事对你打击很大，让你失去了别人信任，所以才走上了黑暗的道路吧？”

“你想得美你！”楚裳立即回复了，“你以为这是动漫和韩剧啊？你以为你有这么大能量？我当商业间谍是有很多原因的……再说这个行业也没这么黑暗吧？”

“你做的事情就够黑暗的！”蓝妮毫不留情地回复，“你奉张总的命令，特务一样监视苏清远，之前放窃听器就罢了，现在竟然天天跟踪他，简直是他到哪里你就到哪里，我简直想问你，还有王法没有？”

不知是不是觉得理亏，楚裳不说话了。蓝妮不知道自己这番指斥对她有没有作用，只有无可奈何地把窗口关了。再看金玉辉的窗口，已经发来了一串问句。她不知道该怎么对金玉辉说——不仅因为这件事很复杂，还因为牵扯到了她的同学，只好含混地说她也不是很清楚。心里却打定主意继续查。但是能往哪里查呢？

之后苏清远那边倒也平静，不像是发生了什么事，但即便发生了什么事，他也不会把它写脑门上。因此蓝妮的心依旧是悬着，同时也沉沉的闷闷的，成天也没什么精神。

正因为没有精神，这天她又把钥匙忘了，幸好走到车站的时候想起来了，便折回来拿，结果竟发现金玉辉藏在街角的树后，躲躲闪闪往公司大门那边看。哦，对了，苏清远好像还没走呢。

蓝妮又是惊骇又是好笑，想走近一点，就在这时金玉辉感觉到了她，立即回过头来，看到她后脸立即拉得像个驴脸。

蓝妮知道她不想让她接近，也不想让她看，立即讪笑着走开。

“等等！”金玉辉却叫住了她，紫涨了脸半天才说，“最近你和小远在一起上班……有没有什么发现？”

“哦。我暂时还没发现那个黑衣女子的事情……”蓝妮赶忙回答。

“不是那事！”金玉辉的脸涨得更厉害，犹豫再三后才招手叫蓝妮过去。

蓝妮犹豫着过去了。金玉辉的嘴唇掀动了半晌，才低低地说：“我是想问你……小远有没有露出……出去住的意思？”

“出去住？”蓝妮一惊。

“是啊。”金玉辉撇了撇嘴，“前阵子他上网的时候没把页面关上，我过去一看，发现他在浏览家居用品的网页……我家的家居用品都全，哪需要他准备啊……他肯定是要出去住……我的老天爷啊，不就是和我吵了架么，犯得着出去住么？他就这么想抛弃他娘啊？”说到最后已经又是愤怒又是幽怨。

蓝妮则听得苦笑着说不出话。这似乎是准备和过去的一切断绝关系的意思啊。这过去的一切，也包括她吧？

说着讲着，苏清远的车便从公司里出来了。金玉辉和蓝妮赶紧藏好。等他的车开过去之后，金玉辉便去开自己开来的车——这车蓝妮没见过，估计是金玉辉怕被苏清远发现，另找别人借了车。打开车门的时候她朝蓝妮看了一眼，但是把脸别了过去。蓝妮知道这是不想和她一起行动的意思，知趣地走开了，心里也因此更闷。

走着走着，蓝妮却又被一个人叫住。

原来是李新兰。她脸上泛着怪异的潮红，低低地说：“出去喝点酒吧。”

蓝妮也正想喝点酒泄泄闷气，便点头应了。两人便到了最近的大排档，点了一桌油腻的食品和几瓶啤酒，然后闷声不响地吃了好久。等到肚子都胀鼓鼓的，没有地方存闷气的时候，李新兰才开口。

“我和那个人分了。”

“嗯，分得好。”蓝妮微微一惊，点头说。的确分得好。按她推测，李新兰可能是在和王总谈恋爱，那就等于是在阴谋的中心，在没惹上麻烦之前全身而退最好。

“其实我早该清醒的。他有家室。”李新兰灌了一大口啤酒，“我也知道我很难让他离婚……却是一厢情愿地认为我是他除了老婆外的第一号女人……结果我发现他其实根本不把我当一回事。我恐怕是……第 n 号都不止。”

蓝妮本来静静地听着，听到这里忽然一惊，“你之前不是说你不知道他家里的事情么？”

李新兰脸一红，苦笑着说：“好吧……不小心说漏了……是的，我说谎了。”

“说谎？为什么？”蓝妮又是好气又是好笑，“是因为怕我知道你明知道对方有家室还想和他交往么？”

李新兰更加尴尬，笑得也更苦，“是……不过我也怕你追问他的身份……他的身份我是不能告诉你的……否则就太尴尬了……”

“啊？”蓝妮敏锐地捕捉到了这其中的玄机，“难道……这个人是我们认识的人……”

李新兰的脸红得发紫——人就是这样，越是想保守秘密的时候，一吐为快的冲动却也越强烈。“是的……他是公司老总……算了，反正已经分了，说出来也没关系……再说我也准备跳槽了……他就是张总啊！”

张总？蓝妮愕然，手里的筷子也差点掉落。不对啊。楚裳不是张总派来彻查王总在公司里的内应的么？她怎么反在监视李新兰啊？是张总觉得李新兰可疑么？不会啊，如果觉得她可疑，直接甩了她就是。就算要监视她彻查她，也不用找商业间谍来做啊？

蓝妮这些天已经被苏清远的事情折磨得几近脑残，这些疑团一起袭来，很快就把她的脑子搅得又木又痛。算了。她暗地里对自己说。不管这些事了。反正苏清远已经要跳槽了。跳槽后这些权力纷争就和他无关了。而她自己一个小虾米，也和权力纷争沾不上边，再说她也在考虑随苏清远而去。而李新兰也全身而退了。就让公司高层们盖着盖子，自己折腾去吧。

为了及时捕捉到苏清远的所有信息，她依旧每天偷偷看苏清远的空间和微博，却一直没有什么新鲜的。这天，她不甘心这么快就退出页面，就盯着页面傻看，结果这一看倒看出来新鲜的了——在一张照片里，苏清远穿着西装，领带上有一个新的领带夹。似乎是玫瑰金的，是一个荷叶拖着一枚珍珠——这珍珠应该是指代露珠吧。一看到这个，她心里就波澜泛起，接着惊涛纷涌，然后翻江倒海：这个领带夹不会是哪个女孩送给他的吧？好像男人之间不喜欢互送小物件？难不成他不仅找到了新工作，连新女友都找到了？一想到这里蓝妮的心里就乱得不可自制，忽然有人走了过来，吓得她赶紧把页面关上了。

接下来的几小时，蓝妮一直在想那个领带夹——她也不想去想，但就是不由自主。就在这个时候，忽然看见苏清远的 QQ 头像在闪。她吓了一跳，赶紧打开窗口，顿时心头一阵寒麻，接着又变得滚热：几分钟后到天台来。有事跟你说。

“有……什么事么？”蓝妮犹豫着回答。

“你就不用装了。”苏清远一个顿没打就回复，“你在关注我吧？你忘记删除足迹了！”

蓝妮哭笑不得，心里非常惶恐，甚至感到膝盖都麻丝丝的。但再惶恐也得去，否则她会更惶恐。

几分钟后，蓝妮去了天台。苏清远已经等在那里了，对着她笑了笑。他的笑容十分复杂和僵硬，可见他的心里十分纠结。

蓝妮也想回他一个微笑，却根本笑不出。

苏清远叹了口气，下意识地把目光偏了偏，“你偷看我的微博和空间已经很久了吧。你到底想干吗？你知不知道这样做很……”

蓝妮脸上火辣辣地听着他的质问，正在纠结该怎么回答，却忽然听他转变了话题，“算了。不转圈子了。我找你来是想一次谈清楚。”说着正视蓝妮，目光非常的复杂和纠结，也让人看不懂，“你喜欢我，是么？”

蓝妮没想到他会忽然这样问她，顿时感到全身的血都涌到了头顶，根本不知道该如何接腔。而苏清远根本没打算让她接腔，接下来的话却足以让她全身血凉，“你一定也想知道我喜不喜欢你……可惜，不成了，我没法信任你了。之前我是喜欢过你，但是现在不成了。我现在不管是和你见面也好，说话也好，总觉得你肚子里装着另一副心肠……不成了。另外，我妈……应该也无法原谅你吧。我和她谈了，她说只是因为我的事情……才和你……算了。”提到金玉辉时，他更是无法言喻地纠结，因为那个女人他更不懂。

蓝妮呆呆地站在那里，感觉活像被灌入了水泥，脑子里尤其多。苏清远说完这句话就走了。蓝妮也呆呆地下了天台，之后一直处于呆滞的状态。一般人在面对不幸的时候，只在还有改变事态的机会的时候才会心乱，没有机会时就会呆滞。这种感觉比心乱还难受，简直像被挂上了千斤的秤砣，还往无底的深渊里坠。之前她还打算辞职追随他呢，现在却打退堂鼓了。何苦来，他根本没有打算接纳她。再说仔细想想，他似乎也不是不可替代的。

虽然已经打算放手，但人的心不像门那样可以随意开关。蓝妮依然觉得自己的内心沉重无比，依然像被秤砣坠着往深渊里沉，而且这样的时光似乎没有尽头。不想有一天却忽然来了一个电话，把秤砣和深渊都劈碎了。那天蓝妮刚刚下班，因为心情不好步行回家，没走几步，忽然接到楚裳的电话，“快！去苏清远家，有人布下爆炸装置，准备害他！”

“什、什么？”乍一听到这个，蓝妮惊得舌头都打结了，却也仓促间无法相信，“你说什么啊？为什么啊？”

“哼。”楚裳冷笑了一声，“看来你仓促间无法相信啊……那好，我就全部告诉你！误了时间我可不管！我是张春华派来调查苏清远的。因为张春华在主办公司的一个大项目的时候玩了猫腻，中饱私囊。结果被人发现，遭到匿名勒索。他怀疑是什么人在企划中看出了毛病，而能看出这个的必然是专业人士，所以他怀疑这个人在企划科，说不定还和老对手王初实有关，所以派我来调查。一开始我和张春华都怀疑是苏清远，但是我后来发现不是苏清远，但是张春华不信，甚至听信一些人的话，认为从头到尾都是苏清远一个人在弄鬼，现在要报复和灭他的口！他已经叫人去苏清远的新家，准备在天然气上动手脚，让他回家时遭遇天然气爆炸……快去！”

楚裳这些话依然不知道是真是假，但说得有条有理，不像是临时瞎编。蓝妮不由自主地回头就冲，却发觉不对——她这是往公司冲啊，可不应该往公司冲啊，就赶紧问楚裳，“苏清远……新家在哪里？”

“啊？”楚裳颇为意外，“你还不知道啊你……旗峰路建四小区三栋402！快去！”说完便挂断了电话。蓝妮把手机往口袋里一塞，舍命拦了一辆出租车，直奔旗峰路而去。在车上坐了一阵之后，惊慌之心稍减，仔细回想楚裳的话，又对楚裳的话产生了疑惑。楚裳不是也在监视张春华么？和她的话有矛盾啊。她可以相信她么？想到这里，蓝妮不由得想到了一种可能，惊慌地苦笑：该不是楚裳想报小时候的仇，故意以苏清远为饵，诱她去什么陷阱吧？

算了，不管了！蓝妮咬了咬嘴唇，坚定地盯向前方。不能拿苏清远的安全开玩笑，就算是假的，她也要过去看看！

建四小区很快就到了。蓝妮下了车，慌慌张张地朝三栋跑去。因为依然有“这里是陷阱”的疑惑，因此她一边跑一边左顾右盼，怕有什么异常。

欸？前面有个人身影好熟悉啊。金玉辉？！

蓝妮赶紧跟了上去。金玉辉也发现了她，又是诧异又是不快，“你怎么也在这里？！你来找苏清远的？”

“啊？”蓝妮一股热血直冲心头，“苏清远真的在这里？”楚裳没有骗她？

“啊？你也不清楚？”金玉辉狐疑地看着她，“这小兔崽子趁我在公司的时候，偷偷地从家里搬出来了……我来抓他……这臭小子……”

“哦！伯母，你听我说，现在不是找他算账的时候……”蓝妮正要把楚裳的话告诉她，忽然听到一声巨响。

天哪！三栋的402室窗户被齐齐震掉，窗户里冲出火流，还有被炸出的杂物，冒着火向下散落！

蓝妮和金玉辉都是目瞪口呆，齐齐地瘫倒在地。

蓝妮和金玉辉很快就从震惊中清醒过来，一个报警，一个打119和120——此时两人竟然非常默契，然后一齐朝402冲去。402此时依然是满屋火焰，她们冲不进去，却看到一个人趔趔趄趄地从屋子里冲出来。这个人的衣服被烧得七零八落，身上脸上到处都是鲜血和黑灰，她们看不清他是谁，但就此时来看，定是苏清远无疑。

金玉辉看到他后吓得干哭，蓝妮也被吓得魂飞魄散，却比金玉辉镇静些。见金玉辉干哭得几乎要抽过去，赶紧给她一个耳光，叫她镇静。就在这时120赶来——还好不远处就有个大医院，把伤者送去医院抢救。金玉辉和蓝妮也赶紧跟着——此时她们都已经吓得膝盖酸软，路都走不利索，只有相互搀扶着，在抢救室外面也是倚靠着坐着。

其实，光看伤者被炸的样子，她们就知道他可能难以幸免了，但是依然痴心妄想地希望他能好。金玉辉是信佛的人，不停地念佛，蓝妮则把所有知道的神佛都喊了一遍。结果偏偏事与愿违，病危通知书下来了。护士叫金玉辉签字，金玉辉签完字后就全身乱抖，再也坐不住。蓝妮赶紧让她靠在自己的肩上，命令般对她说："别怕，伯母……他一定会好的……"她也是在命令自己坚强。其实要不是有更激动的金玉辉在，她恐怕早就像烂泥一样瘫在地上了，拉都拉不起来。

"他当然会好的……"金玉辉喃喃地说，"我还要看着他娶妻生子……"说到这里眼泪喷涌而出，"可是他被炸成这个样子……以后找谁啊？"

蓝妮感到全身的血液都冲向了头顶，坚定地说："我来当他妻子。"

金玉辉大惊，停止了啼哭，直直地看着她，"你确定？他被炸成这个样子，恐怕不仅脸会毁，身体也会有残疾，你不在乎？"

"我不在乎。"蓝妮斩钉截铁地说。不是有句俗语么，"吃了秤砣铁了心"。蓝妮以前不知道这是什么感觉，现在知道了——她真的感觉自己的心就是一块生铁，坚硬不移。她也不知道自己怎么会对他情深至斯——之前虽然喜欢他，但远没有到准备和他生死相随的地步，甚至都不确定是否要和他结婚，但现在就是觉得自己应该这样做。有时候感情就是这么奇妙。对某个一直存在于你心里的人，你从来没有衡量过你对他的感情多深，甚至觉得他可有可无，却在他遇到危难的时候会恍然发现，即便是下地狱，你也愿意和他一起去。

金玉辉盯着她看了许久，苦涩地一笑，"大概你是一时冲动吧。不过即便你是一时冲动，我也谢谢你。"

"不是一时冲动！"蓝妮激动起来——这激动非同小可，她甚至感到自己的灵魂都在颤。“你……是不愿接受我么？”

“你这话是？”金玉辉皱起眉头，目光乱闪。

“当然是……”蓝妮张了张嘴，又咬了咬牙，然后深深叹了一口气，“我骗你那事儿啊。”

金玉辉的脸色一变——就像她的脸在一瞬间经历了一场狂风暴雨，但瞬间又归于寂静，然后淡淡地说：“那件事啊，我已经忘了。”

“忘了？”蓝妮的下巴差点飞出去，“怎么会？”

“什么怎么会？”金玉辉悻悻地说，“你是想说‘我对你情深似海，永世难忘’么？呸……我毕竟没和什么真人交往，只是网上的交流，虽然一开始觉得勾心扯肺，但后来觉得也就那样了。虚拟的就是虚拟的，就算你把它当成真的，它还是虚拟的……这是没法改变的。我只是恼火你耍了我这么久而已。不过仔细想想，你也没做什么坏事，也努力弥补过……现在看你对小远这么……我已经不打算追究了。”

“是么！太感谢你了！”蓝妮感到一阵狂喜，却紧接着想到苏清远现在生死未卜，狂喜又垮成一片悲戚。然而就在这时，她忽然看到苏清远站在走廊的尽头。

蓝妮一开始不敢相信自己的眼睛，之后却想到这不会是电视里所演的，人在离世之前灵魂会来跟亲近的人告别吧？顿时心如刀绞，接着眼泪决堤。然而苏清远并不是像电视里演的那样，慢慢地消失和后退，而是朝她走了过来，看着她的脸，一脸的哭笑不得，“你在这里呆哭什么劲儿啊？”

“啊？”金玉辉一开始也是惊得张口结舌，恍如梦中，但毕竟更有阅历，抢先反应了过来，“你没事？那抢救室里的人是谁？不是你啊？”

“欸？”蓝妮如梦初醒，接着几乎要从椅子上跳起来。

“不是我啊。”苏清远苦笑着说，“我今天心情不好，没有准时回家……结果一回家就听说我家炸了，你们则大哭大叫地送了一个人上救护车……”说到这里，他忽然珠泪滚落，伸出双臂，一左一右地把金玉辉和蓝妮搂在怀里。其实他已经在那边听了一阵，看了一阵。金玉辉和蓝妮对他是什么样的感情，他已经完全了解了。有些隔阂，可能千言万语都消除不了，但一个感动，就能让它们消失无踪。

那个被炸的人也算命大，被抢救过来了。醒过来后他就把事情全给招了。你猜他是谁？就是来装定时爆炸装置的人啊。他不是什么高级犯罪分子，只是个有点小聪明的两劳释放人员，技术不够硬，装装置的时候不仅拖延了时间，还操作失误，把自己给炸了。背后指使他的人还真是张春华，其动机就和楚裳说得一样。至于勒索张春华的人，还真让人有点意外，竟是之前企划科的副科长王俊孙。他之前是张春华的人（正因为如此，张春华一开始没有怀疑他），出事后张春华来了丢卒保车，没有如何保他，因此他怀恨在心，自学电脑技术，黑进了张春华和手下们的电脑，知道了内情，以此来匿名勒索他。为了保护自己，他还对张春华进谗言，说勒索他的人是苏清远。而白朵朵，其实是奉了吴总的命令给苏清远透露消息。他不知内情，又收集到了一些有误的信息，以为是张春华和王初实在暗战，乐于在其中搅合，以便坐山观虎斗。

事后，蓝妮又和楚裳通了话。楚裳又告诉蓝妮，当初她发觉勒索者不是苏清远后，又转而怀疑李新兰——心理不平衡的情妇历来是勒索嫌疑人，但发觉也不是李新兰。张春华对她不满，把她炒了，她有些不忿，又转而调查张春华，想找个把柄捏捏他，意外发现了也要对苏清远下手，便赶紧告诉了蓝妮。

蓝妮觉得这些都不重要，只是追问她一件事，“你为什么要帮我呢？我对你没什么恩惠，甚至还有过节……”

楚裳沉默了一会儿，然后意味深长地说：“我只是想告诉你，我没这么‘黑暗’啊。”

是啊。世界也许没那么光明，但也不会是一片黑暗。

仔细看看，即使在黑暗的拐角，也可能藏着零碎的阳光。